© 2024 Karin Suer

Herstellung und Verlag: BoD – Books on Demand,

Norderstedt

ISBN: 9783759751607

"This is not the end,
and this is not the beginning of the end,
but this is perhaps
the end of the beginning."

Winston Churchill

Für
LEON
RAHEL
HADASSA
JIN
ETLY
YUNA…

Point of Slow Return

Karin Suer

LIEBE KINDER,

Die meisten von euch kenne ich schon euer ganzes Leben. Und ihr kennt euch alle untereinander. Einige unter euch sprechen nicht nur sehr gut meine Sprache, sondern auch die eine oder andere Muttersprache eurer Geschwister. Und keiner von euch hatte es je leicht, nicht alle haben bis heute überlebt. Manche konnten das Leid, das sie erlebt haben, nie ganz hinter sich lassen. Doch ich sehe noch viele mehr, wenn ich mich unter euch umschaue, die sehr stark sind, die ungeheuren Mut haben, und die ganz bestimmt eine wunderbare Zukunft vor sich haben. Ich bin auf jeden Einzelnen von euch unendlich stolz. Und vielmehr noch, ich bin dankbar, für euch alle, für unsere gemeinsame Zeit, für alles, was ich mit euch erleben durfte, wie ihr mich verändert und mein Leben bereichert habt. Ich kenne euch, und ihr kennt mich. So wisst ihr auch eines über mich, nämlich dass ich es stets vermeide, zurückzublicken. Aber auch wenn wir einen langen Weg gemeinsam gegangen sind, ihr kennt nicht die ganze Geschichte. Und darum will ich, solange mir noch die Zeit dazu bleibt, euch davon erzählen.

Die Älteren unter euch können davon ein Lied singen: Dieser unglaublich große Baum, an dem man als Kind noch glaubte, bis in den Himmel hinaufklettern zu können, kommt einem, wenn man als Erwachsener dann nochmal davorsteht, einfach nur noch vor wie ein Baum. Wenn er denn überhaupt noch steht. Bei mir war das genau andersherum. Meine Welt wurde mit der Zeit nicht kleiner, sondern immer größer. Und langsamer. Natürlich ist der Planet nicht gewachsen, und er hat sich auch früher nicht schneller gedreht. Aber es ist wie mit dem Baum, der wird ja auch in Wahrheit nicht kleiner, sondern wir werden größer. Und die Welt kommt einem heute auch nur größer vor, weil man selbst sich nicht mehr so schnell auf ihr bewegt.

Doch ich kann euch sagen, früher waren wir wahnsinnig schnell. In der Zeit, die es braucht, für euch alle zu kochen, war man damals schon in Ägypten bei den Pyramiden. Und bis die Wäsche getrocknet ist, wäre man schon in Thailand gewesen und würde auf Elefanten reiten. Es gab sogar ein paar, die sind nur zum Vergnügen ins Weltall geflogen und wieder zurück, und das alles in nur einer halben Stunde. Vergnügen war damals für die Menschen überhaupt das Allerwichtigste. Weil man doppelt oder sogar dreimal so lange gearbeitet hat wie die meisten heute, hatten die Menschen in ihrer knappen freien Zeit gar nichts anderes im Sinn als Vergnügen.

Eine sehr beliebte Freizeitbeschäftigung war Einkaufen. Das tat man nicht etwa, weil man Dinge brauchte, sondern weil es gut fürs Wohlbefinden war. Männer gingen gerne in den Baumarkt, manche fanden Freude daran, sich regelmäßig neue Uhren zu kaufen, immer die neuesten Telefone und technischen Spielereien, Frauen liebten es, sich alles zu kaufen, das versprach, sie schöner oder jünger aussehen zu lassen, am besten jedoch ganz genau so, wie alle anderen auch aussahen.

Und Kleidung. Die kam bei Männern und Frauen gleichermaßen gut an. Aber Kleidung war nicht schön, solange sie in einem guten Zustand war, sondern solange sie in Mode war. Zum Glück waren Klamotten so billig, dass man sie schon nach ein paar Mal tragen wegwerfen und sich dann eben kaufen konnte, was als nächstes angesagt war. Und die Mode änderte sich schnell, mehrere Male im Jahr. Was dann in den Läden nicht verkauft worden war, das brachte man in ärmere Länder, denen gab man ein bisschen Geld dafür, dass sie es bei sich verbrannten, damit das bei uns nicht so einen Gestank gab.

Ganz besondere Freude bereitete es den Menschen, neue Autos zu kaufen. Nicht, weil das alte, das man hatte, kaputt war. Kaum jemand hatte überhaupt ein altes Auto. Aber die allermeisten hatten ein eigenes Auto für sich ganz allein. Oft hatten sogar zwei erwachsene Menschen, die zwar zusammen wohnten, aber eben an verschiedenen Orten arbeiteten, jeder ein eigenes Auto, und man fuhr ganz allein darin, auch wenn noch für viel mehr Menschen Platz gewesen wäre. Das war zwar nicht unbedingt praktisch, denn dadurch gab es viel zu viel Verkehr in den Straßen und es kam ständig zu Staus. Aber ein Vorteil war, dass man auf dem Weg in seine Firma einmal allein sein konnte, und zum Beispiel in Ruhe, mehr oder weniger jedenfalls, seinen Kaffee trinken und mit Freunden telefonieren konnte.

Die Menschen liebten ihre Autos mehr, als manch einer seinen Hund lieben würde. Jedoch anders als bei einem Hund, den man bis zu seinem Lebensende liebt, liebte man sein Auto nur, solange es angesagt war. Und wenn es aus der Mode geraten war, weil es wieder neue Modelle gab und alle Freunde und Bekannten diese bereits hatten, dann ging man los und kaufte sich eines, das am besten noch neuer und größer und mit noch besserer Technologie ausgestattet war als die der Freunde und Bekannten. Irgendwann hatte sich dann herumgesprochen, dass man damit der Umwelt keinen Gefallen tut, aber daraufhin wurden einfach Autos gebaut, die keinen Auspuff mehr haben. Da kam nämlich eine Menge Dreck raus. Den Dreck, der bei der Herstellung dieser neuen Autos ohne Auspuff entstand, bekamen dann wieder die ärmeren Länder ab, und man gab ihnen dafür natürlich wieder ein bisschen Geld.

Schöne und immer neue Dinge zu besitzen, das war den Menschen damals extrem wichtig. Daran, wie viel jemand besaß,

konnte die ganze Welt erkennen, ob er Zutritt zu den Cocktailpartys hatte oder nicht, und das war von großer Bedeutung.
Allerdings war es nicht der Besitz allein, manchen ging es dabei
tatsächlich ums Kaufen an sich. Wenn man etwas kaufte, dann tat
man seiner Seele gut. Beim Einkaufen konnte man den Stress des
Berufslebens vergessen und sich gut fühlen.

Weil aber dieser ganz alltägliche Ausgleich zur harten Arbeit
auf Dauer auch nicht glücklich machte, mussten die Leute von
früher mindestens einmal im Jahr etwas ganz besonders Schönes
erleben. Um all die Arbeit und alle Sorgen für eine kurze Zeit
komplett auszublenden. Und das ging am besten, wenn man
möglichst weit weg von zu Hause war. So oft sie konnten, flogen
sie daher mit Flugzeugen in Länder, die sich von ihrem eigenen
so sehr unterschieden, wie es nur ging. Wo die Menschen anders
aussahen, anders aßen, wo das Wetter besser war und die ganze
Kultur eine andere.

Die Menschen aus diesen fernen Ländern hatten wir alle auch
bei uns, hier haben wir sie aber lieber nicht wahrgenommen. Es
galt allgemein als unfein, sich mit ihnen abzugeben. Bei denen
zu Hause, da war das etwas anderes, da waren sie irgendwie
interessanter. Und wir haben Fotos von ihnen gemacht und uns
mit diesen Einheimischen fotografieren lassen, und ihnen
manchmal natürlich auch ein bisschen Geld dafür gegeben. Und
das war ja auch wirklich nett von uns, denn was für uns ein
bisschen war, war für die ein ganzer Tageslohn. Und was für uns
ein Wochen-lohn war, davon konnten wir bei ihnen einen ganzen
Monat leben wie im Paradies, also hatten alle was davon.

Selbstverständlich konnte sich nicht jeder diese ganzen
Fernreisen leisten. Aber auch für Reiselustige mit weniger Geld
war gesorgt. Zum Beispiel gab es da die Kreuzfahrtschiffe. Das
waren im Grunde sehr dicht besiedelte, schwimmende Städte.

Man konnte darauf wohnen, wie in einer Stadt mit tausenden von kleinen Wohnungen, jede von ihnen hatte sogar ein eigenes Badezimmer, und obwohl darin gut und gerne Platz für eine ganze Familie gewesen wäre, wurden sie meistens nur paarweise belegt.

Auf diesen wandernden Ferieninseln gab es alles, was das Herz begehrte. Es gab Schwimmbecken, Wasserrutschen, Spielplätze, Sportplätze, Kart-Rennbahnen, sogar Spielcasinos und, sonst hätte es wohl kaum jemand je für eine ganze Woche oder sogar mehrere Wochen dort ausgehalten, natürlich immer auch viele verschiedene Bekleidungsgeschäfte. Da waren Kinos und Theater, es wurden Konzerte gegeben und man konnte seine Kinder in den Kindergarten geben, wenn man zum Yoga ging oder in die Sauna, und das alles kostete nicht viel mehr als die Miete für eine ganz normale Wohnung.

Essen gab es praktisch zu jeder Zeit und in sehr großer Auswahl. Geschmäcker sind bekanntlich verschieden, darum sollte für jeden etwas dabei sein. Ob asiatisch, italienisch, griechisch, amerikanisch oder gutbürgerlich deutsch, von Pommes und Pizza über vegan und glutenfrei bis hin zu gigantischen Fleischbergen, gegrillt, gebraten, geräuchert und verwurstet war alles dabei. Und es war auch kein Problem, wenn man sich den Teller vollgeladen hatte mit etwas, das man dann doch nicht mochte, man ging einfach zurück zum Buffet und holte sich etwas anderes.

Das Buffet, das waren lange Reihen von Tafeln, auf denen Essen ausgebreitet wurde, für das man nicht einmal zusätzlich bezahlen musste. Und das rund um die Uhr. Es gab Schokoladenbrunnen und Etageren, beladen mit Kuchen und bunten Törtchen und wahren Kunstwerken, gebastelt aus frischen exotischen Früchten, die aber niemand aß; die waren nur zum

Anschauen da. Und so wurde an Lebensmitteln für gewöhnlich nach nur einer Woche Fahrt mit so einem Schiff mehr weggeworfen, als ihr alle zusammen in einem ganzen Jahr essen könntet.

Natürlich waren das keine Segelschiffe, so wie wir sie heute kennen. Die waren riesengroß, und die Masten dafür hätten bestimmt so lang sein müssen wie von hier bis zum Cap Formentor. Sie hatten Motoren, in denen hochgiftiges Schweröl verbrannt werden musste, um sie von einer sehenswürdigen Stadt zur anderen zu bringen. Und auch, um den benötigten Strom für die vielen tausend Menschen an Bord zu erzeugen. Diese Motoren liefen also auch, wenn das Schiff im Hafen lag, was natürlich die Bewohner der Städte ärgerte, weil ihnen die Luft zum Atmen verpestet wurde.

Darum dachte man sich, warum probieren wir nicht was Neues aus, waschen den ganzen Qualm mit Wasser und ein paar Chemikalien und leiten das dann ins Meer, so sieht es keiner. Was natürlich nicht gut geklappt hat, irgendwann wurden auch im Meer die Schäden sichtbar und Schiffe mit dieser Technologie an Bord wurden später als erste stillgelegt. Auch wenn ich nicht weiß, wo die tatsächlichen Gründe dafür lagen. Heute dienen die meisten von ihnen als Transitlager für Flüchtlinge in den Häfen entlang der afrikanischen Grenze, mit den großen Buffets ist es vorbei und die Motoren schweigen nun für immer.

Bis dahin war es allerdings ein sehr, sehr langer Weg. Denn die Menschen konnten nicht leben ohne ihre Reisen, mit denen sie sich für all die viele Arbeit wenigstens ein kleines bisschen Belohnung spenden konnten. Und vielen Menschen gaben sie damit ja auch Arbeit. Auch diese konnten unmöglich darauf verzichten, denn wie hätten sie sonst ihre Familien ernähren können? Und am Ende waren da natürlich auch noch die Konzerne. Das klingt immer nach einem so bösen Wort, aber die Konzerne, das waren schließlich auch Menschen. Die ebenso hart arbeiteten, auch wenn viele das nicht erkennen wollten. Alle sahen sie auf Cocktailpartys große Reden schwingen und wichtige Kontakte pflegen und waren oft sehr neidisch, dabei waren das genau genommen Überstunden. Also brauchten auch die Konzerne einen Ausgleich zu ihrem mühsamen Alltag und konnten auf das Geschäft mit der Kreuzfahrt auf keinen Fall verzichten.

Allen war im Grunde klar, dass man auf diese Weise dem Klima schadete. Und das wurde auch mehr und mehr zum Thema auf den Cocktailpartys. Alle sprachen davon, und sehr viele machten sich große Sorgen, denn die Stimmen, die behaupteten, dass der Klimawandel wahnsinnig teuer werden könnte, wurden von Jahr zu Jahr lauter. Das konnte manchem wirklich die Laune verderben, und die Stimmung auf den allabendlichen Partys ging langsam, aber sicher, in den Keller. Bis bei einem dieser Abende ein paar Jungs von den Konzernen gemeinsam mit dem einen oder anderen hohen Tier aus der Politik eine großartige Idee hatten: Wir bauen einfach noch schönere, prunkvollere Schiffe, damit auch wirklich jeder noch so sture Nörgler nur begeistert sein kann, und geben den Hafenstädten ein bisschen Geld, dann meckern sie nicht mehr über die dreckige Luft. Und der Klimawandel hat ja auch Vorteile, immerhin gibt es durch ihn bald viel mehr warme Urlaubsziele.
Ihr lacht, aber genauso war es.

Jedoch ging jeder Urlaub, ob nah oder fern, ob mit dem Flugzeug oder mit dem Schiff, einmal zu Ende. Und dann war man wieder für ein halbes Jahr oder ein Jahr in seinem Alltag gefangen. Da begann jeder Tag wie der Tag davor und wie der Tag davor, und die Tage begannen meistens sehr früh morgens. Als erstes duschen, und zwar jeden Morgen. Dann wurden mehrere verschiedene Kosmetikprodukte verwendet, damit man trotz Schlafmangels immer frisch und munter aussah. Anschließend musste man sich überlegen, was man heute anziehen soll.

Selbstverständlich, auch wenn alles sauber geblieben war, nicht das vom Vortag, denn dann dachten die Leute, man wäre arm und hätte nur das eine Teil im Schrank. Auch Schuhe, davon hatte jeder mindestens fünf oder zehn Paare, durften niemals an zwei Tagen aufeinander getragen werden. Wer mehrmals hintereinander in den selben Schuhen gesehen wurde, der war in der Regel nicht zu den erwähnten Partys eingeladen.

Sobald man fertig war, machte man sich auf den Weg zu seiner Arbeitsstelle. Das geschah normalerweise mit dem Auto. Wer eine eigene Garage hatte, der hatte es besonders gut. In den großen Städten mussten die Leute dagegen oft weite Strecken zu ihrem Auto laufen, denn es gab nie genug Parkplätze, um den Wagen in der Nähe seiner Wohnung für die Nacht abstellen zu können. Es gab auch die Möglichkeit, mit dem Zug zu fahren. Wer das aber tat, der wurde ebenfalls nicht zu den Partys eingeladen, denn das waren oft die Menschen mit weniger Geld, und die wollte man da nicht haben. Wer es sich leisten konnte, hatte darum besser ein eigenes Auto.

Und wenn man dann, meistens allein, auf dem Weg zur Arbeit war, stand man oft erstmal im vorhin genannten Stau. Weil die Straßen einfach viel zu voll waren und alle zur gleichen Zeit ihr Ziel erreichen mussten. Dann hing dichter Qualm aus Millionen Auspuffrohren über der Stadt, dröhnender Lärm von Motoren und Hupen und den Sirenen der nicht durchkommenden Rettungswagen drang durch die Straßen und wütende Autofahrer lehnten sich zu ihren Fenstern raus, um lautstark ihrem Ärger über die verlorene Zeit Luft zu machen. Was natürlich zu nichts führte, als nur noch mehr Lärm, denn alle anderen steckten ja genauso fest.

So kam man dann bei seinem Büro oder seiner Firma an und hatte vom Tage eigentlich schon längst die Nase voll. Um trotzdem noch irgendwie bis zum Abend durchzuhalten, gab es literweise Kaffee. Der selbe Kaffee, den einige von euch auch bei besonderen Gelegenheiten schon mal probiert haben. Ich freue mich ab und zu sehr über eine schöne Tasse von diesem kostbaren Getränk. Aber die Menschen damals mussten ihn trinken, das war in erster Linie kein Genussmittel, sondern eine Notwendigkeit, um durch den Alltag zu kommen. Allerdings kostete er früher nur einen Bruchteil dessen, was er heute kostet, und jeder noch so kleine Lohnarbeiter konnte sich seine anregende Wirkung leisten.

Berufe waren, als ich noch ein Kind war, etwas ganz anderes. Gearbeitet wurde doppelt oder dreimal so lange wie heute, aber man blieb normalerweise auch sein ganzes Leben, wenn nicht gar über Generationen, im selben Beruf. Wie die Millionen kleiner Bauern in meinem Land, die hatten ihr Handwerk sogar von den Eltern gelernt und gaben es traditionell auch an die eigenen Kinder weiter. Oder die Schuhmacher, die Schneider, die Krämer, die das genauso taten. Die Fernsehtechniker, deren Väter nicht selten Radiotechniker waren, die Bäcker, die die Backstube ohne große Widerworte erbten, denn so war es Tradition.

Es ist jedoch auch Tradition, dass jede Generation die Konzepte ihrer Vorgänger infrage stellt. Schließlich gab es Jobs, die wirklich nicht mehr in die Zeit passten. Spätestens seit dem

Vietnamkrieg waren Gehorsam und bedingungsloses Befolgen von Befehlen sowieso nicht mehr der letzte Schrei. Und so mancher Lohnerwerb konnte auch in einer verdammt spärlichen Witwenrente für die hinterbliebene Gattin nebst Kindern münden. Da gab es zum Beispiel die Bergarbeiter, die gingen einer sehr gefährlichen Beschäftigung nach, denn immer wieder stürzten Schächte ein oder irgendwo trat plötzlich entzündliches Gas aus und viele Menschen starben bei Explosionen.

Dann hatten die Betreiber des Bergwerks mal wieder einen Streik am Hals, der Betrieb stand still und ihnen ging an jedem einzelnen Streiktag ein ganzes Vermögen durch die Lappen. Das war nicht so wie in den Diamantenminen, in denen eure Väter geschuftet haben. Bei uns in Europa waren Streiks erlaubt, und Arbeiter liebten es, zu streiken. Jedoch nicht nur an Streiktagen, sondern auch wenn alles normal verlief, so ein Bergwerk war teuer, und das Teuerste daran waren die ständig um noch mehr Geld und noch mehr Sicherheit streikenden Arbeiter. Also, und dank großartiger neuer Technologien, baute man Maschinen, die die Arbeit viel billiger erledigen konnten, und bald brauchte man nur noch eine Handvoll Angestellte, um die Maschinen zu überwachen.

So waren da die Bäcker, die schon mitten in der Nacht beginnen mussten, Brote und Brötchen zu backen, bevor alle anderen Menschen frühstücken wollten. Auch diese mühevolle Tätigkeit wurde schließlich von Maschinen übernommen, die Tag und Nacht backten, ohne müde zu werden, und nur noch wenige Menschen wurden benötigt, um die stählernen Bäcker zu kontrollieren. Genauso geschah es im Maschinenbau, bei der Herstellung von Medikamenten und sogar bei den Bauern auf dem Felde. Und ja, da fielen Arbeitsplätze weg, und viele Menschen waren ziemlich sauer. Gingen auf die Straßen, beschwerten sich über Lohnkürzungen und Stellenabbau, aber das war natürlich nicht aufzuhalten, denn das Sagen hatten am Ende immer die Konzerne.

Man könnte meinen, dass es uns damals schlecht ergangen wäre. So war das aber nicht. Viele, die in dieser immer moderneren Welt ihre klassischen Berufe verloren hatten, erfanden sich eben neu. So begann einer, der seine kleine Backstube an einen Mammutbetrieb verloren hatte, weil er es nicht geschafft hatte, mit der Zeit zu gehen, nun Programme und digitale Anwendungen zu schreiben, die wiederum andere Arbeitsplätze überflüssig machen würden. Oder ein Postbote, dessen Stelle eingekürzt wurde, weil niemand mehr Briefe schrieb, lernte, wie man digitale Werbung macht. Und wer für sich gar keinen Weg fand, wieder am Berufsleben teilzunehmen, dem gab man einfach ein bisschen Geld, damit er weiter einkaufen konnte, denn da hatten schließlich alle was davon. Das Geld musste nur immer in Bewegung bleiben, dann ging es allen am Ende gut.

Uns ging es wirklich sehr gut. Wir hatten gar keine Ahnung, wie gut es uns ging. In der Welt, in der ich aufwuchs, hatten wir allmählich alles erreicht. So gut wie jeder Mensch oder jede Familie hatte eine Wohnung oder sogar ein Haus ganz für sich allein, man konnte wohnen, wo man wollte und in seinen eigenen vier Wänden war man frei, zu tun und zu lassen, was einem gefiel. Wir konnten Lebensmittel kaufen, so viel wir wollten, alles war für jedermann bezahlbar, und da war es ganz gleich, ob es Bananen aus Kolumbien waren, Avocados aus Mexiko oder Schokolade, für die der Kakao übrigens aus Westafrika geliefert wurde. Ich weiß, dort wurden nicht nur die Böden und das Grundwasser ausgebeutet, sondern auch ein paar von euch, die ihr heute diesen Brief lest, oder euren Eltern, die euch hierher gebracht haben, um euch das Schicksal auf den Plantagen dort zu ersparen. Aber darauf kommen wir später noch zurück.

Jedenfalls, auch Wasser war für uns in Europa selbstverständlich. Ich selbst habe es immer geliebt, so lange zu duschen, bis das Wasser kalt war. Es war auch noch ganz normal, selbst nach einem "kleinen Geschäft" die Klospülung zu betätigen. Wir hatten nicht einmal Steine oder Wasserflaschen in den Spülkästen, wir haben sie jedes Mal komplett volllaufen lassen, stellt euch das nur vor. Oder seine Kleidung nach nur einmal Tragen zu waschen, das gehörte sich im Grunde so, und niemand machte sich ernsthafte Gedanken über den Verbrauch seiner Waschmaschine. Und wenn es im Sommer sehr warm wurde, dann hatten wir Badeanstalten und Swimmingpools, in denen wir uns jederzeit Kühlung verschaffen konnten. Manche Menschen hatten sogar einen eigenen Pool, so groß wie ein ganzer Gemüsegarten. Die waren bis obenhin mit Wasser befüllt, das so sauber war, dass Kinder gefahrlos darin plantschen konnten. Ich erinnere mich; als Kind bin ich immer mit meinen Geschwistern durch den Wasserstrahl gehüpft, wenn mein Vater, wie jeden Samstag, in unserer Hofeinfahrt mit dem Gartenschlauch das Auto wusch. Mein Vater war ein sparsamer Mann, und so hat er zuerst immer geschimpft, weil das nun mal auch alles Geld kostet. Wirklich teuer war Wasser aber letztlich nicht, und weil wir Kinder so eine Freude daran hatten, hat er dann am Ende meistens doch selbst angefangen, zu lachen, und uns stundenlang damit nassgespritzt.

Man kann sich gar nicht vorstellen, wie viel Wasser wir täglich verbrauchten. All die Kleider, die immer neuen Telefone und Computer, die vielen neuen Autos, unser Essen, unsere Schminke, sogar die Medikamente, es brauchte Unmengen an Wasser, um das alles herzustellen. Und das Erstaunliche war, es war kein Problem! Wenn man Erdbeeren in Ländern anbauen wollte, in denen Erdbeeren eigentlich nicht wachsen konnten, und diese auch zu Jahreszeiten ernten wollte, in denen sie eigentlich gar nicht reif sein konnten, grub man eben immer tiefere Brunnen, um die Felder zu bewässern. Irgendwann später wurde das zwar dann doch hier und da zu einem Problem, weil der Regen immer öfter ausblieb und das Grundwasser nicht mehr zurückkam, aber da konnte man erstmal noch mit Kläranlagen und Meerwasserentsalzung Abhilfe schaffen. Und den Bauern, deren Ernten trotz aller guten Ideen ausblieben, denen gab man ein bisschen Geld, und sie blieben ruhig und geduldig. Alles würde ganz bestimmt besser werden, und eigentlich ging es uns ja wirklich richtig gut.

Wenn wir nicht gerade morgens im Stau, am Flughafen in der Schlange oder am Bahnhof ungeduldig auf die andauernd verspäteten Züge wartend standen, dann standen wir so gut wie nie still. Wir waren von früh bis spät in Bewegung, waren zu jeder Zeit fleißig, außer im Urlaub, und mit unserer Leistung schufen wir uns eine nahezu perfekte Welt. In Allem waren wir unglaublich schnell, von Fastfood über Fast Fashion bis hin zu Swipe, Match und - im Falle des Missfallens, Ghosting bei der Partnerwahl; wir konnten im Gehen unseren eigenen Schatten überholen.

Selbst Kinder zu haben, war dabei kein großes Problem. Wer Kinder hatte, meistens waren es eines oder zwei, der brachte sie morgens in den Kindergarten und ging zur Arbeit. Auch kleine Babys konnte man dort abliefern. Denen, die Kinder hatten, ging es aus unserer heutigen Sicht wahrscheinlich noch am besten von allen. Die kamen am Abend zusammen, aßen gemeinsam und brachten anschließend ihre Kinder ins Bett. Viele von ihnen lasen den Kleinen vor dem Einschlafen Geschichten vor und gingen dann selbst in ihr Bett. Das war ein gutes Leben. Während die, die keine Kinder hatten, und die allermeisten von ihnen auch keinen Lebenspartner, noch lange keine Ruhe finden konnten.

Wer unter denen nicht zu den großen Cocktailpartys eingeladen war, und das waren nur die, die besonders viel Geld hatten, besonders dicke Bäuche und die dicksten oder längsten Zigarren, der musste sich eben woanders vergnügen. Da gab es zum Beispiel die Bars. Die waren sowas ähnliches wie unsere Hitzeschutzräume, Säle, in denen nur schwaches Licht brannte, jedoch nicht um Strom zu sparen, sondern um eine gemütliche Stimmung zu erzeugen. Es wurde Musik gespielt, meistens von Datenträgern, manchmal aber auch von richtigen Musikern. Oder auf einem, oft auch mehreren Fernsehern wurden Sportereignisse übertragen, das waren dann, je nach Anzahl der Fernsehgeräte, ziemlich langweilige Treffpunkte, wo die Leute nur schweigend dasaßen, an ihrem Getränk nuckelten und nur ab und zu jemand irgendetwas rief, das wahrscheinlich mit dem Verlauf des Spiels zu tun hatte, jedoch nicht unbedingt einen Sinn ergeben musste. Mancherorts ging es lebhafter zu, das gab es keine Fernseher, und die Leute haben wild diskutiert, meistens über Politik. Doch wirklich neue, oder gar extreme Ansichten wurden da kaum geäußert, denn man kannte sich in der Regel und würde sich auch tagsüber, nüchtern, auf der Straße begegnen können und auch wollen, und zwar am liebsten ohne Scham. Deshalb drang aus solchen Bars zwar immer ein lautes Stimmengewirr, aber in ihrem Inhalt waren derartige Diskussionen überwiegend harmlos.

Und jeder Mensch, überwiegend jedoch waren dort Männer, konnte ohne besondere Einladung oder Genehmigung einfach reingehen und sich etwas zu trinken bestellen. Nicht jedoch Wasser, wie ihr vielleicht jetzt denkt, sondern viele verschiedene, seltsam schmeckende Getränke mit Alkohol darin. Wasser wurde auch angeboten, das hat aber selten jemand bestellt. Die Gäste kamen auch nicht etwa, weil sie Durst hatten. Der Alkohol hatte zweierlei Wirkung: Die eine war gut für die, die mit Freunden in diese Räumlichkeiten gingen. Er wirkte nämlich sehr anregend, und man konnte gemeinsam ausgelassen sein, so wir ihr es seid, wenn es regnet. Er lockerte auch die Zunge, was sehr von Vorteil sein konnte, wenn man sich dem anderen Geschlecht annähern wollte. Zu viel des Elixiers konnte aber auch zu peinlichen Entgleisungen führen, womit man schwerlich neue Freunde fand, ganz zu schweigen von der großen Liebe. Wer alleine ging und es trotz aller noch so einfallsreichen Anbahnungsversuche auch blieb, und darüber traurig war, schon wieder einen Abend allein verbringen zu müssen, den konnte der Alkohol ein wenig trösten oder auch noch trauriger machen. Je nach dem, wie es einem gerade lieb war.

Wenn dann zu späterer Stunde und nach vielen Gläsern voll dieser alkoholischen Flüssigkeiten sich zwei trafen, von denen einer sehr ausgelassen war und der andere eher sehr traurig, dann ging das oft für beide nicht gut aus. Nicht selten führte es zu Streitereien, manchmal prügelten sich die Leute sogar und schlugen sich gegenseitig an die Köpfe, was sie gerade nur finden konnten. In manchen Nächten hatte die Polizei gar nichts anderes zu tun, als Betrunkene auseinandertreiben, und Ärzte nichts anderes, als anschließend deren Wunden zu versorgen. Und manch eine Studentin musste auf ihrem nächtlichen Heimweg von der Bibliothek um ihr Leben fürchten wegen denen, die um diese Zeit ganz besonders traurig oder wütend darüber waren, allein zu sein. Insofern hatten es die wirklich sehr viel besser, die mit ihren Kindern zuhause blieben. Das Einzige, das sie stören konnte, waren das andauernde Geheul der Sirenen von Polizei und Rettungswagen draußen und die eigene, nie nachlassende Unzufriedenheit.

Diese Unzufriedenheit kam nicht zuletzt auch von einem weiteren Hobby, dem vor allem diejenigen nachgingen, die ihre

Abende zu Hause verbrachten – ob nun mit Familie oder ganz allein auf der Couch: Das Fernsehen. Gestern wie heute wurden dort rund um die Uhr Werbesendungen gezeigt, und man konnte unter verschiedenen, mit den Jahren immer mehr werdenden Kanälen das Programm aussuchen, das zwischen den immer länger werdenden Werbepausen gezeigt werden sollte.

Dabei hatte beides, die Werbung, wie auch die Ausschnitte der Fernsehsendungen dazwischen, den selben Sinn und Zweck: Die Zuschauer sollten sich schlecht fühlen. Und dennoch nicht genug davon bekommen können. Extremer Beliebtheit bei den Frauen, zum Beispiel, konnten sich Bewerber von Haarpflegeprodukten erfreuen. In diesen Spots hatten die Models natürlich perfekt gestyltes, kerngesundes, wallendes Haar, wie man es im besten Fall während der ersten Stunde nach einem sehr teuren Frisörbesuch haben konnte. Aber in den spannenden, tiefen Einblicken in das luxuriöse Privatleben von irgendwelchen Delta-Promis, die dazwischen eingeblendet wurden, schienen eben Diese Tag und Nacht, bei Wind und Wetter genauso perfekt gestylt zu bleiben. Da konnte nicht einmal Eine mithalten, die ständiger Gast auf allen Cocktailpartys war. Das war frustrierend, und gegen den Frust und das unbehagliche Gefühl der Minderwertigkeit half nur Shoppen, bis die Kreditkarte glühte.

Ebenso erging es Männern, die sich Abend für Abend die Präsentationen der neuesten Automodelle ansahen, und dazwischen Sendungen, in denen irre coole Typen mit näselnder Stimme ihre Expertenmeinung zu den jeweiligen Modellen zum Besten gaben. Fast zu emotional geladen für das männliche Selbstverständnis der damaligen Zeit, aber das erzeugte Nähe. Und um jeder aufkommenden homophoben Regung gleich entgegenzuwirken, waren all diese Expertisen mit derart deftigen Sprüchen gespickt, dass sich selbst der gestandene, erfolgreiche

Mann ziemlich uncool vorkommen musste und sein Vorgängermodell am liebsten in der Garage versteckt halten wollte.

Wenn man sich das alles ansah, war es eigentlich unmöglich, glücklich oder wenigstens zufrieden zu sein. Und umso weniger, je weiter man von diesen Scheinidealen entfernt lebte. Nicht ständig durch die Welt jettete, in feinen Villen wohnte, auf schicken Yachten feierte und dabei stets die neueste Modekollektion trug. Wenn man sich nicht einmal den Lippenstift seines Lieblings-Promis leisten konnte, oder auch nur die Felgen seines Traum-Autos. Aus diesem Grund mussten sich schließlich immer mehr Menschen Geld bei den Banken leihen, um wenigstens einigermaßen mithalten zu können.

Die Banken fanden das großartig, denn mit diesen Krediten verdienten sie ihr Geld. Und sie sahnten kräftig ab. An jeder Shoppingtour mit der Kreditkarte, an jedem Ratenkauf eines Neuwagens, an jedem vorfinanzierten Bau eines Fertighauses mit einem Hauch von Villen-Charme verdienten sie mit. Doch immer noch war anscheinend niemand zufrieden. Die Menschen kauften ein, buchten Reisen, Kreuzfahrten und derlei Vergnügungen auf Pump, und wenn sie dann im Urlaub waren, konnten sie sich gar nicht entspannen. Denn sie mussten die ganze Zeit darüber nachdenken, wie sie jemals ihren Kredit abbezahlen würden. Und das meiste von dem, was sie besaßen, gehörte in Wahrheit der Bank. Gefreut haben sich wieder nur die Jungs von den Cocktailpartys.

Während ich euch diese Zeilen schreibe, blicke ich in Gedanken in eure wahrscheinlich zum Teil erschrockenen Gesichter. Mich selbst schaudert es manchmal ein bisschen, wenn ich an diese Zeiten zurückdenke. Und ich kann mir ungefähr ausmalen, wie schrecklich und ungastlich ihr euch nun meine

Welt von damals vorstellt. Aber es war nicht alles schlecht! Wir hatten die Aufklärung, die industrielle Revolution, Feminismus, die freie Marktwirtschaft, freie Presse, die Demokratie und ein geeintes Europa, Gesundheit für die meisten, wir hatten die alles, alles versüßende Digitalisierung und mehr oder weniger soziale Sicherheit; man musste sich eigentlich überhaupt keine Gedanken mehr machen. Das Leben war sowas wie eine Fahrt in einem offenen Ford Mustang aus den 1960ern. Kennt ihr nicht, aber da habt ihr echt was verpasst. Jedenfalls, jeder, der es sich leisten konnte, hatte dieses nur ganz leicht holprige Gefühl, frei zu sein. Und denen, die es sich nicht erlauben konnten, ihr wisst schon, gab – oder lieh man einfach ein bisschen Geld, und das Leben ging für alle so weiter.

Eine Sache, über die sich zumindest bei uns in Europa fast alle gleichermaßen freuen konnten, war das Internet. Und das war wirklich eine ganz fabelhafte Erfindung. Ihr wisst ja, dass ich in Deutschland aufwuchs. Und als ich noch in die Grundschule ging, da hatte dort zwar schon fast jede Familie ein Telefon, allerdings waren die ganz anders als heute. Ein Telefon, das war ein großer Kasten mit einem halbrunden, über ein Kabel mit dem Apparat verbundenen Griff, den man abnehmen konnte, und in die eine Seite dieses Griffs konnte man sprechen, aus der anderen Seite kam die Stimme des Angerufenen. Um jemanden anzurufen, drehte man an einem Rad an dem Kasten, auf dem die Zahlen von null bis neun markiert waren, und man drehte der Reihe nach jede Ziffer der gewünschten Telefonnummer bis zum Anschlag. War man damit fertig, wurde man sogleich mit einer Zentrale verbunden, und von dieser Zentrale aus ging der Anruf dann über sehr lange und weit verzweigte Kabel zum ausgewählten Apparat am anderen Ende der Leitung.

So ein Telefonat war eine kostspielige Sache, und es wurde immer teurer, je weiter der Angerufene entfernt wohnte. Aber wie ihr wisst, meine Eltern waren sparsame Leute. Und wenn ich also nach der Schule, aber vor den Hausarbeiten mich mit einer Freundin zum Spielen verabreden wollte, die nur einen halben Kilometer von meinem Elternhaus entfernt lebte, dann bestanden sie darauf, dass ich persönlich zu ihr lief. Um mich mit ihr zu verabreden, dann wieder nach Hause zu gehen, meine Hausaufgaben zu erledigen und mich später wieder mit ihr zu treffen. So teuer war es, auch nur jemanden in der unmittelbaren Nachbarschaft anzurufen. Ich habe natürlich schnell gelernt, mich dann mit ihr zu verabreden, wenn die Zeit dafür am geeignetsten war, nämlich während der Schulzeit.

Aber noch etwas anderes am Telefonieren von damals war umständlich, nämlich das Besetztzeichen. Das bekam man dann zu hören, wenn derjenige, mit dem man sprechen wollte, sich bereits in einem anderen Telefonat befand. Und nun war es schließlich so, dass man sich noch nicht allzu lange Zeit auf diese Weise, so bequem, obwohl an ganz unterschiedlichen Orten, unterhalten konnte. Mit dieser Möglichkeit war ein neuer, ganz famoser Zeitvertreib geboren, dem besonders Frauen gerne stundenlang nachgingen. Das Problem war nur, dass man so ein Gespräch nicht unterbrechen konnte. Man musste es einfach immer wieder aufs Neue versuchen, und so konnte es passieren, dass man zwei Stunden lang alle paar Minuten nicht "Tuuut, tuuut" hörte, was bedeutete, dass es am anderen Ende klingelte, sondern immer wieder nur "Tut tut tut tut", was bedeuten konnte, dass der arme Bursche, dem in der Schule schlecht geworden war, sehr lange darauf warten musste, von seiner Mutter abgeholt zu werden. Aber so war das. War besetzt, wartete man eben.

Die Nummer meiner Freundin hatte ich im Kopf.

Telefonnummern von Nachbarn, also ohne Landes- und Ortsvorwahl, waren damals bei Weitem nicht so lang wie unsere heute, die konnte man sich noch merken. Wenn einer mehr Kontakte hatte, als er sich Nummern merken konnte, dann führte er ein Adressbuch. Darin waren, oft nach alphabetischer Ordnung, alle Namen und die dazugehörigen Telefonnummern handschriftlich eingetragen. Es galt auch als schick, möglichst viele Einträge darin zu haben, man kann sagen, je dicker so ein Adressbuch war, desto wichtiger war sein Besitzer. Und wollte man jemanden anrufen, der nicht in diesem persönlichen Adressbuch stand, dann gab es dafür das Telefonbuch. Telefonbücher waren Sammlungen sämtlicher Adressdaten derjenigen, die einen Telefonanschluss besaßen. Wenn man also wusste, wen man anrufen wollte, und auch ungefähr, wo derjenige wohnte, dann fand man dort dessen Nummer. Das waren natürlich abertausende Namen, Adressen und Zahlen, und ihr müsst euch vorstellen, so ein Buch, wenn darin auch nur alle Bewohner einer Kleinstadt mit Anschluss ans Telefonnetz verzeichnet waren, konnte so dick sein wie mein Unterarm.

Den Namen der Person, die man anrufen wollte und die dazugehörige Nummer im Telefonbuch zu finden, war ein Leichtes für jeden, der das ABC beherrschte. Aber damit war man noch lange nicht am Ziel. Diese Bücher wurden ja nur einmal im Jahr neu gedruckt, und wenn einer im Laufe dieses Jahres umgezogen war, dann konnte es passieren, dass die Nummer nicht mehr gültig war. Oder es geschah, was ähnlich ärgerlich war, dass man Alexandra Sommer anrufen wollte, und es meldete sich "Anschluss Familie Engelmann", und nicht etwa weil Alexandra umgezogen war, sondern schlicht, weil man sich verwählt hatte.

Und nun wohnte Alexandra aber eben nicht nebenan, sondern

in Köln, und da musste man vor ihrer Hausanschlussnummer auch noch die Vorwahl von Köln einwählen, also jede Ziffer einzeln, und die Wählscheibe jeweils bis zum Anschlag drehen. Stellt euch das bei einem Anruf ins Ausland vor, wenn dann auch noch die Landesvorwahl hinzukam, nur um festzustellen, dass man wegen einer einzigen verwählten Ziffer nochmal von vorne anfangen kann. Und auch noch wildfremde Leute bei irgendwas gestört hat. Da konnte man schon rot werden, aus ganz verschiedenen Gründen, von Scham bis hin zu schierem Zorn. Wir finden das alles heute zu Recht total unpraktisch.

Für meine Großmutter war das so noch völlig in Ordnung, für sie waren Geduld und Bescheidenheit noch die wichtigsten Tugenden. Aber für jemanden, der nur mal kurz vom Büro nach Hause kam um einen Anruf zu machen, danach noch drei wichtige Termine hatte und am Abend ja schließlich auch noch in die Bar wollte, für den war so ein Besetztzeichen, oder ein unbekannt Verzogener, oder sich zu verwählen, was einen alles ewig lang aufhalten konnte, gar nicht lustig. Für den galt: Wer geduldig ist, kommt nicht voran und wer bescheiden ist, wird im Leben nichts erreichen. Insofern war es ganz einfach großartig, als sie das Internet erfanden. Und mobile Apparate, mit denen man sich, egal wo man sich gerade aufhielt, mit jedem Telefon, auch jedem Computer auf der ganzen Erde verbinden konnte, sogar ohne Kabel.

Auf einmal konnte man sich zur gleichen Zeit telefonisch für ein Abendessen mit Freunden verabreden, eine Fahrtroute zu einem bestimmten Restaurant berechnen lassen und sich von einem Computerprogramm, dass irgendwo am anderen Ende der Welt lauter Daten sammelte und verarbeitete, sagen lassen, ob das einen erwartende, dargebotene Essen gut sein würde oder eher nicht. Und das alles mit nur einem Gerät, das mit der Zeit immer kleiner und handlicher wurde, aber immer kinderleicht zu bedienen war. Also, man musste jedenfalls kein Astronaut sein.

Was eigentlich wieder ein gutes Beispiel dafür ist, wie wir immer schneller wurden, und warum das auch wirklich gut war. Stellt euch nur vor, ihr müsstet, um euer Lieblingsrestaurant zu finden, jedes Einzelne in der ganzen Stadt erst ausprobieren. Hingehen, bestellen, warten, dann probieren, dann feststellen, dass es euch nicht schmeckt, dann den Verdruss darüber verdauen, ein paar Tage oder Wochen später ein anderes Lokal testen; da ist es doch viel praktischer, eine virtuelle Suchmaschine zu befragen. Im Ernst, das war der Beginn wirklich rosiger Zeiten. Oder vielleicht gerade der Beginn vom Ende dieser rosigen Zeiten. Und eines kann man heute ganz bestimmt sagen; als das Internet geboren wurde, hatte es sicher nicht die geringste Vorstellung, welch ungeheuren Nutzen es einmal erfüllen würde. Und erst recht nicht, für wen.

Es brauchte kaum zwei Dekaden, da war es bereits zu einem Raum geworden, einer Dimension, die wir bewohnen konnten, die unser Leben erleichterte und zugleich wesentlich mitbestimmte. Es war ein Ort geworden, an dem wir uns weltweit verbinden, austauschen, vergnügen und auch bilden konnten. Wo wir Handel treiben, teilhaben, Einfluss nehmen konnten und natürlich auch selbst beeinflusst wurden. Und es half uns dabei, in den meisten Lebensbereichen schneller und schneller zu werden. Das war auch unbedingt notwendig, denn die menschliche Bevölkerung auf dem Planeten wuchs in hohem Tempo und die Wirtschaft musste zwingend mitwachsen. Darum war Geschwindigkeit gewissermaßen der Schlüssel unserer Existenz.

Wie ihr aber alle wisst; jede Sache hat zwei Seiten. Wie in dieser virtuellen Welt zum Beispiel, da fanden die einen in Lichtgeschwindigkeit die Lösung für ein Problem, das sie sonst den ganzen Tag beschäftigt hätte, während andere rund um die Uhr damit beschäftigt waren, diese gigantische Maschine zu füttern. Oder die Reisen, von denen ich euch erzählt habe. Genauso schnell, wie wir uns bewegen konnten, konnten es bald schon auch alle möglichen Viren. Und Raketen, schneller als der Schall. Jeder Fortschritt, so viel er uns bringt, hat immer auch seine Schattenseiten.

Ja, es ist wahr, die allermeisten Menschen arbeiten heute sehr viel weniger. Ungefähr am Höhepunkt der Entwicklung unserer Geschwindigkeit und damit einhergehenden Wohlstands erfand man nämlich eigens dafür ein neues Wort: Die Entschleunigung. Damit war gemeint, dass man sich zwar weiterhin irrsinnig schnell fortbewegte und alle Aufgaben zügigst erledigte oder erledigen ließ, man selbst dabei aber stets die total ruhige Kugel schob. Wenn es früher geheißen hatte, man lebt nicht für die Arbeit, sondern arbeitet fürs Leben - egal, wie hart, achtete man nun auf eine gesunde Work-Life-Balance. Das klappte natürlich wie immer auch hier nicht für alle. Erntehelfer, Rettungskräfte, Pfleger, Sicherheitsleute im Dauereinsatz, die ständig alles geben, von denen alles abhängt, die dabei selbst kaum genug zum Leben haben, die wird es wohl immer geben. Aber ihr wisst ja, mit ein bisschen Geld lässt sich alles regeln.

HEILE WELT

Mein Leben begann 1977, also vor ganzen hundert Jahren am Rande einer Kleinstadt im Norden Deutschlands. Ich bin die Tochter einfacher Menschen und habe sieben jüngere Geschwister. Wir hatten ein kleines, altes Haus aus Sandstein mit einem großen Garten, und während wir Kinder immer mehr wurden und das Haus immer kleiner, und damit wir meiner Mutter nicht die ganze Zeit um die Füße herumtanzten aber auch, weil wir im Haus eine fürchterliche Unordnung anrichten würden, ließ sie uns am liebsten draußen spielen. Und zwar bei jedem Wetter.

Meine Kindheit unterschied sich insofern damals sehr von der meiner Klassenkameraden. Keiner von ihnen hatte so viele Geschwister, und keiner von ihnen konnte so spielen wie ich. Die meisten hatten einen Fernseher, das gab es bei uns nicht, oder wurden in Vereinen und Kursen andauernd beschäftigt, Reiten, Musikunterricht, Fußball, auch das gab es bei uns nicht, denn wer wollte das alles für ganze acht Kinder bezahlen. Also beschäftigten wir uns selbst, und darin waren wir einsame Spitze.

Wir gruben zum Beispiel tiefe Löcher in den Boden eines ungenutzten Ackers direkt hinter unserem Grundstück, jeder sein eigenes, so tief, bis es nicht mehr weiter ging, weil wir auf Grundwasser stießen. Aber immerhin tief genug, dass wir darin fast aufrecht stehen konnten. Einmal hatten wir auf einem Streifzug durch die Nachbarschaft ein paar verzinkte Blechbadewannen gefunden, später wussten wir, dass das wohl Futtertränken waren, aber für uns waren sie weder das eine noch das andere: Sie waren Baumaterial. Wir stülpten sie als Dächer über die Gruben, neben anderem Müll, den wir fanden. Bretter, Plastikplanen, die von einem nahegelegenen Autohaus zu uns herüberflogen, manchmal eine Styroporplatte, die als Tisch oder Sitzfläche in den Höhlen dienen konnte. Die Grasnarbe, die wir vorher sorgfältig ausgestochen hatten, legten wir obendrauf, und bis zum nächsten Regen sah unser kleines Hügeldorf sogar richtig hübsch aus.

Damit es wie in einem echten Dorf zuging, hatten wir natürlich auch einen Bürgermeister, einen Polizeichef und einen Minister für irgendwas, Positionen, um die wir drei "Großen" uns regelmäßig zankten. Und, obwohl es auf der Wiese reichlich Platz für mehr als nur unsere drei Höhlen gegeben hätte, haben wir mit aller Härte durchgesetzt, dass die "Kleinen" sich keinen Zutritt verschafften und erst recht kein Baugrundstück ergattern konnten. Was die Sicherheit unserer Grenzen anging, war mit uns nicht zu spaßen. Schließlich hatten wir das alles aufgebaut.

Wenn wir uns nach getaner Arbeit, verschwitzt und mit schwarzen Rändern unter den Nägeln, wie wir waren, stärken wollten, war die Speisekarte wirklich prächtig: Unsere kleine Welt, die Wildwiese, war eingesäumt von Obstbäumen. Äpfel, Birnen, Mirabellen, unser liebster war der Pflaumenbaum im hintersten Winkel des Grundstücks, auf ihm hatte jeder seinen eigenen Ast und manchmal verbrachten wir den ganzen Nachmittag in seinen Wipfeln, Pflaumen mampfend, bis der Durchfall einsetzte. War uns nach etwas deftigerem, gingen wir zum Rand des Feldes nebenan, dort hatte der Bauer Mais gepflanzt und wir wussten ganz genau, wann die jungen Kolben genau die richtige Reife hatten, um roh und mit Sauerampfer, an besonderen Tagen manchmal auch mit Käse und Ketchup, die wir aus dem Haus stibitzt hatten als Beilage einfach köstlich zu schmecken. Wir kannten uns überhaupt ziemlich gut aus. Ein Blick nach der Sonne, und wir wussten, wie spät es ungefähr war.

Was mir allerdings überhaupt nicht einleuchten wollte war, dass man den Mais angeblich nicht essen konnte, weil der Bauer dort nur Futtermais angepflanzt hatte. Da gab es also Mais für Menschen und anderen, der war nur für Tiere gedacht, dabei wusste ich ja, dass der total lecker war, und konnte mir auch nicht vorstellen, dass er schädlich sein sollte, denn wer würde an die Tiere giftigen oder sonst irgendwie unverträglichen Mais verfüttern? Vor allem, wenn man beabsichtigte, dieselben Tiere eines Tages selber zu essen. Das erschien mir gänzlich unsinnig.

Meine liebste Jahreszeit, wer würde es anders erwarten, war der Sommer. Wenn es schon hell war, wenn ich aufwachte und erst wieder dunkel wurde, wenn ich abends im Bett lag. Wenn unsere wilde Wiese so hoch stand, dass wir darin verstecken spielen konnten. Manchmal ließ ich mich auch einfach ins hohe Gras fallen und wartete darauf, dass die Anderen vergessen würden, mich zu suchen. Bis ich selbst vergessen haben würde, dass sie mich suchten. Bis da nur noch der würzige Duft der Wiese und ihre vielen tausend Klänge waren. Ich lag da und beobachtete die Insekten und die Vögel über mir. Ich kannte all ihre Namen und konnte endlose Stunden damit verbringen, ihrem Surren zu lauschen, sie zu zeichnen und ihre Arten zu bestimmen.

Und es wimmelte überall von ihnen, wo man auch nur hinsah, schwirrten Mücken, Fliegen, Bienen und Wespen, auch Hornissen, die machten mir tatsächlich ein wenig Angst, aber dann waren da wieder die Libellen und Schmetterlinge und meine Lieblinge, die Vögel. Bachstelzen und Sumpfdrosseln, Amseln, wild umhersausende Schwalben und die wunderschönen Stare mit ihrem Gefieder, das wie ein Abendkleid aussah. Ich kannte die Zugvögel, die Nomaden unter den Vögeln und ihre Routen, und ich kannte die, die das Jahr über blieben. Viele dieser Arten gibt es leider heute gar nicht mehr.

Ab und zu geschah es auch, wenn ich da so mitten in der Wiese liegend vor mich hinträumte, dass plötzlich ein krachend lauter Knall die friedliche Sommerstille durchdrang. Kurz darauf sah ich dann immer ein Düsenflugzeug tief über mir her sausen, wohl im Landeanflug, nur einen Augenblick, nachdem es mit einem markerschütternden Laut die Schallmauer durchbrochen hatte.

Nicht weit von meinem Wohnort entfernt gab es einen Truppenübungsplatz der Engländer. Das wusste ich damals natürlich nicht. Ich war vielleicht zehn Jahre alt. Ich hatte davon gehört, dass wir uns mitten im sogenannten kalten Krieg befanden, für mich war das aber nur wieder einer dieser unsinnigen Begriffe, die Erwachsene sich ausdachten, um so kompliziert zu klingen, dass wir Kinder uns da raushielten. Und von den Überschallfliegern wusste ich nur, die übten halt das Fliegen. Und fand das auch total spannend. Wenngleich ich nie so ganz verstand, warum man unbedingt so schnell fliegen muss. Ich dachte, Vögel haben da viel mehr Spaß.

Der Sommer kam, verlief und ging immer auf die gleiche Weise. Erst der April, von dem jeder wusste, der macht, was er will. Regen, Sonnenschein, Hagel, ein paar letzte Schneeflocken, da war von allem was dabei. Ich fand ihn irgendwie gruselig, weil man nie wusste, was als Nächstes kam. Und das Wetter konnte mehrmals am Tag komplett umschlagen. Was man aber wusste war, dass auf ihn der Mai folgte. Und der war stets ein verlässlicher Vorbote des Sommers. Wie hab ich ihn geliebt, den Mai. Alles leuchtete wieder grün, erste Blüten streckten ihre

Köpfe aus dem aufgetauten Erdboden und man konnte es mit jeder Faser spüren, es in der Luft riechen, der Sommer stand vor der Tür.

Und dann war er da, und mit ihm die ersehnten Sommerferien. Aber damit war es noch nicht perfekt, meine Mutter hatte nämlich eine Regel, und die lautete, ab 12 Grad Celsius Nachttemperatur durften wir unser Zelt unter der Linde im Garten gleich hinter dem Haus aufschlagen. Und auch erst ungefähr dann, wenn das Quecksilber diese Temperaturen erreicht hatte, was tagsüber natürlich sehr viel wärmer war, wurde endlich das Plantsch-becken aufgestellt. Wenn das allerdings geschah, normalerweise in den ersten zwei Juliwochen, dann waren wir Kinder nicht mehr zu halten, und im Haus nur noch zu den nicht selbstgepflückten Mahlzeiten und für die allernötigste Körperhygiene anzutreffen.

Die Mahlzeiten mit meiner Familie waren eigentlich ganz ähnlich wie unsere heute. Wir Kinder saßen auf einer Bank um den Esstisch, auf der es mit jedem neuen Geschwisterkind, dass aufrecht sitzen konnte, enger wurde. Ständig berührte man sich gegenseitig an den Beinen oder mit den Ellenbogen. Trotzdem ging es immer friedlich zu, denn mehr als ein stummes zurückpuffen wäre unseren Eltern aufgefallen, und Streit war bei Tisch natürlich strengstens untersagt, genau wie bei uns. Zu essen gab es im Wesentlichen das, was in der Gegend angebaut wurde, vieles davon kam sogar aus unserem eigenen Garten, wie Erbsen, Kohl und anderes Gemüse. Meine erste Avocado habe ich erst als Erwachsene gekostet, das kannte man damals noch gar nicht, und auch Ingwer, Pak Choi und all diese exotischen Lebensmittel waren noch nicht verbreitet. Aber das hätte alles eh keine Schnitte gehabt gegen die Tomaten aus Mamas Garten. Wie die dufteten, wenn man sie gerade erst gepflückt hatte! Mit dampfenden Kartoffeln und frischem Dill, und das alles wuchs nur ein paar Meter von unserer Küche entfernt.

Obwohl Dosenfutter in der Werbung angepriesen wurde als gesunde Alternative zur zeitraubenden Arbeit in der Küche, hat meine Mutter jeden Tag für uns alle gekocht, und sie hat darauf geachtet, dass wir uns gesund ernährten. In anderen Familien gab es entweder Dosenravioli oder es wurde bei Tisch über die besonders feine Marinade an den Tierteilen oder ihren inneren Organen gefachsimpelt. Ich kann mich an kein Steak von besonderer Herkunft auf meinem Kinderteller erinnern, noch an Ravioli, es sei denn, ein neues Geschwisterkind war unterwegs und mein Vater musste für ein paar Tage das Ernährungsgeschäft übernehmen.

In meiner Familie war ich das größte Milchmonster von allen, ich konnte schon vor der Schule einen ganzen Liter vertilgen, dann einen noch danach und dazwischen, beim Frühstück in der Schule, schwammen meine Haferflocken ebenfalls in viel Milch. Wenn sich nach kurzer Zeit im Kühlschrank der satte Rahm oben auf der frischen Milch abgesetzt hatte, war ich sofort zur Stelle. Ich war aber auch gerne bereit, die Milch mit meinem Fahrrad vom Bauern in unserer Nachbarschaft zu besorgen.

Meistens, wenn ich zur gewohnten Abendzeit ankam, standen dort die Kühe schon in der Melkanlage, wo an ihren Eutern lange Schläuche befestigt waren und ihnen die Milch abzapften. Von dort wurde sie dann in einen großen Bottich gepumpt, aus dem mir der Bauer oder die Bäuerin, wer gerade da war, meine mitgebrachten Flaschen abfüllte. Das Einzige, das mir damals komisch erschien, war, dass keine von ihnen während meiner Besuche an der Melkanlage von mir Notiz nahm. Wenn ich tagsüber bei meinen Ausflügen mit dem Fahrrad an der Wiese vorbeikam, auf der sie grasten, dann kamen sie immer zu mir an den Zaun, manchmal sogar mit ihren jungen Kälbern auf noch wackeligen Beinen, um auf ihre Art guten Tag zu sagen. Aber beim Melken waren sie wohl zu beschäftigt.

Jedenfalls, Milch und Käse, Joghurt und Quark waren neben viel frischem Gemüse in meiner Familie wesentliche Nahrungsmittel, Fisch dagegen gab es überhaupt bei uns nur ab und zu, und auch den mochte ich schon als Kind nicht. Tiere insgesamt erschienen mir, anders als Pflanzen, uns Menschen überaus ähnlich. Sie zu essen, wäre mir ziemlich seltsam vorgekommen. Erst recht, seit auch ich, wie wahrscheinlich mit mir jedes andere Kind in Deutschland zu der Zeit, den Satz gehört hatte: "Iss ja deinen Teller leer, denk an die armen Kinder in Afrika".

Was ich dann natürlich auch tat, ich habe sogar sehr angestrengt an euch gedacht. Ohne euch zu kennen, selbstverständlich, was mir beim Denken wirklich nicht besonders half. Was ich aber kannte, war das Feld neben unserem Haus, auf dem der Futtermais gerade in voller Erntereife stand. Da habe ich mir überlegt, ob so ein Tier nicht, bevor es gegessen werden kann, ganz allein jedes Jahr seines kurzen Lebens so ein komplettes Feld abfressen würde, und ob man den Mais nicht besser direkt nach Afrika schicken sollte. Besser jedenfalls, als das Fleisch auf meinem Teller, das ich nicht mochte, und das bei seiner Ankunft in Afrika ganz bestimmt niemand mehr mögen würde. An manchen Tagen also war ich einfach nur froh, wenn das Familienmahl vorbei war und wir Kinder endlich wieder draußen spielen durften.

Wobei mir jedoch einfällt, es gab noch einen anderen Grund, ins Haus zu gehen. Die Sommergewitter. Die waren an sich völlig harmlos, das war nur Regen, kein richtiger Sturm, aber vor den

Blitzen mussten wir uns in Sicherheit bringen. Ich wusste immer schon lange vorher, wenn so ein Sommergewitter aufkam. Erst veränderte sich die Luft, fühlte sich irgendwie dicker an. Dann als Nächstes kamen die winzig kleinen, schwarzen Gewitterwürmchen, die setzten sich auf meine Arme, das störte mich aber nicht, weil die gar nichts machten. Und schon bald hörte man den ersten Donner aus weiter Ferne anrollen, da wusste man, das Gewitter kommt näher.

Ich mochte diese kleinen Unwetter und verstand auch gar nicht, warum man sie überhaupt so nannte. Sie sorgten für eine angenehme Abkühlung, immer gegen Ende eines besonders heißen Tages, und immer waren sie bald wieder vorbei. Manchmal dachte ich mir heimlich, es gab sie nur, weil die Erwachsenen andauernd über das Wetter meckerten, auch dann, wenn es eigentlich total schön war. Weil man es ihnen sowieso nicht recht machen konnte, oder um sie daran zu erinnern, wie schön der Sommer in Wirklichkeit war.

Je älter ich wurde, und meine zwei nach mir geborenen Geschwister mit mir, desto größer wurde mit der Zeit auch unser Territorium. Als Dreiergespann der Großen, der Älteren, erkundeten wir tagsüber mit unseren Fahrrädern den uns erlaubten Bereich in der Nachbarschaft, wenn wir aber nachts in unseren Zelten lagen, konnten wir es kaum erwarten, bis im Haus das Licht ausging. Denn dann ging die Entdeckungsreise erst richtig los. Es gab zwar damals keine nächtliche Sperrstunde, aber uns Kindern war es natürlich nicht erlaubt, uns nachts vom Haus zu entfernen. Trotzdem, oder ein bisschen auch gerade deswegen: Sobald wir sicher waren, dass die Eltern schliefen, schwangen wir uns auf unsere Drahtesel und fuhren in die Stadt.

Erster Halt, die 23 Stunden Tankstelle, bei der wir unser

Taschengeld für Cola und Kekse verprassten. Und dann auf zu einem öffentlichen Parkhaus in der Stadt. Kinder, was für einen Spaß wir hatten. Dieses Parkhaus war der für uns gemachte Spielplatz. Die vielen Auffahrten, Aufzüge, hundert Orte, an denen man sich verstecken oder einander ausweichen konnte. Und kein Mensch weit und breit außer uns Kindern. Das war eine Freude!

Immer wieder haben wir uns vorgenommen, die ganze Nacht durchzumachen. Mit unseren Fahrrädern durchzufahren bis zum Morgengrauen. Wir wollten einmal den Sonnenaufgang im Sommer sehen. Vom Dach des Parkhauses aus, oder vom Ufer des Sees am Stadtrand. Meistens hat uns die Müdigkeit aber schon lange vor vier so dermaßen umgehauen, dass wir bald zurückfuhren, uns in den Schlafsäcken einmummelten und uns schon bald darauf keine römische Kohorte mehr aus den Zelten hätte holen können. Und während die Sonne dann wenig später tatsächlich aufging, krabbelten uns schon die Ameisen um die Ohren und die Batterie im Kondesatorradio, zu dessen leisen Klängen wir eingeschlafen waren, hatte längst den Geist aufgegeben.

Ich möchte diese Kindheit gegen keine andere tauschen. In der Schule haben sie mir, glaube ich, nicht allzu viel beibringen können, denn ich war eine Träumerin und habe lieber unter dem Tisch gelesen, als den Unterricht zu verfolgen. Doch bei den Abenteuern draußen mit meinen Geschwistern habe ich gelernt, worauf es im Leben wirklich ankommt. Wie spielend leicht es ist, rundum glücklich zu sein, mit nichts als Zeit, einem sonnigen, ungestörten Fleck in meiner Wildwiese, und einem geklauten Maiskölbchen von Nachbarsbauern. Dass man sich gar nicht weh tut, wenn man einmal aus dem Pflaumenbaum fällt, wenn man nur nicht zu hoch hinaufgeklettert ist. Und unten hängen schließlich auch genügend Früchte. Auch genug, um sie mit den anderen zu teilen, und dass sie, gemeinsam gepflückt, am allerbesten schmeckten.

Aber jeder Sommer mit all seinen wunderschönen Bildern, den Abenteuern und Erkundungen ging eines Tages zu Ende, und ihm folgte der Herbst. Dieses Gefühl von Freiheit, das wir Kinder den ganzen Sommer durch erlebt hatten, wich dann auf einmal der Pflicht des Schulbesuchs und einem endlos grauen Wolkenhimmel. Bald schon würde es nur noch regnen, tagelang, und die einzige Überraschung würde mal so ein richtiger Sturm sein, bei dem ein paar Bäume umknickten und vielleicht der eine oder andere Telegraphenmast. Was allerdings wirklich so richtig schön war am Herbst, das waren die Farben. Besonders, wenn zwischendurch mal die Sonne rauskam, das war einfach nicht zu fassen, wie unglaublich viele Farben die Natur malen konnte.

Leider, leider fanden das auch meine Eltern, und so gingen sie jeden Sonntag mit uns Kindern in den Wald, spazieren. Es gab drei Wälder in der Nähe unserer Stadt, und jeder hatte einen Wanderweg, also hatten wir drei Routen zur Auswahl. Eine führte durch einen Schieferwald, dort lagen auf dem Boden überall schwarze Schieferplatten, das fanden wir Kinder sehr schön. Aber nie durften wir die Platten aufsammeln und mit nach Hause nehmen, also war es doch wieder nur halb so lustig.

In einem anderen Wald führte der Pfad an einem stillgelegten Steinbruch vorbei, in dem man immer wieder Kletterer beobachten konnte, die sich an den steilen Sandsteinhängen emporkämpften, das war wirklich spannend. Am schönsten fand ich aber den dritten Wald. Während in den beiden anderen nur Kiefern und Fichten in Reih und Glied geordnet wuchsen, hatte dieser eine bunte Vielfalt von Buchen, Ahornbäumen, Eschen und den verschiedensten Nadelbäumen. In Diesem sah man auch mehr Tiere, die ab und zu vor einem über den Trampelpfad huschten. Dieser Wald war irgendwie lebendiger.

Ich wusste natürlich, dass der Wald ein Zuhause war für die Eichhörnchen, die Füchse, Wildschweine und Rehe, die Eulen und unzählige Arten von Insekten. Die meisten von ihnen ließen sich aber vor uns Besuchern niemals blicken. Die einzigen Waldbewohner, die man kaum übersehen konnte, waren die Ameisen. Überall bildeten sie große Hügel aus Tannennadeln und was sie sonst noch finden konnten und über lange Straßen, die aus jeder Himmelsrichtung zu ihrer Stadt führten, dorthin brachten. Und wenn man zu lange vor ihrem Bauwerk hockte und ihnen bei der Arbeit zusah, krabbelten sie einem auch bald am Bein hoch und machten schmerzhaft deutlich, dass man dort nicht allzu willkommen war. Also doch besser zurück auf den Wanderweg und in die Familienformation. Weit würde es nicht mehr sein bis zum Parkplatz, und bald würde ich wieder zu Hause spielen dürfen, wie es mir gefiel.

Wenn ich doch nur gewusst hätte, dass die meisten dieser Wälder in wenigen Jahrzehnten einmal komplett abbrennen und sämtliche in ihnen lebenden Tiere ihre Heimat verlieren würden. Ich war tatsächlich noch einmal dort, ein paar Jahre nach den verheerenden Bränden, und immer noch sah die Landschaft aus wie der Mond, nur mit schwarzen Stoppeln überall. Einzig mein bunter Lieblingswald hatte es so gerade eben geschafft, zwar war er lange nicht mehr so üppig wie ich ihn kannte, aber vom Boden und den unteren Ästen der Bäume her breitete sich allmählich frisches Grün wieder aus. Als ich dort spazieren ging und versuchte, mich daran zu erinnern, wie es dort früher ausgesehen hatte, traf ich auf eine Gruppe junger Umweltschützer, die dort Oberflächenproben nahmen. Wir kamen ins Gespräch und sie erzählten mir, dass dieser, mein Lieblingswald, besonders großes Glück gehabt hatte. Dass die meisten deutschen Wälder nicht mehr ankamen gegen Schädlingsbefall und Hitzewellen, und dass sie ihre Wurzeln noch so tief schlagen konnten, sie erreichten immer seltener das sinkende Grundwasser. Das Grundwasser, in dem ich noch mit den Füßen in meiner Höhle im Garten gestanden hatte? Wie konnte das sein?

Aber ich schweife ab. Ich wollte euch von den Jahreszeiten erzählen. Auf die man sich nämlich noch ziemlich fest verlassen konnte. Und dazu gehörte, dass es um Weihnachten herum begann, zu schneien. Nicht genau zu Weihnachten, das wär ja auch noch schöner gewesen, denn das haben wir immer gehofft. Jedoch um die Zeit herum ging es los, mit Schneewehen, die große, weiße Berge auftürmten, in denen man sich wälzen konnte. Mit Schneemännern, Schneeballschlachten, aber auch Eisblumen an den Fenstern und, das Geräusch werde ich nie vergessen: Stille. Denn wenn man raus ging in den Schnee und sich umhörte, dann hörte man gar nichts. Die ganze Welt schien zu schlafen, die Tiere wie die Menschen, und der noch verbleibende Schall versank im Schnee.

Soweit die romantische Seite. Man könnte bestimmt noch viel mehr Gutes und Schönes über den Winter sagen. Für Viele war er vielleicht sogar eine ganz fantastische Jahreszeit, denn da fuhren oder flogen sie in die Berge, wo besonders viel Schnee lag und auch länger liegen blieb, um dort gemeinsam Alkohol zu trinken und auf langen, flachen Brettern die schneebedeckten Hänge herunterzurutschen. Das mag auch sehr viel Spaß gemacht haben, doch ich liebte nun einmal den Sommer und hatte für den Winter und alles, was mit ihm zu tun hatte, nur wenig übrig.

Der Winter ist auch der eigentliche Grund, warum ich heute

mit euch in Spanien lebe. Wenn ich als Kind mit meinen Geschwistern im verschneiten Garten gespielt habe, war die Welt noch in Ordnung. Wir konnten uns ganze Nachmittage mit dünnen Eisscheiben auf Pfützen beschäftigen, oder einer Feldmausfamilie, die gerade einen Riesenhaufen Junge bekommen hatten, einen Schutzwall gegen Schnee und Kälte vor ihre Höhle zu bauen. Und ihnen Essen zu bringen, aller zu erwartenden Schelte zum Trotz. Auch mit dem Fahrrad zur Schule zu fahren, über die eisbedeckte Holzbrücke zu schlittern und mir jeden Morgen einen neuen blauen Fleck dabei zu holen, die eisigen, pochenden Finger, mit denen man die erste halbe Stunde kaum einen Stift halten konnte, alles halb so wild. Denn bald würde auch der See zufrieren und ich könnte Schlittschuh laufen – alles hat eben auch seine guten Seiten.

Mit den Jahrzehnten veränderten sich aber die Jahreszeiten. Stürme, wie wir sie sonst nur im Herbst hatten, gab es immer öfter auch im Sommer, dafür konnte ein Herbst auch mal sehr viel friedlicher ausfallen als erwartet, oder ein eigentlich milder Winter konnte urplötzlich mit arktischen Temperaturen aufwarten. Und mit heftigen Stürmen dazu. Ich weiß nicht mehr, in welchem Jahr es war; ich war vielleicht so Mitte dreißig und lebte bereits seit einigen Jahren in Berlin. Wie viele Millionen anderer hatte es mich vom Land in die Stadt gezogen, auf der Suche nach einer beruflichen Perspektive. Was ich da gerade genau gemacht habe, weiß ich nicht mehr, ich hab so vieles versucht. Das meiste war ziemlicher Mist, und entsprach überhaupt nicht meiner vagen Vorstellung, die ich hatte, mich in irgendeiner, obgleich erst noch ausfindig zu machenden Weise selbst zu verwirklichen. Ganz deutlich erinnere ich mich nur, dass es ein Tag im Januar war, als ich beschloss, Deutschland zu verlassen und in den Süden zu ziehen. Die Luft hatte 21 Grad minus und ein scharfer Wind blies aus Osten, als käme er direkt aus Sibirien.

Ich war, wie jedes Jahr um diese Zeit, seit Wochen dauernd krank und wusste, das würde auch noch einige Wochen so weiter gehen. Und da stand ich also, auf einem Bahnsteig in Berlin, auf dem Weg zu irgendeinem Job, wie ein Pinguin auf einer Eisscholle. Und ich wusste einfach, sollte ich je Hundert werden wollen, musste ich hier weg. Das war wohl eine meiner besseren Ideen, oder? Ihr lacht bestimmt. Nun, in Wahrheit habe ich damals nicht eine Sekunde daran gedacht, so schrecklich alt zu werden. Das Einzige, woran ich dachte, war ein besseres Klima. Man könnte sagen, ich war ein Klimamigrant. Aber mich haben nicht Terror, Zerstörung, Hunger und Durst zur Flucht bewogen, nein, mich hat die deutsche Kälte vertrieben. Und mir gefiel ganz einfach der Gedanke, zehn Monate im Jahr keine Socken tragen zu müssen.

In Europa gab es längst keine Grenzen mehr, die innerdeutsche Mauer war gefallen, als ich zwölf Jahre alt war, und Europäer durften innerhalb der Union, wie sie bald danach gegründet worden war, leben und arbeiten, wo sie wollten. Mich für ein Land zu entscheiden, fiel mir nicht schwer. Allzu viel von der Welt hatte ich nicht gesehen, aber Italien, Frankreich und Spanien kannte ich gut, und am liebsten mochte ich die Spanier. Ohne besonderen Grund, ich mochte einfach ihre Art, den Klang ihrer Sprache, ihre Architektur, ihre Musik, abgesehen von ihrer Küche, die an keinem Tag und zu keiner Tageszeit ohne Fisch und Fleisch auskam, mochte ich eigentlich alles an ihnen.

Da ich noch nicht besonders gut spanisch sprach, entschied ich mich für Mallorca. Dort lebten zu der Zeit noch sehr viele Deutsche, und die einheimischen Spanier waren auf Ausländer eingestellt und dafür bekannt, sie freundlich aufzunehmen. Zumindest die aus dem europäischen Ausland. Die Wirtschaft auf der Insel war kerngesund, jedes Jahr kamen Millionen Menschen zu Besuch, Arbeit gab es für jeden mehr als genug.

Es wäre geprahlt, zu sagen, ich wär gleich von Anfang an gut zurechtgekommen. In den ersten Jahren habe ich den ganzen Sommer lang nur geschuftet, um den Urlaubsgästen eine angenehme Zeit zu bereiten, und hatte selbst vom Sommer nicht allzu viel. Und im Winter dann, wenn es keine Arbeit mehr gab, hatte ich wie viele tausend Andere kaum genug verdient, um den milden Winter überhaupt richtig genießen zu können. Die gesellschaftlichen Schichten hätten zu der Zeit auf Mallorca kaum weiter auseinanderliegen können, und ich war definitiv in der Unteren angekommen.

Wenn man als junge Frau vom Land in so eine Welt kommt, dann ist das schon schwer zu glauben, was ich hier erlebt habe. Für euch wäre das noch viel unglaublicher. Ich wusste ja bereits, dass die Deutschen gerne herkamen, dass sie die Strände bevölkerten und sich entspannten oder Alkohol tranken, in ihrem Urlaub. Aber nun traf ich auf Leute, die kamen nicht ein, zwei oder von mir aus drei Mal im Jahr her, sondern alle zwei, drei Wochen. Und sie kamen auch nicht, weil sie sich von ihrer harten Arbeit erholen mussten, diese Leute arbeiteten gar nicht. Sie ließen ihr Geld für sich arbeiten. Passives Einkommen nannten sie das. Das war Geld, das man bekam, wenn man selbst nichts tat und nur auf die Arbeit und die Erträge anderer wettete. Denn es hatte sich in diesem Teil der Gesellschaft herumgesprochen, dass man mit dieser Art, nicht sich, sondern andere zu beschäftigen, viel mehr Geld verdienen ließ. Es war ganz einfach: Leisteten die, auf die man seine Kohle gesetzt hatte, gute Arbeit, wurde der eigene Einsatz mehr wert. Man brauchte nur einen guten Riecher. Oder gute Kontakte. Und die fand man auf jedem

Golfplatz, oder eben auf den hierzulande besonders zahlreich stattfindenden Cocktailpartys.

Noch dazu musste man von dem Geld, das man mit Arbeit verdiente, Steuern zahlen. Von dem Geld, das man nur von einem ertragreichen Unternehmen zum anderen bewegte, und dabei zusehen durfte, wie es ganz von allein mehr wurde, nicht. Der Trick war so einfach, dass bald die Millionäre sich wie die Fliegen vermehrten. Und sie kamen andauernd hergeflogen, manchmal nur für ein Golfspiel, bei dem sie sich mit ihresgleichen über neue Wege und Möglichkeiten der "Steuervermeidung" austauschten, oder um kurz nach dem Boot zu sehen oder auch nur, um für einen Abend eine Dame der Begierde zu treffen, als wäre es das Normalste von der Welt.

Die hatten hier noch ein zweites, drittes oder viertes Haus, ein Motorboot oder zwei, und das waren auch nicht ein paar vereinzelte Superreiche, nein, das erschien tatsächlich ganz normal. Jedenfalls, wenn man sie reden hörte, und sie sprachen anscheinend von nichts anderem. Ich muss es wissen, denn ich war auf den Cocktailpartys und auf den Luxusyachten, auf den Golfplätzen und in den Wellness-Hotels, allerdings ich war dort nur ein Zaungast oder, je nach Betrachter, wohl auch nur Teil der Ausstattung.

Aber ich war ja auch nicht wegen der Cocktails gekommen, sondern wegen dem Wetter. Und wegen dem Meer. Oh, das Meer. Ihr wisst, wie sehr ich das Meer liebe. Immer noch. Damals jedoch war es ganz anders, es gab es kaum Quallen, sie zogen nur einmal im Frühling vorbei, wenn das Wasser ohnehin noch recht kalt war und einmal im Herbst, da haben sie einem dann mal für einige Tage den Badespaß versaut, aber ansonsten konnte man von Anfang Juni bis Ende Oktober bequem schwimmen gehen. Danach wurde es zumindest für mich zu kalt.

Und allein die Farbe, vielmehr seine Farben, ihr seht das manchmal im Winter, jedoch zu meiner Zeit war das fast das ganze Jahr über so, all das Blau und die verschiedenen Türkistöne! Und kristallklar war das Wasser, so dass man unter seinen Füßen die Rillen im Sand sehen konnte. Grün war es damals auch, ab und zu, stellenweise, aber das war kein Problem; man konnte auch im Trüben ohne Gefahr schwimmen.

Jahreszeiten waren hier noch so ähnlich wie in Deutschland, nur waren die Sommer länger, die Winter freundlicher und es schien viel öfter die Sonne. Es gab mal die eine oder andere, harmlose Hitzewelle, ab und zu fiel auch Schnee im Frühling, aber der hüllte immer nur für ein paar Minuten lang die Strände in einen weißen Schleier und schmolz sofort wieder. Was ich aber vor allem und ganz besonders mochte neben dem ausgewogenen Klima, war der tatsächlich bedeutendste Unterschied zwischen den Jahreszeiten: Nämlich, dass es von Herbst bis Ostern herrlich ruhig war. Da konnte man den milden Winter umso mehr genießen, denn es waren nicht so viele gaffende, fotografierende, rück- und seitwärtsgehende Touristen da und man musste sich nicht ständig im Zickzack durch die Staus auf den Gehwegen Palmas wühlen.

Seit dieser Zeit ist viel geschehen, so vieles hat sich verändert. Jedoch, wie ihr ja längst wisst, alles im Leben hat zwei Seiten. Die angenehmen Verhältnisse auf der Insel zogen viel zu viele Menschen an. Aufgrund der pausenlos landenden und startenden Flugzeuge, der vielen Autos und Mietautos, der Motoryachten und Kreuzfahrtschiffe atmete man hierzulande über Jahrzehnte die dreckigste Luft auf dem gesamten Kontinenten ein. Doch weil eben genau all Dies auf lange Sicht nicht nur die hiesige Luft verpestete, sondern sich auch wie eine Heizdecke um den gesamten Planeten wickelte, ging diese ganze Aufregung um Mallorca irgendwann allmählich vorbei. Jetzt haben wir hier zwar im Vergleich zu damals nicht mehr die explodierende Wirtschaft, die.... - ja, eben die nicht mehr, aber dafür haben wir saubere Luft. Es gibt kaum noch Strände, weil sie das Meer verschlungen hat, aber dafür liegt da auch kein Plastik mehr herum. Wir haben bezahlbare Wohnungen und es fehlt uns auch sonst eigentlich an nichts. Viele Menschen finden heute, das damals war die wirklich heile Welt. Allerdings kann ich mich, wenn ich heute an die Cocktailpartys, die Luxusyachten und all das zurückdenke, kaum an glückliche Gesichter erinnern. Es ist wahr, wir hatten die fünfzig friedlichsten und fettesten Jahre erlebt. Aber diese heile Welt war bereits schwer krank. Wir haben es nur noch nicht gemerkt.

NIO

Alles begann mit einer Pandemie. Das war an sich nichts Neues, Pandemien hat es davor und auch danach immer wieder mal gegeben. Diese jedoch sollte sich in einem wichtigen Punkt von allen davor Gewesenen unterscheiden: Selbst Pest und Pocken hatten letztendlich immerhin für bessere Hygienestandards gesorgt, und trotz all der geforderten Menschenleben eine Verbesserung der Lebensqualität und auch der Lebenserwartung zukünftig lebender Menschen. Das ist eine traurige, aber dennoch eine Tatsache. AIDS, das in den Neunzehnhundertachzigern aufkam und zumindest die Welt der sexuell Aktiven in Angst und Schrecken versetzte, war dann aber doch zumindest gut für Kondomhersteller, vielleicht hat es sogar einen offeneren Diskurs über Sex ermöglicht, und war ganz sicher auch von Vorteil für die Pharma-Industrie, die neue Forschungsgelder bekam für die Bekämpfung dieser neuartigen Seuche. Und das betraf ja auch nur die, die irgendwie selbst schuld waren. Doch mit Corona sollte es sich anders verhalten. Dieser Virus hatte keinerlei positive Hinterlassenschaften im Petto, außer für die Pharma-konzerne. Und kein Mensch auf der Welt war mehr vor ihm sicher. Jede Pandemie hat in irgendeiner Form die Gesellschaft verändert. Doch diese sollte sie nachhaltig zum Negativen verändern.

Ein Virus, so klein, dass man ihn nur unter dem Mikroskop erkennen konnte, legte sich wie ein Nebel um den ganzen Planeten, und begann, zu töten, zu verwüsten, zerstörte zuerst kleine Unternehmen, dann auch immer größere, am Ende sogar Ehen, Familien, und er fraß und vernichtete einfach alles, das ihm in die Quere kam. Das ist kein schönes Gefühl, wenn du einem Angreifer gegenüberstehst, den du weder sehen noch einschätzen kannst. Und dieses unschöne Gefühl machte sich ebenso breit wie die Pandemie selbst.

Aber halt. Es war ja nicht wirklich der Virus schuld an alledem. Sehr viel wahrscheinlicher musste die Schuld bei den Regierungen liegen. An den Maßnahmen, oder an zu wenigen oder eben nicht den richtigen Maßnahmen, oder vielleicht gar am Entstehen und der Verbreitung des Virus selbst? Plötzlich kamen Fragen über Fragen auf. Fragen, mit denen jeder Mensch allein oder, wenn er denn Glück - vielleicht auch das Pech - hatte, mit seiner Familie in staatlich verordnetem Hausarrest saß und sowieso nichts anderes zu tun hatte, als nach Antworten zu suchen.

Zum Glück gab es das Internet. Es hatte sich über die Jahrzehnte, und erstaunlich passend für diesen Moment, bereits von einem weltumspannenden Telefonkabelgestrüpp zu einer regelrechten virtuellen Parallelwelt entwickelt. Einer Welt, in der jeder sich frei bewegen konnte und eine Maske nur dann aufsetzen musste, wenn er unerkannt bleiben wollte. Dort konnte man umherflanieren, bummeln, hier oder da einen Kaffee trinken und einkaufen, und musste nicht einmal die Tüten nach Hause schleppen, denn alles wurde geliefert. In dieser Matrix, dieser binären, von all ihren Nutzern mehr oder weniger gleichsam, gemeinsam gestalteten und beherrschten Umgebung ging das Leben, das in der "wirklichen" Welt, was auch immer das noch bedeutete, gestoppt worden war, beinahe unbeirrt, eher noch viel emsiger weiter.
Das war erstmal gut so. Millionen Menschen konnten auf diese

Weise trotz der Ausgangssperren weiter arbeiten. Es stellte sich heraus, dass die Arbeit von zu Hause aus Vielen sogar leichter, besser von der Hand ging, weshalb sich das Konzept bis heute durchgesetzt hat, teilweise sehr zum Wohle von Familien, die sich dafür entschieden haben, und natürlich der Lebensqualität in den Städten, denn je mehr Verkehr im Internet, desto weniger auf den Straßen.

Doch nicht alle konnten arbeiten. Ein Kellner, die Putzfrau in einem stillgelegten Hotel, der Blumenverkäufer an der Promenade konnte nicht ins Home-Office gehen. Der saß zu Hause, oft ganz allein, und suchte nach Antworten. Und die bekam er, reichlich. In der Matrix waren anscheinend alle und jeder darum bemüht, ihm Antworten auf seine vielen, verzweifelten Fragen zu geben. Antworten, mit denen er sich in dieser verwirrenden Situation zurechtfinden konnte.

Und, wie er feststellte, mit denen er schließlich ganz und gar nicht alleine war. Auf einmal kannte sich jeder mit Virologie, Genetik und Aerosolen aus, das Wort Inkubationszeit kam in Kinderliedern vor, aus dem Händedruck wurde der Gruß mit der Faust. Es bildeten sich sogar Gruppen, in denen sich Gleichgesinnte versammelten. Man musste allerdings nicht von vorherein derselben Meinung wie alle in der Gruppe sein, das ergab sich meistens mit der Zeit ganz von allein. Und wenn man sich doch nicht der Allgemeinheit anpassen ließ oder konnte, dann schloss man sich einer anderen Gruppierung an.

Das war zu Beginn auch alles noch recht übersichtlich, da gab es die Regierungstreuen, die waren dafür, dass jedermann geimpft ist, zur Not unter Zwang. Dann gab es die Besorgten, die tauschten den ganzen Tag Geschichten untereinander über die schlimmsten Verläufe der Krankheit aus und erlebten ihre Angst gemeinsam im virtuellen Luftschutzbunker. Und zu guter Letzt gab es die Neinsager. Die fanden sich zwar auch im Internet, gingen dann zum Teil aber doch, entgegen aller Verbote, aus den Häusern und auf die Straßen, um zu protestieren, oder schlichtweg aus Protest zu feiern. Eines hatten diese Gruppen allenfalls gemeinsam, sie waren ein Ort, an dem die Menschen nicht allein waren. Und wo, das war wirklich bemerkenswert, innerhalb allerkürzester Zeit Meinungen, sogar regelrechte Glaubenssätze, gebildet, verbreitet und in weiten Schichten der Bevölkerung, teilweise sogar global gefestigt wurden. Ich weiß nicht, wie es euch geht, aber ich habe noch von keiner Schwarmintelligenz gehört, die je zuvor derart schnell gelernt hat.

Den Tag vor den Lockdowns werde ich nie vergessen. Es war der vierzehnte März des Jahres 2020, und ich saß mit einer Gruppe von Freunden und Bekannten auf der sonnigen Terrasse einer Bar, der Frühling war gerade eingekehrt und wir waren alle sehr vergnügt; zwar kam immer mal das Thema Covid auf, doch niemand schien ernsthaft besorgt. Bis Einer die Nachricht vorlas, dass ab morgen alle erstmal zu Hause bleiben müssen. Und auch da waren sich die meisten unter uns noch sicher, das sei nur eine vorübergehende Vorsichtsmaßnahme in einer vielleicht doch ein weniger besorgniserregenden Situation. Zumindest klangen sie da noch so. In Wahrheit haben einige von ihnen noch auf dem Heimweg von diesem Treffen am Supermarkt gehalten, um an Toilettenpapier, Wasser und Wein einzukaufen, was auch nur in ihr Auto hineinging.

Auch ich bin noch einkaufen gegangen, jedoch zu Fuß, und ich musste nicht viel tragen. Ich wusste, ich würde auch morgen noch einkaufen können. Oder es würde irgendeinen Weg geben, sich zu versorgen oder versorgt zu werden, man würde uns schon nicht verhungern lassen. Aber auf diesem Gang nach Hause, da spürte ich, nein ich wusste es ganz sicher, dass dies mein letzter Weg durch diese Welt sein würde, wie ich sie kannte. Etwas lag über mir, in der Luft. Wie ein dunkler Schatten, und niemand sonst schien ihn zu sehen. Ich erinnerte mich an die Diskussionen, die über die Nachricht von der Ausgangssperre entbrannt waren, an die Worte meiner Freunde, von einem banalen Schnupfen, von Pressehysterie und der Allmacht der Medizin, die alles schon bald regeln würde.

Ich wusste aber auch, dass die Menschen, sogar und ganz besonders auch einige derer, mit denen ich diesen vorerst letzten Nachmittag in Freiheit verbracht hatte, durch die Gegend reisten wie bescheuert, und ich konnte mir ungefähr ausmalen, wie schnell sich so ein offenbar hoch ansteckender Virus in einer Gesellschaft, wie wir sie damals hatten, ausbreiten würde. Dafür musste man kein Mathematiker sein. Ich wusste, das war, oder vielmehr würde, eine Pandemie.

Also machte ich es mir in meiner damals achtunddreißig Quadratmeter großen Wohnung gemütlich. Gleich an Tag Eins des ersten Lockdowns richtete ich mein Schlaflager im Wohnzimmer auf der Couch ein, denn da schien bereits ab dem frühen Morgen die Sonne rein und so würde ich sicherstellen, nicht schon bald bis mittags zu schlafen. Und die Couch war auch nicht bequem genug, um dort den ganzen Tag liegen zu bleiben. Zu essen gab es erstmal nur Nudeln mit Soße, denn ich war zu der Zeit nicht fest bei einer Firma angestellt, sondern hatte mich mit verschiedenen Engagements, hier und da, über Wasser gehalten, mit denen es nun vorbei war und ich wusste nicht, wie lange mein bisschen Erspartes ausreichen würde. Doch das war okay, denn ich hatte ja alles. Erstmal.

Auch ich, wie wahrscheinlich jeder andere Mensch mit Internetanschluss auf dem Planeten, begab mich auf die Suche nach Antworten. Wie hoch ist die Ansteckungsquote? Verdammt hoch. Wie hoch ist die Sterberate? Verdammt hoch. Wie sind die Aussichten, dass der Spuk bald vorbei ist und wir alle wieder in unser normales Leben zurückkehren dürfen? Verdammt schlecht.

Irgendwann hatte ich keine Lust mehr auf schlechte Nachrichten und wollte lieber Bilder malen, um mich abzulenken und irgendwie zu beschäftigen, denn ich hatte aus den Zeichnungen meiner Kindheit mittlerweile mehr gemacht, mich ein bisschen entwickelt und der eine oder andere fand sogar, meine Bilder wären Kunst. Aber ich konnte weder Farben noch Leinwände kaufen, denn die Geschäfte, in denen man so etwas kaufen konnte, wurden als nicht systemrelevant, also entbehrlich eingestuft, und waren alle geschlossen. Und ich durfte ja sowieso nicht aus dem Haus, es sei denn, für die lebensnotwendigen Einkäufe.

Zufällig hatte ich einige Knäul safrangelber, feiner Wolle im Haus, die ich irgendwann mal besorgt hatte - was auch immer mich da gebissen haben mag. Also begann ich, einen Pullover zu stricken. Und damit es in meiner kleinen Behausung nicht so totenstill dabei zuging, ließ ich eine Streaming-Serie nach der anderen laufen. Das war bunt und bewegte sich. Meine Gedanken waren ganz woanders. Als das Brustteil fertig war, ging es los mit den Anrufen meiner Freundin, die nur einen Kilometer von mir entfernt ebenfalls allein wohnte und es nicht mehr aushalten konnte. Manchmal brauchte es Minuten, bis ich unter ihrem Schluchzen wieder die Worte verstehen konnte. Und oft musste ich ihr am Telefon ein Lied vorsingen, damit sie sich beruhigen und schließlich sogar wieder lachen konnte.

Ich hab mich dann als die Starke, ein bisschen wie die große Schwester gefühlt, denn mir ging es ja gut und ich konnte sie ein wenig aufbauen, und wir hatten viele tolle Gespräche am

Telefon, haben Stunden miteinander verbracht. Jede mit ihrem Glas Wein, mit ihren Fragen, Gedanken und Hoffnungen, jede für sich und doch zusammen.

Eine Zeit lang habe ich noch versucht, ihr auszureden, dass wir uns inmitten einer globalen Katastrophe befanden. Und mir selbst einzureden, dass wir als Menschheit uns im Grunde doch freuen sollten, etwas so schier Gewaltiges einmal zu erleben. Ich meine, dieser Planet hat die Eiszeit gesehen, sogar mehrere Eiszeiten, Heißzeiten und all die Schwankungen dazwischen, und auch die Menschheit hat heftige Erschütterungen überstanden, wie Napoleon, die ersten zwei Weltkriege, Hiro-shima, das Ozonloch. Das Einzige, das die Menschen noch nie erlebt hatten, war der totale, weltumspannende Stillstand. Und ich fand in dem Moment noch, das wäre vielleicht mal eine ganz ausgezeichnete Gelegenheit für unsere Gattung, einmal Luft zu holen. Zur Besinnung zu kommen.

Ich dachte, wer weiß, vielleicht tat es sogar der Erde und allen Lebewesen auf ihr gut, dass nicht mehr gefahren oder geflogen werden durfte. Ich habe gehofft, dass mehr Menschen sahen, was ich in diesen Monaten sah. Nämlich Mönchsgeier, direkt über meinem Haus, eine fast ausgestorbene Vogelart, die sich sonst niemals so weit in die Stadt vorgewagt hätten. Oder Geschichten aus dem Internet von Schildkröten in Indien, von denen man immer dachte, sie legen ihre Eier aus Prinzip nur des Nachts am Strand ab, um dann festzustellen, dass sie ohne menschliche Störungen in ihrer Paarungszeit dafür auch gerne den ganzen Tag nutzen. Das musste doch irgendwie bei den Leuten ankommen.

Tat es aber nicht. Die allermeisten, von denen ich in dieser Zeit der vielleicht schlimmsten Krise seit dem zweiten Weltkrieg überhaupt ein Lebenszeichen bekam, denn jeder war zuallererst mit sich selbst beschäftigt, regten sich vor allem darüber auf, dass sie nicht Golf spielen konnten. Oder dass ihre Villen verwahrlosten, weil sie nicht reisen und sich um all ihre Domizile kümmern konnten.

Mit der Zeit verwahrloste auch ich innerlich ein bisschen. Ich hatte kapiert, dass auch diese Krise für nichts und wieder nichts gut sein würde, dafür aber eine ganze Menge behördlicher Willkür eingesteckt, zumindest kam es mir so vor, und fühlte mich schließlich doch sehr entmutigt, traurig und unendlich müde. Ich war nicht mehr die große Schwester. Das Gefühl, zu Unrecht, ohne auch nur das Geringste verbrochen zu haben, eingesperrt zu sein, war bei mir angekommen. Das Gefühl, dass keiner in der Regierung wusste, was er tat. Dass ich, dass wir alle, auf Gedeih und Verderb dem Geschick von Anfängern ausgeliefert waren. Denn für so etwas gab es keine Profis, das hatte es ja noch nie gegeben. Und dann lief es, das war so ungefähr nach sechs Wochen eingesperrt in meiner kleinen Wohnung, mit meiner Freundin Kiki genau andersherum als zuvor. Da rief ich sie an, bitterlich weinend, und sie musste mich beruhigen.

An dem Tag durften zum ersten Mal die Kinder ihre Häuser verlassen. Wir Erwachsenen hatten jeden Tag die Möglichkeit gehabt, einkaufen zu gehen, und sei es nur für einen Liter Milch. Ich bin auch gerne zwei Mal am Tag für einen Liter Milch losgegangen, denn zum Supermarkt waren es acht Minuten, hin und zurück also sechzehn, und wenn ich zwei Mal ging, dann war ich schon zweiunddreißig Minuten unterwegs an der frischen Luft gewesen. Das war kein Problem, es gab noch keine Überwachung mit Gesichtserkennung, niemand konnte überprüfen, wie oft einer einkaufen ging.

Als ich das erste Kind sah, von dem Fenster aus, an dem ich

meine Tage verbrachte – ich war ungefähr beim ersten Ärmel angekommen - das sich, dicht an seine Mutter gepresst, wieder hinaus in die Welt wagte, lief es mir kalt den Rücken runter. Ich hatte sechs Wochen kein Kind gesehen, kein Gelächter von Kindern gehört, gar nichts von ihnen gesehen oder vernommen. Man vermisst Geräusche nicht, wenn sie weg sind. Erst, wenn sie nach einiger Zeit wieder auftauchen, merkt man, dass sie verstummt waren. Ich habe nicht das Kindergeschrei vom Schulhof in Hörweite vermisst, als es verstummte. Vielleicht habe ich die Ruhe genossen, aber ich habe nicht wirklich darüber nachgedacht, wo all die Kinder geblieben sind.

Sie waren natürlich, wie konnte es anders sein, in ihren Kinderzimmern geblieben, die ganzen sechs Wochen, bis die spanische Regierung beschloss, dem ein Ende zu setzen. Spanische Kinder hielten sich aber bis dahin eigentlich nur zum Schlafen in ihren Zimmern auf, ansonsten waren sie in der Schule oder beim Fußball oder spielten mit ihren Freunden. Als Kinderzimmer galt, wo ein Bett reinpasste. Mehr brauchte es schließlich nicht. Und nun waren es ausgerechnet diese Kleinen, die auf engstem Raum eingepfercht waren, oft mit Eltern, die gerade dabei waren, ihre Existenz zu verlieren.

Nach und nach kamen an diesem Tag ein paar wenige Mütter mit ihren Kindern aus den Einheiten meiner Wohnanlage, und immer wieder sah ich in dieselben entgeisterten kleinen Gesichter. Blasse Abbilder von Kindern. Ich erinnerte mich daran, wie sie eigentlich dreinschauen, klingen sollten, mich mit ihrem ausgelassenen Lärm nerven sollten, verdammt! Und da konnte ich nicht mehr. Es hat mich förmlich zerrissen. Ich hatte mich noch nie in meinem Leben so hilflos, so machtlos einer solchen Ungerechtigkeit gegenüber gefühlt, so dermaßen ohnmächtig.

Und dann hab ich abends Kiki angerufen. Als sie meine

verheulte Stimme am Telefon hörte, beschloss sie umgehend, ihrerseits die große Schwester-Rolle zu übernehmen und harte Maßnahmen zu ergreifen, denn sie erkannte den Ernst der Lage gleich. Also trafen wir uns, auf ihr Geheiß, fünfzehn Minuten später am Strand. Trotz aller Verbote und Vorschriften, und daraus wurde ein ganz besonderer, spontaner, völlig verrückter Ausflug. Sie hatte Wein mitgebracht und ich die Becher, wir haben uns lange und innig umarmt, uns im Sand am Ufer niedergelassen und uns gegenseitig getröstet, ich habe ihr Lieder vorgesungen und sie hat mich zum Lachen gebracht.

Bis mit einem Mal irgendwo in der Nähe Scheinwerfer angingen, wir uns ertappt fühlten und, jede in ihre Richtung, die Flucht ergriffen haben. Ich weiß bis heute nicht, ob uns da wirklich die Polizei erwischt hätte. Ich weiß nur, wir haben die Lichter gesehen und sind gerannt, als wollte uns der Teufel holen. Diese Becher, das weiß ich noch, die habe ich im Rennen in einer Mülltonne verschwinden lassen, damit sie mich nicht damit erwischen könnten, denn dann wäre ich ganz bestimmt in Erklärungsnot geraten. Kiki hat mir am nächsten Tag erzählt, dass sie einen Schuh in der Hast verloren hatte, aber den hat sie bald darauf wiedergefunden. Verrückt an der Geschichte war, dass wir uns plötzlich wie Verbrecher fühlten. Dabei wäre keine von uns beiden zuvor je auch nur bei Rot über die Straße gegangen.

Zwei Wochen darauf war die Ausgangssperre endlich beendet. Diese Lockdowns waren davor jeweils um zwei Wochen verlängert worden, jede Verlängerung zur immer größeren Enttäuschung aller, und als die Regierung uns dann wieder auf die Straßen ließ, konnte man fast schon nicht mehr glauben, dass es tatsächlich vorbei war. War es auch nicht. Es hatte gerade erst begonnen. Die Krise war in den Köpfen angekommen, im

Verhalten der Menschen.

Wenn man überhaupt jemanden traf, so war sein Gesicht hinter einer Maske verborgen. Und ein Gespräch ohne eine richtige Begrüßung, ohne Mimik und mit ein paar Metern Sicherheitsabstand – da konnte man ebenso gut telefonieren. Zumal sowieso alles geschlossen war; alle Bars und Restaurants, wo sich sonst Menschen begegnen konnten, sollten noch für lange Zeit dicht bleiben. Arbeiten durfte auch nur, wessen Job als für den Erhalt des zivilen Lebens unverzichtbar eingestuft wurde, da gehörte ich nicht dazu. Und so wurde für mich, wie auch für Millionen Andere, aus der zuerst erzwungenen Isolation eine mehr oder weniger Freiwillige.

Immerhin, die sozialen Räume im Internet waren geöffnet für alle, jederzeit, rund um die Uhr. Und die Algorithmen, die dort alles steuerten, sorgten auch dafür, dass sich niemand langweilen musste. Dazu mussten sie nur über jede Person möglichst viele Informationen, also Daten sammeln, dann wussten sie ganz genau, was für wen das Richtige war. Wer sich für kreatives Kochen interessierte, dem zeigte der Algorithmus eine Gruppe, in der Hobbyköche ihre Rezepte austauschten. Wer sich für gesellschaftliche Themen oder Politik interessierte, dem wurden Gruppen zugewiesen, deren Mitglieder dieselben oder ähnliche Ansichten vertraten. Wenn jemand glaubte, dass der Ausbruch der Krankheit ein Experiment von geheimen Schattenregierungen war und von Flugzeugen aus über die Welt verstreut wurde, der fand von morgens bis abends Leute, die genau derselben Meinung waren. Glaubte man, dass mit der Impfung heimlich ein Chip unter der Haut implantiert wurde, stellte einem das Internet abertausende Menschen vor, die das ebenso glaubten, manche hatte sogar angeblich Beweise. Auch dafür, dass Millionen Menschen an der Impfung sterben würden. Und wenn sich über einen Verdacht so dermaßen Viele so dermaßen einig sind, dann muss der Verdacht ja schließlich als bestätigt angesehen werden. Natürlich gab es immer noch die anderen Gruppen. Die Regierungstreuen, die Besorgten und schließlich die, die auch noch andere Hobbies hatten.

Irgendwann, nach noch ein paar weiteren Lockdowns und vielen, vielen Maßnahmen waren sich die Politiker einig, dass man diese Pandemie nun auch einfach eine Grippe nennen durfte. Alle Maßnahmen wurden beendet, die Krise war geschafft. Doch wer sich Hoffnungen machte, dass jetzt alles wieder gut würde, der konnte kaum weiter gefehlt haben. Denn eine neue, wenn auch nicht wirklich neue Katastrophe war ebenfalls in vielen Köpfen endlich angekommen. Der Klimawandel.

Davon, dass die Abgase unserer Industrie und aus dem Verkehr das Klima verändern würden, wusste man eigentlich bereits seit vielen Jahrzehnten. Wissenschaftler hatten damals diese unglaublichen Geschichten verbreitet, die Welt würde aufgrund abschmelzender Polkappen und steigender Meeresspiegel bald im Meer versinken. Ganze Städte, Länder, ja gar Kontinente würden verschwinden. Da jedoch nichts dergleichen geschah und wir Menschen ohnehin allgemein dazu neigten, uns überlegen zu fühlen, auch und sogar ganz besonders der Natur gegenüber, sprach man über diese Angelegenheit nicht allzu viel.

Das änderte sich einigermaßen schlagartig, als man sich eingestehen musste, einem unsichtbaren, natürlichen Feind wie diesem Virus unterlegen zu sein. Und so kam dann auch ein recht neuartiges Verständnis über die möglichen Folgen von Umweltverschmutzung auf. Die Frage wurde neu aufgerollt, wie weit wir es mit unserer ganzen Geschwindigkeit wohl noch treiben würden können.

Denn für dieses Tempo, sowohl im Wachstum der Weltbevölkerung als auch in der Wirtschaft, des globalen Handels und der schier sinnlosen Produktion und Vernichtung von Konsumgütern, für all die Maschinen, die nach und nach unsere Muskelkraft und Denkleistung ersetzt hatten, brauchte es ungeheure Mengen an Energie. Und bis dahin kam der Hauptbestandteil dieser ganzen Energie aus dem Boden. Aus den Millionen Jahre alten Überresten in der Erdkruste verpresster Wälder, dem schwarzen, flüssigen Gold, das man nur finden und anzapfen musste, und schon lief alles wie geölt. Doch nun war da dieser frische Eindruck aus der Pandemie, dass auch vermeintlich kleine Ursachen, ja sogar winzig kleine Partikel, unfassbar große Wirkung entfalten konnten.

Vor allem dann, wenn so viele kleine Ursachen zusammenkamen. Der immer weiter zunehmende Straßenverkehr und die ganze Fliegerei, die Stromerzeugung, das Heizen kalter Häuser und nicht zuletzt all die furzenden Tiere in den gigantischen Mastanlagen, da kam einiges zusammen. Dazu die Kriege, mit ihren Kampfschiffen und Panzern und ganzen Wäl-dern, die niedergebrannt wurden, damit die Truppen besser vorankamen. Niemand konnte sich da mehr genau ausrechnen, nicht einmal der modernste Computer, wie weit all diese Abgase den Planeten aufzuwärmen vermochten.

Und wenn dann auch noch aus Wirkungen Ursachen wurden, wie der ausgetrocknete Panamakanal, eine der Hauptschlagadern des weltweiten Handelskreislaufs, dann konnte einem richtig schwindelig werden. Denn seit diese Abkürzung zwischen dem Atlantik und dem Pazifik aufgrund von jahrelanger Dürre nicht mehr beschiffbar war, musste jede einzelne Kaffeebohne, jede Autobatterie und jeder Sack Reis sehr viel weitere Wege über das

Meer zurücklegen. Und weil Menschen ungeduldig sind, mussten die Schiffe auch viel schneller fahren, wobei sich ihr Verbrauch an Schweröl fast verdoppelte. Was aus der Wirkung wiederum eine Ursache für neue Auswirkungen machte, und so weiter, und so fort.

Auch zu diesem Thema fanden sich in kürzester Zeit Gruppen, um ihre Sorgen zu teilen und gemeinsam zu überlegen, ob oder wie die Katastrophe aufhalten zu sei. Und natürlich auch solche, die sich gegenseitig darin bestärkten, der Klimawandel sei eine Erfindung von zionistischen Schattenregierungen, die nur daraus Profit schlagen wollten. Anders als bei den Grup-pierungen, die sich um das Thema Pandemie gebildet hatten, blieben diese allerdings nicht gänzlich unter sich. Manche von denen, die sehr ernsthaft besorgt waren, gingen auf die Straße, klebten sich sogar auf ihr fest, um öffentlich auf das Problem, wie sie es sahen, aufmerksam zu machen. Was wiederum die als ein Problem ansahen, die mit ihren Autos ebenjene Straßen passieren wollten. Diese fanden sich dann in Gruppen zusammen, in denen man darüber diskutierte, was man gegen die lästigen "Klimakleber" unternehmen konnte.

Ich glaube, all diese Gruppen hatten eines gemeinsam. Sie hatten Angst. Die einen vor einer gewaltigen, jedoch überhaupt nicht einschätzbaren Klimakatastrophe, die anderen davor, etwas von ihrem geliebten, verdienten Wohlstand zu verlieren. Und die Angst nahm unaufhörlich zu. Als nächstes überfiel auf einmal Russland, eine Atommacht, die anscheinend sehr lange Zeit auf genau dieses in sich zerstrittene Europa gewartet hatte, sein Nachbarland, die Ukraine, und der Rest der Welt wurde unwei-gerlich in diesen Konflikt mit hineingezogen.

Denn keine Regierung, die was auf sich hielt, konnte sich das Geschäft mit dem Krieg entgehen lassen. Da wurden so viele neue Waffen und Munition gebraucht, und nach der Pandemie und der durch sie ausgefallenen Wirtschaftsleistung brauchten sie dringend das Geld. Zwar musste dieses Geld dafür eigens gedruckt werden, aber das war erstmal nicht so wichtig. Hauptsache, es war wieder im Umlauf. Und es war ja auch kein Falschgeld, so wie wenn ihr Geld selber drucken würdet. Wenn Regierungen Geld drucken, nennt man das Sondervermögen.

Jedoch, auch wenn dieser Krieg der Wirtschaft für einen kurzen Moment lang guttat, Waffen haben es nun einmal so an sich, vom Gegner nach Möglichkeit zerstört zu werden, und alle Munition ist irgendwann einmal verschossen. Und auch die Geduld der Steuerzahler, die das Ganze bezahlen sollten, war schließlich begrenzt, schon sprachen die Ersten von "Kriegsmüdigkeit", ein Wort, das nicht nur euch verwundert. Ich habe damals auch gedacht, war man dann also zuvor kriegslustig? Einige waren es ganz bestimmt.

Als diese Lust dann aber allmählich nachzulassen schien, die bestehenden Waffenlager geplündert und kein Mensch und keine Regierung mehr Geld übrig zu haben schien für noch mehr Waffen, es sei denn, für das eigene Militär und die eigene Verteidigung, da sahen sich die Islamisten am Zug und überfielen Israel. Das hatten sie schon viele Male versucht, ohne Erfolg, nun aber sahen sie ihre große Chance, die Israelis zu besiegen, vielleicht sogar zu vernichten, oder wenigstens den Rest der Welt noch ein Stück weiter aus den Angeln zu heben. Und das ist ihnen gelungen. Wer gedacht hatte, die Menschheit hätte gespaltener nicht sein können, der wurde eines schrecklichen Irrtums belehrt.

Ich muss zugeben, selbst ich fühlte mich innerlich gespalten. Mein Opa war im Zweiten Weltkrieg ein harmloser Funker und hatte höchstwahrscheinlich keine Juden auf dem Gewissen, aber als Tochter Deutschlands wohnt in mir auch so etwas wie ein kollektives Gewissen. Mehr noch, sogar eine gewisse Liebe für Israel, und ich habe mir immer von Herzen für alle Israelis gewünscht, dass ihre Sehnsucht wahr wird, sich "nächstes Jahr in Jerusalem" zu sehen, in Frieden und in Sicherheit. Als die Terroristen dort so brutal eingefallen sind, hat mir das Herz geblutet, wie das so vieler anderer. Aber ihr Kinder, ihr seid hebräischen wie auch arabischen Ursprungs, und wenn eines von euch den anderen so übel verletzt hätte, dann würde ich gewiss trotzdem nicht erlauben, dass in derselben Härte zurück-geschlagen wird. Die Israelis jedoch schlugen zurück, noch viel härter, als sie selbst getroffen worden waren, und, was mich in mein Dilemma stürzte: Sie taten es mit deutschen Waffen.

Es war so wie überall, sie wollten nicht die goldene Gans schlachten, indem sie etwa Verhandlungen für einen palästi-nensischen Staat zuließen. Waffenlieferungen als Trostpflaster für den Holocaust hingegen konnte man so langziehen, wie man wollte, so richtig vergessen und vergeben würde der nie, da konnte man für alle Ewigkeiten die Produktion sichern. Aber auch wenn sie es so darstellten, dass sie nur Israel zu seinem Recht auf Selbstverteidigung verhelfen wollten; kann man denn die eigenen Verbrechen wieder gut machen, indem man neue Verbrechen begünstigt? Und dabei noch selbst auf andere mit dem Finger zeigt, China und Russland belehren will? Wer durfte Kriegsverbrechen und Verbrechen gegen die Menschlichkeit verüben, und wer nicht? Und wer hatte das Recht, darüber zu entscheiden?

Das ging aber nicht nur mir so. Allerorts stritt man sich darüber, an den Universitäten gab es Tumulte, Regierungen auf der ganzen Welt zermürbten sich gegenseitig mit der Diskussion, wem geholfen werden dürfte und wem nicht, wer verurteilt gehörte und wer nicht. Die Auswirkungen waren fatal. Juden fühlten sich auf einmal in den deutschen und auch anderen Straßen Europas und der Welt nicht mehr sicher. Der immer schwelende Antisemitismus war zu neuer Blüte auferstanden und hatte sich zudem die Vorteile des modernen Internets angeeignet. Und obwohl die palästinensischen Terroristen die erneute Eskalation gestartet hatten, schlugen sich mehr und mehr Länder auf ihre Seite. Im Grunde fast alle, die keine Waffendeals mit Israel hatten.

Und dann, als würde das nicht ausreichen, kamen ein paar Huthi-Rebellen im Jemen auf die Idee, kurzerhand und mit erstaunlicher Leichtigkeit den Suezkanal, eine der anderen, überaus wichtigen Arterien der globalen Wirtschaft abzuklemmen, indem sie dort die Handelsschiffe bombardierten. So hatten wir also, während uns Corona noch in den Knochen steckte, in unserem einst so ruhigen, beschaulichen Europa nun zwei diffuse Kriege mit immer weniger klaren Gegnern und Fronten, die beide jederzeit eskalieren konnten. Noch dazu Krawalle an den Unis, Klimakleber auf den Straßen und wahrscheinlich auch ein tatsächliches Problem mit dem Klima, auf jeden Fall aber eine veritable geopolitische Interessensverschiebung in Sachen Nahost, die atomaren Drohgebärden aus dem Kreml, natürlich nicht zu vergessen auch all die wirtschaftlichen Sorgen, selbst wenn man nicht gerade da lebte, wo als erstes die Bomben fallen würden.

Und als wäre dem nicht genug gewesen, lösten immer mehr Menschen, die aus ihren Heimatländern vertrieben wurden, zur gleichen Zeit hierzulande etwas aus, das schon sehr bald als "Flüchtlingskrise" bezeichnet wurde und vielen Menschen zusätzliche Angst bereitete. Ihr findet, das sind eine ganze Menge Sorgen und Probleme zur gleichen Zeit? Das stimmt. Und so viele Krisen auf einmal, das könnt ihr mir glauben, die konnten selbst den Tapfersten das Fürchten lehren.

Nun, was tun Menschen, wenn sie Angst haben? Was tut ihr, wenn ihr mal Angst habt? Ich schätze, da gibt es nur zwei Möglichkeiten. Man versteckt sich, oder man wehrt sich. Aber man kann sich schließlich nur wehren, wenn man seinen Feind kennt. Dazu brauchte es zuallererst einmal einen Schuldigen! Und da war sie wieder, die große Schuldfrage. Was das Problem mit dem Klima anging, war diese Frage für die "Klimakleber" leicht beantwortet, für sie war das Problem der Klimawandel und schuld daran war ganz allein unser Lebenswandel, unser Tempo, ja unser gottverdammter Wohnstand.

Für diejenigen, die weniger Angst vor den Folgen des Klimawandels hatten als vielmehr vor der Angst an sich, und natürlich, etwas von ihrem Wohlstand zu verlieren, war die Antwort auf die Schuldfrage nicht ganz so offensichtlich. Denn Klimaschutz, und auch Klimaanpassung, so hatte es sich herumgesprochen, würden sehr viel Geld kosten. Darum befürchtete jeder, der ein bisschen Geld hatte, bald für derartige Bemühungen eingespannt zu werden. Und das war etwas, worüber man lieber gar nicht nachdenken wollte. Das wäre ja der völlig abwegigen Überlegung gleichgekommen, ob man gar selbst auch eine Verantwortung zu tragen hat. Jedoch, auch hier half das Internet. Derselbe Algorithmus, der dazu entwickelt worden war, Nutzern im Internet genau maßgeschneiderte Angebote von Schuhen, Veranstaltungen oder Kochrezepten vorzuschlagen, wurde allmählich zum Propagandainstrument, zum Propagandaminister, ohne dabei selbst über irgendwelche Absicht zu verfügen. Er hatte kein eigenes Ziel, keine Agenda. Trotzdem beeinflusste er aktiv die ganze Gesellschaft.

Er half aktiv auch den Gruppen, oder vielmehr Bubbles, in denen man sich einig war, der menschengemachte Klimawandel existiere in Wahrheit nicht. Und wenn dann doch die Wälder brannten, sogar an Orten, wo sie noch nie zuvor gebrannt hatten, dann waren die Feuer nicht etwa durch die Erderwärmung und den mit ihr einhergehenden Hitzewellen ausgelöst, sondern von im Wald hausenden Flüchtlingen gelegt worden. Wer das glaubwürdig fand, dem legte der Algorithmus fortan nur noch Informationen vor, die eben genau diese Idee befeuerten. So, dass sie sich auch ausweiten konnte wie ein Flächenbrand, und eine andere Wahrnehmung überhaupt nicht mehr möglich gewesen wäre. Flüchtlinge eigneten sich ohnehin besonders gut als Schuldige, denn wenn sie nicht aus der Ukraine kamen und ein bisschen wie Russen aussahen, dann kamen sie von irgendwo anders her und sahen irgendwie ein bisschen aus wie Islamisten. Da konnte man beim Beschuldigen nicht viel falsch machen. Die waren schuld an der Arbeitslosigkeit, obwohl man ihnen gar nicht erlaubte, zu arbeiten, an der hohen Kriminalität, obwohl ihre Verbrechen meistens allein in der "illegalen" Einreise bestanden hatten, und an der allgemein schlechten Stimmung im Land sowieso. Und das musste man auch nicht begründen, denn mit Menschen, die in Illegalität lebten oder in Abschiebezentren, musste man sich schließlich nicht auseinandersetzen. Es war leicht, sie zu entmenschlichen. Besonders leicht aber, und besonders wirkungsvoll, war das in den "sozialen" Medien.

Als ich jung war, zeigten sie im Kino eine Zukunft, in der die Maschinen die Herrschaft über die Menschen erlangten, sie versklavten und töteten. Das kam dann auch so ähnlich. Nur dass die Maschinen, in unserem Fall die Algorithmen, selbst nicht töteten. Sie übernahmen nur den Menschen, der sich das allerdings gerne gefallen ließ, und der Mensch übernahm das Töten. Für mich war das alles völlig verrückt, ich hatte noch die Briefe von meinem Opa aus der Kriegsgefangenschaft auf der Krim im

Zweiten Weltkrieg gelesen, Konzentrationslager besucht, hatte die Überschallflüge im Kalten Krieg gesehen, den Mauerfall erlebt. Ich konnte mir überhaupt nicht vorstellen, dass so etwas nicht einmal hundert Jahre später noch einmal in Mode kommen könnte. Aber die Gesellschaft vergisst, und die Geschichte wiederholt sich. Immer.

Es geschah an einem sehr warmen Sommerabend in Palma. Seit vielen Wochen war es tagsüber so unerträglich heiß, dass man das Haus nicht verlassen wollte, wenn es nicht unbedingt nötig war. Das muss das siebte oder achte Jahr der ersten großen Dürre in Spanien gewesen sein. Ich weiß noch, dass ich mich ab und zu erschrocken habe, wenn ich doch mal von einem Einkauf oder so nach Hause kam und, wie gewöhnlich, als erstes zur Toilette ging. Denn der Sitz war so warm, als hätte direkt vor mir jemand eine Dauersitzung gehalten. Aber nein, da waren keine Einbrecher in meiner Wohnung gewesen. Einfach alles war heiß. Daher habe ich mir angewöhnt, erst am späten Abend meine Spaziergänge zu machen.

An diesem tragischen Abend war ich schon weit gelaufen und wollte mich gerade auf den Rückweg nach Hause machen, als ich einen ohrenbetäubenden Knall hörte. Ich sah mich nach allen Seiten um und entdeckte bald das Feuer. Riesige Qualm-Wolken stiegen von ihm auf und verdeckten binnen Sekunden den ganzen Himmel. Ich ging in die Richtung, in der das Feuer war und schon auf dem Weg dorthin ahnte ich, dass es die alte Klinik sein musste.

Das heruntergekommene Krankenhaus hatte jahrelang leer gestanden und wurde seit einiger Zeit als Notunterkunft für Flüchtlinge, vor allem aus Afrika genutzt.

Leider sollte ich Recht behalten. Als ich an dem Gelände der

Klinik ankam, sah ich die Hölle vor mir. Direkt vor dem Eingang des Gebäudes stand ein brennender Lieferwagen und rechts und links davon sprangen Menschen aus den Fenstern. Darüber hatte sich das Feuer bereits in die oberen Stockwerke ausgebreitet. Überall lagen brennende Gegenstände und Trümmerteile herum, und wie wild schreiende, kreischende, weinende Menschen, vor allem junge Männer, aber auch Kinder und Frauen, liefen umher.

Eine Weile muss ich da wie angewurzelt gestanden haben, bis nach und nach auch aus den umliegenden Häusern immer mehr Anwohner kamen. Ich habe mich unter ihnen umgeschaut und jemanden gefragt, ob schon wer die Feuerwehr gerufen hat, das weiß ich noch. Aber da waren so viele Leute am Telefonieren, darum war ich mir sicher, die war auf dem Weg. Und sie kam auch bald. Und die Guardia Civil, und einige Krankenwagen, der Platz und die ganze Straße füllten sich und wurden in blinkendes Blaulicht getaucht. Wasserwerfer wurden auf das Dach des brennenden Gebäudes gerichtet und Polizisten versuchten alles, die panischen Menschen zu beruhigen.

Aus all dem Durcheinander kam plötzlich ein kleiner Junge auf mich zu gerannt. Er wollte an mir vorbeirennen, anscheinend ohne Ziel, darum hielt ich ihn auf. Der Kleine schluchzte atemlos und zitterte wie Espenlaub. Mir fiel nichts Besseres ein, als ihn an die Hand zu nehmen, an eine Stelle zu führen, wo nicht so viele Schaulustige herumstanden, und mich dort auf den Boden zu setzen. Es dauerte nicht lange, da tat er es mir gleich. Und so müssen wir beide da wohl eine ganze Zeit gesessen haben. Irgendwann habe ich dann versucht, ihn zu fragen, ob er weiß, wo seine Eltern sind. Auf spanisch, dann auf englisch. Er schien mich aber nicht zu verstehen, oder er konnte vielleicht einfach nicht antworten. Ich hatte, wie immer, eine Wasserflasche bei mir, davon gab ich ihm zu trinken, und er trank. Und dann fragte ich ihn, auf englisch, nach seinem Namen. Und er antwortete: "Nio".

Tatsächlich hatte ich keine Ahnung, was ich tun sollte. Wie hätte ich Nio erklären können, dass wir am besten beide zusammen zu den Polizisten da drüben gehen sollten, damit sie uns helfen, seine Eltern zu finden? Also blieben wir sitzen, und er beruhigte sich allmählich. Bis ich mir ein Herz fasste, ihn erneut an die Hand nahm und in die Richtung der Polizisten deutete. Er ging mit. Eine Polizistin reagierte dann auch endlich, nach eini-gen vergeblichen Versuchen, jemanden anzusprechen. Aber auch sie konnte mir nicht weiterhelfen. Sie erklärte mir nur knapp, dass jetzt hier erstmal alles abgeriegelt und der Brand unter Kontrolle gebracht werden müsse. Das war das reinste Chaos. Ich beschloss, die Suche selbst aufzunehmen, und so begann ich, mit Nio an meiner Hand umherzulaufen und die Bewohner der Unterkunft zu fragen, ob einer diesen Jungen kannte und seine Familie. Doch niemand schien etwas zu wissen und viel schlimmer noch, da lagen Schwerverletzte und auch ein paar Tote oder Bewusstlose, die Bilder waren sicher nicht nur für mich der blanke Horror, sondern ganz bestimmt auch für Nio. Und nach einigen Runden durch dieses Inferno gingen wir schließlich weg. So einfach war das. Nio ging mit mir nach Hause. Ich wusch ihn, gab ihm zu essen und mein Bett zum Schlafen, und morgen würde mir sicher etwas einfallen.

KEINE PANIK

Nios Klamotten waren total hinüber. Nicht nur von dem Feuer hatten sie einiges abgekriegt. Als wir uns am nächsten Morgen aufmachten, um zurück zur Klinik zu gehen, besorgte ich ihm also erstmal etwas, das nicht den Weg aus unserer Altkleidersammlung nach Afrika und wieder zurück gemacht zu haben schien. Ich fand, das wäre das Mindeste, was ich für dieses Kind tun konnte. Er sah zwar ziemlich verblüfft aus, begriff aber anscheinend gleich, was ich vorhatte, und als ich ihm zwei T-Shirts hinhielt, suchte er sich das Blaue aus. Überhaupt hatte ich nicht das Gefühl, dass er mit irgendetwas nicht einverstanden war. Er hatte sein Frühstück gegessen, auch artig die Zähne geputzt, als ich ihm eine Zahnbürste hinhielt. Nur gesagt hat er die ganze Zeit kein Wort.

Wir kamen zurück zu dem Ort, an dem am vorherigen Abend, so viel wusste ich mittlerweile aus den Nachrichten, ein Unbekannter, oder Unbekannte, einen gestohlenen Wagen in die Luft gejagt hatten. Und mit ihm das gesamte Portal der alten Klinik. Herausgerissene Stahlträger hingen über Bergen von Schutt, die Luft stank nach Asche und verbranntem Plastik, überall war Schlamm, wohl von dem Löschwasser.

Das Gelände war abgesperrt, und es waren noch einige Polizisten und Feuerwehrleute dort, aber die Bewohner waren alle weg. Ein freundlicher Polizist bemerkte uns irgendwann, nach längerem Warten, kam zu uns ans Absperrband und ich erzählte ihm, wie ich zu meinem kleinen Begleiter gekommen war. Ich glaube, er hat mich für eine Verrückte gehalten. Als er aber sah, wie sich Nio an meine Seite drückte und sich halb hinter mir vor ihm versteckte, muss ihm der Gedanke gekommen sein, dass ich erstmal nicht die schlechteste Lösung für noch eines von bereits unzähligen Problemen war. Und so teilte er mir nur noch knapp mit, wo die Bewohner hin verbracht worden waren, und erklärte sich kurzerhand für nicht zuständig.

Nio schien sichtlich erleichtert, als wir von dort weg gingen. Damals konnte ich nicht ausmachen, ob es wegen dem Ort war, oder wegen der Uniformen. Wir setzten uns jedenfalls in den Bus und fuhren zu der angegeben Adresse. Bei der Fahrt, das werde ich niemals vergessen, habe ich Nio zum ersten Mal lachen sehen. Ich weiß nicht mehr, wieso, irgendein anderes Kind im Bus hatte, glaube ich, irgendwelche Faxen gemacht. Dieses Lachen, es war das schönste Lachen, das ich jemals gehört hatte. Für mich war es das.

Doch uns beiden sollte bald das Lachen vergehen. Der Bus fuhr nur bis etwa einen Kilometer von unserem Ziel entfernt, den Rest liefen wir. Den Zaun konnten wir aber von dort aus schon sehen. Je näher wir kamen, desto gigantischer erschien uns das, was sich zumindest von außen in keiner Weise von einem Gefängnis unterschied. Hohe Zäune, über ihnen Stacheldraht mit Widerhaken, die von dort draußen schon bedrohlich wirkten – wie musste es wohl erst hinter ihnen sein?

Den Rest des Tages verbrachten wir mit Warten. Zuerst am Tor, eigentlich waren es zwei große Schleusentore - bewacht von schwer bewaffneten Männern - die man nur durch schmale Dreh-türen passieren konnte. Hinter der ersten, und nachdem ich endlich Gelegenheit bekam, einem Beamten mein Anliegen vorzutragen, warteten wir dann wieder, bis ich einen Besucherausweis bekam, und Nio nicht. Und dann wieder, bis ein weiterer, anderer Beamter kam und uns durch die zweite Barriere schicken wollte. In dem Moment, und ich habe nicht den geringsten Schimmer, was mich damals geritten hat, fiel mir ein, dass Nio noch keinen Ausweis hatte. Und mir schoss der Gedanke durch den Kopf, dass er das Gelände ohne diesen wohl nicht wieder verlassen würde. Ich sagte also zu dem Beamten, er sei bei mir in Pflege. Mein Pflegekind. Und Nio bekam einen Ausweis.

Ganz ehrlich, vielleicht wusste irgendetwas in mir genau, was ich da tat. Einige von euch haben selbst diese Lager gesehen. Und ihr alle kennt Nio. Ihr wisst, welche Zustände dort herrschen, und wir alle wissen, dass man Nio einfach nur liebhaben kann. Mein Herz und mein Instinkt haben reagiert, und dafür bin ich ihnen bis zum heutigen Tag unendlich dankbar. Wenn ich nur überlege, ich hätte mich damals nicht wie eine Irre aufgeführt. Ich meine, natürlich, das war total bescheuert. Aber in dem Moment war es nur eine Übersprungshandlung, und darüber nachzudenken, war mir mit all den schrecklichen Eindrücken dort überhaupt nicht möglich. Dafür haben wir schließlich unsere Instinkte. Die springen dann ein, wenn alles zu viel wird.

Im Lager hing dicker Staub in der Luft, es war brütend heiß und wieder ließ man uns in der Sonne warten. Bis jemand vom Roten Kreuz kam und sogar ein paar Minuten Zeit für uns hatte. Das Lager war noch gar nicht fertiggestellt, mit der Autobombe hatte niemand gerechnet, Flüchtlinge sollten hier erst in ein paar Monaten aufgenommen werden. Es herrschte ein fürchterliches Durcheinander. Doch dieser junge Mann nahm sich dennoch die Zeit, mit mir durch die Liste der Vermissten zu gehen. Der Name Nio tauchte nirgends auf.

Der freundliche Helfer erlaubte mir schließlich, wohl mehr

um mich loszuwerden, durch das Lager zu gehen und selbst nach Nios Familie zu suchen. Das taten wir. Wir gingen von Zelt zu Zelt und von Container zu Container und durch die Reihen von Feldbetten, auf denen die Verwundeten vom gestrigen Attentat lagen. Den Geruch der vielen offenen Wunden und das Wimmern dieser armen Menschen habe ich mein Leben lang nicht vergessen. Immer wieder sprach ich die Leute an und fragte, ob sie dieses Kind kannten und seine Familie - vergebens.

Irgendwann wurde mir klar, dass ich anscheinend die Einzige war, die suchte. Nio lief nur die ganze Zeit stumm an meiner Hand und sah sich zwar um, aber er hielt nicht Ausschau. Ich fragte mich, ob das daran lag, dass es ja nicht die Klinik war, und dass er deswegen ganz offensichtlich nicht erwartete, hier ein bekanntes Gesicht zu sehen. Doch der kleine Kerl war nicht doof. Und da, inmitten dieser Endstation aller Hoffnung, sah ich es, in seinen Augen. Er suchte hier niemanden, weil da niemand war. Also nahmen wir Reißaus, und zum Glück und Dank des totalen Chaos lief das wie geschmiert.

Die nächsten Tage und Wochen haben das Leben von gleich zwei Menschen, im Grunde uns allen hier, komplett auf den Kopf gestellt. Erstmal musste ich mir überlegen, auf welche Sprache wir uns einigen. Mir wäre natürlich deutsch am liebsten gewesen, oder englisch, aber wenn Nio hier eine Zukunft haben sollte, dann wäre es wohl am besten, ich würde mit ihm spanisch sprechen. Und dann waren da natürlich die Behörden. Jetzt hatte ich einmal meine Klappe so weit aufgerissen, nun musste ich dem auch Taten folgen lassen. Um wenigstens vor dem Gesetz nicht blöd dazustehen.

Nun konnte ich Nio nicht von Amt zu Amt schleppen für jeden einzelnen Schritt, der für seinen Asylantrag und die Genehmigung seiner Unterbringung bei mir erforderlich war. Er war zu der Zeit schwach, schlief schlecht, hatte dauernd Fieber, also brauchte ich jemanden, der auf ihn achtete, wenn ich unterwegs war. Immerhin konnte ich zu der Zeit von zu Hause aus arbeiten, das war kein Problem. Aber Kiki fiel aus, wir hatten uns seit der Pandemie voneinander entfernt, wie eigentlich alle von unserer damaligen Truppe. Die meisten waren irgendwie komisch geworden. Der Einzige, der mir einfiel, war Mateo, ein Skipper, den ich gerade erst kennengelernt hatte, und der mich anscheinend sehr nett fand. Nun lacht nicht, ich war damals ein heißer Feger! Jedenfalls, Mateo kam, verstand sich sofort blendend mit Nio und ich konnte mich an die Arbeit machen.

Die weitere Suche nach Nios Angehörigen blieb jedoch erfolglos. Auf dem Gelände der Klinik waren keine Ausweispapiere auf seinen Namen gefunden worden, niemand hatte ihn als vermisst gemeldet; ich blieb dran, doch ohne Ergebnis. Ein vorläufiges Sorgerecht für ihn zu bekommen, war dagegen erstaunlich einfach. Der Richter, der über meinen Antrag zu entscheiden hatte, gehörte deutlich dem, an was man damals noch das politisch linke Lager nannte. Insgeheim war er wohl ein Menschenfreund. Er fand die Idee gut, den Jungen erstmal bei mir zu lassen, denn ihm war die Alternative wohl nur allzu bewusst. Und es bestand ja schließlich keine Fluchtgefahr.

In der ersten Zeit waren wir alle paar Tage beim Arzt, Nio war ständig krank. Der Arzt meinte, er müsste um die sechs Jahre alt sein, aber weil der Knirps total unterernährt war, konnte er das selbst nicht so genau sagen. Woher Nio kam, erfuhr ich letzten Endes aus einem Lied, das er manchmal in sich rein murmelte, wenn er besonders hohes Fieber hatte. Seine Mutter musste ihm das vorgesungen haben. Eines Nachts kam mir der Einfall, seinen Singsang aufzunehmen. Bestimmt waren die Worte viel zu undeutlich und vielleicht würde niemand, würden nicht einmal seine Landsleute sie verstehen, aber möglicherweise erkannte ja jemand die Melodie. Und so ging ich mit meiner Tonaufnahme zurück zu dem Lager, spielte sie allen möglichen Leuten vor und mir wurde schließlich versichert: Wer dieses Lied kennt, kommt ganz bestimmt aus Ruanda.

Mit der Zeit gab ich allmählich die Suche nach Nios Angehörigen auf, gewöhnte mich an den Gedanken, ihn nun bei mir zu haben, und er gewöhnte sich an mich. Und ich zerbrach mir natürlich den Kopf, wie es nun mit ihm weiter gehen könne. Solange sein Asylantrag nicht durch war, kam Schule ohnehin nicht in Frage, und dafür war er eh noch viel zu anfällig. Und selbst wenn der Antrag Erfolg haben sollte, an den Schulen, selbst den Grundschulen, ging man mit Kindern, die eure Hautfarbe hatten, nicht gerade zimperlich um. Der Hass der Eltern war auf ihre Kinder übergegangen, und die Lehrer machten begeistert mit. Aber ich dachte mir, das, worauf es im Leben ankommt, das kann ich ihm auch selbst beibringen. Also nahm ich mir vor, ihn zu Hause zu unterrichten, sobald er so weit war. Ein bisschen in Rechnen, vor allem spanisch – wobei ich es selbst noch am Lernen war, und ein bisschen was von Allem, der Welt, der Natur, Geschichte, was ich eben wusste. Das musste erstmal genügen.

Während Nio aufblühte und sich zu einem prächtigen Wildfang entwickelte, veränderte sich um uns herum weiterhin die Welt in einem unfassbaren Tempo. Die politischen Parteien, die zu solchen Gewalttaten wie dem Anschlag auf die Klinik in Palma indirekt aufgerufen hatten, kamen nach und nach tatsächlich an die Macht. Selbstverständlich hatten sie niemanden aufgefordert, ein Auto vor einem von Flüchtlingen bewohnten Krankenhaus in die Luft zu jagen. Jedoch hatten sie, damit sie gewählt werden, immer wieder und bei jeder Gelegenheit, bei Auftritten im Fernsehen und im Internet, darauf beharrt, die Flüchtlinge seien unser größtes Problem.

Ich weiß, einige von euch möchten sich jetzt die Ohren zuhalten oder gehen, sich das nicht weiter anhören. Es tut mir leid, dass ihr das erfahren müsst. Aber es ist wahr. Sicherlich für euch schwer vorstellbar, denn für euch ist Leid ein ganz anderes Wort. Für diese Menschen damals bedeutete es Leiden, wenn sie befürchten mussten, dass ein paar von euch in Sichtweite ihrer Grundstücke lebten. Und sie am Ende auch noch für eure Versorgung aufkommen sollten. Gar auf ein oder zwei Kreuzfahrten im Jahr dafür verzichten müssten.

Auch ich muss zugeben, selbst wenn ich keine dieser Parteien gewählt habe und mich selbstverständlich an den Protesten und späteren "Säuberungsaktionen" nicht beteiligt habe, ich bin so schuldig wie alle anderen auch. Was habe ich denn unternommen? Ich hatte Nio bei mir und mit ihm genug zu tun, ihn hatte ich ja irgendwie auch gerettet, und war mit mir ziemlich zufrieden. Ich konnte schließlich nicht die ganze Welt retten. Da gab es so viele, die viel weniger taten, jeder normale Mensch tat viel weniger.

Trotzdem, das, was da vor sich ging... ich erkannte es wieder. Und obwohl ich ein mehr als mulmiges Gefühl hatte, ich habe nicht so reagiert, wie ich es hätte tun müssen. Die Zeichen waren da, alle Zeichen, so deutlich. Meine ganze Jugend lang hatte ich mich gefragt, wie in meinem Land, nur ein kurzes Stück vor meiner Zeit, ein Adolf Hitler die Macht an sich reißen konnte. Ich wusste, die demokratischen Parteien hatten ihm dabei geholfen. Das Volk hatte ihn gewählt. Die deutsche Bevölkerung hatte Fähnchen geschwenkt im Rauch, der aus den Verbrennungsöfen drang, in denen Millionen Menschen ihr Ende fanden. Allein in meiner Geburtsstadt, diesem schönen, grünen, immer verregneten Ort, hatten deutsche Soldaten, Männer aus meiner Stadt, auf dem Kopfstein-gepflasterten Vorplatz unserer Kirche mit einem jüdischen Baby Fußball gespielt. Und nun sollte all das, was ich an meiner eigenen Geschichte niemals begreifen konnte, direkt vor meinen Augen, in meiner Gegenwart, sich fast eins zu eins wiederholen, und ich sollte es wieder einmal nicht begreifen können.

Ich hätte eigentlich wissen müssen, dass Menschen grausam sind, oder es zumindest sein können. Aber ich konnte es mir nicht wirklich vorstellen. Wir hatten doch aus der Vergangenheit gelernt, das dachte ich jedenfalls. Und diese ganze Hetze im Internet war nun auch nicht alles, es gab ja nebenbei auch die Psychopodcasts und alles Mögliche, das Empathie förderte und einen freundlicheren Umgang miteinander, insgesamt. Irgendwie habe ich angenommen, wir wären schlauer geworden. Dass wir primitive, gewaltsame Verhaltensweisen unweigerlich mit der Zeit, und der voranschreitenden Aufklärung, ablegen würden. Immerhin hatten mehr und mehr Frauen in Politik und Gesell-schaft das Sagen, allein das sprach schon für mehr Vernunft. Dachte ich.

Immer noch hoffte ich, die Menschen würden zusammen-halten, oder dass wenigstens die Regierungen irgendwelche Lösungen parat hielten. Dass die Demokratie das aushalten würde. Und ich war mit meiner Hoffnung nicht alleine. In Deutschland gab es sogar einige Zeitlang große Proteste gegen die aufkommenden Faschisten, da gingen an manchen Tagen Hunderttausende auf die Straßen und das war wirklich wunderbar anzusehen, aber auch die ließen irgendwann nach und die Rechten konnten ihren Vormarsch fast ungehindert fortsetzen. Zumal sie in anderen Ländern Europas, wie Italien, Ungarn und den Niederlanden längst an der Macht waren.

Am Ende wählten doch die meisten, wie das Internet ihnen riet. Und einem Algorithmus, ihr wisst ja, wie die Mistdinger funktionieren, kann man nicht einmal Wahlbeeinflussung vorwerfen. Gewählt wurden also die, die besonders gut die Algorithmen beherrschten, oder auch einfach nur besonders gut quatschen konnten, besonders wortgewaltig Hass und Hetze vermehren, besonders gut manipulieren, polarisieren, die Menschen spalten und gegeneinander aufbringen - und von den Algorithmen entsprechend gut vermarktet werden konnten. Um Lösungen für die echten Probleme ging es dabei selten.

Ja, sie machten große Versprechen. Sie versprachen, alles ganz anders zu machen. Die Bürger endgültig von der Inkompetenz und Verantwortungslosigkeit der sozialdemokratischen Regierungen zu befreien, sie vor ihnen zu retten. Zuerst, sämtliche Maßnahmen zum Schutz des Klimas zu unterbinden und im gleichen Zuge die individuelle Freiheit wieder herzustellen. Jeder sollte reisen, heizen und essen dürfen, wie und was auch immer ihm eben beliebt. Sie versprachen auch, durch eine Änderung der Steuergesetze das Land wieder anziehend zu gestalten für die Industrie, die aufgrund steigender Energiepreise, nicht zuletzt aufgrund der Kriege, immer weiter abzuwandern drohte.

Und, das gefiel sogar mir, sie wollten die Kriege beenden. Nicht aus lauter Menschenliebe, sie fanden es nur nicht sinnvoll und auch nicht sonderlich fair der eigenen Bevölkerung gegenüber, Geld zu drucken, um es in Form von Waffen und Munition auf den Schlachtfeldern anderer Länder zu verbrennen. Dieser Logik mochte ich gerne folgen. Was mir dabei allerdings fehlte, waren Vorschläge, wie sie ohne Waffen die Konflikte beenden wollten. Aber das konnte ja noch kommen.

Außerdem, auch wenn ich von Politik nicht allzu viel verstand, über Eines war ich mir sicher: Politiker halten niemals ihre Versprechen. Ob sie sich rechts nannten oder links, regiert wurde am Ende doch immer irgendwie aus der Mitte, so dass keiner richtig zufrieden war, aber auch niemand wirklich auf die Barrikaden ging. Und so war es zunächst auch. Politiker, die vor der Wahl noch lauthals das Ende der Europäischen Union verkündet hatten, fanden die Cocktailpartys in deren Hauptstadt Brüssel hinterher doch gar nicht so schlimm, und ein bisschen Klimaschutz, vor allem, wenn man damit Geld verdienen konnte, hatte ja schließlich auch noch keinem geschadet. Und was wusste ich schon? Nur weil Einer Reden schwang wie ein Faschist, und nationalistische, menschenverachtende Visionen hatte wie ein Faschist, musste der auch zwangsläufig ein Faschist sein?

So beschloss ich eines Tages, es mit der Angst vor den Faschisten und sogar vor den Folgen des Klimawandels vielleicht doch ein wenig übertrieben zu haben. Schließlich schien ich mit meiner Panik ziemlich allein dazustehen; scheinbar alle um mich herum sahen das alles viel gelassener. Bis auf die "Klimakleber", aber die nahm sowieso niemand mehr ernst. Und hatte ich denn nicht schon genug durchgemacht? Das Leben war viel zu kurz, es sich mit schlechten Nachrichten und täglich neuen Katastrophenmeldungen jeden Morgen schon bei der ersten Tasse Kaffee systematisch zu versauen. Und die Lösung konnte einfacher nicht sein, ich musste nur aufhören, die Zeitung zu lesen.

Es gab Wichtigeres im Leben. Nio, und nicht zu vergessen meine Kunst, mit der ich schon viel zu lange nichts mehr verdient hatte. Zu unser beider Freude ließ sich das sehr gut miteinander verbinden. Ich begann wieder zu malen und gab Nio ebenfalls eine Leinwand, damit er sich beschäftigen konnte. Irgendwas würde er schon damit anstellen, und da er immer noch kaum sprach, fand ich es eine gute Idee, wenn er sich vielleicht auf diese Weise ausdrücken, ein paar Gefühle rauslassen könnte. Und wie er das konnte...!

Ihr wisst doch, dass ich schon immer so einen Fimmel hatte, Verpackungen aufzubewahren, die irgendwie nach was aussahen. Ob aus Plastik, Aluminium oder Styropor, alles, was interessante Formen oder Strukturen aufwies; dass Müll auch gutes Bastelmaterial sein konnte, hatte ich ja schon als Kind herausgefunden. Nio pflichtete mir da voll und ganz bei, und das in einer Weise, dass ich aus dem Staunen nicht mehr herauskam. Und mich nur noch fragen konnte, wie lange ein Erwachsener wohl studieren müsste, um das Kunstgespür eines Sechsjährigen zu erlangen.

Dieser kleine Pimpf nahm sich aus der Kiste mit meiner Sammlung der hübschesten Müllstücke, was ihm aus irgendeinem Grund besonders zu gefallen schien, klebte es mit Gips, den ich eigentlich für mein Bild gerade frisch angerührt und ihm mehr zum Spaß hingehalten hatte, auf die Leinwand, klatschte mit seinen beiden, kleinen Händen noch Gips drumherum, dann nahm er sich andere Gegenstände und tat mit ihnen das Gleiche. Ich war zuerst völlig baff, dann kam die Erwachsene in mir durch, die natürlich überlegte, ob das Gebilde halten würde, wenn man es aufhängt, dann kam ich zur Vernunft, rührte neuen Gips an und gab Nio alles, was mir eben einfiel. Eine kleine Schachtel mit Knöpfen, ein paar Muscheln vom Strand, eine Schublade aus der Küche, in der ich Heftzwecken, Gummibänder, Geschenkband und derlei Zeug aufbewahrte, eben einfach alles, mit dem er sich nur nicht verletzen konnte.

Und so schaute ich ihm stundenlang zu, wie er mit endloser

Geduld diese Skulptur erschuf, und nicht müde wurde, Knopf um Knopf, Muschel um Muschel mit Gips auf seinem Gebilde aufzubringen, als hätte er in seinem Leben bisher nichts anderes getan. Ich werde niemals das Leuchten in seinen Augen vergessen, als er rausfand, wie sich das Geschenkband kräuselte, wenn man es von der Rolle abwickelte. Sogleich zog er es lang, so lang, wie seine Ärmchen es ziehen konnten, ließ es wieder zurückflippen und lachte sich schlapp!! Über sich selber, glaube ich. Jedenfalls hat er gelacht. Und sich dann wieder seinem Kunstwerk zugewandt und das blau glitzernde Gekräusel daran aufgebracht.

Ich erinnere mich an diesen Tag so genau, weil das wirklich ein ganz besonderer Tag war. Es war das zweite Mal, dass ich Nio lachen gesehen hatte. Es war das erste Mal, dass ich das Gefühl hatte, was ich da tat, ihn bei mir zu haben, war tatsächlich das Richtige. Und es war der Moment gekommen, dass für uns beide ein Prozess der Heilung zu beginnen schien. Auch wenn ich immer noch keine Ahnung hatte, was der Arme durchgemacht haben musste. In seinem wunderschönen ersten Werk hätten Experten vermutlich beides entdeckt, tanzende Kinder auf einer Blumenwiese, oder Menschen im Todeskampf auf einem sinkenden Boot. Das Schöne war, an diesem Tag war uns beiden das alles mal gar nicht so wichtig. Ich saß einfach nur da, bestaunte sprachlos, was er tat, und Nio hatte seine Sprache gefunden.

Und so ging das eine ganze Weile, Nio machte andauernd echt verrückte, in meinen Augen absolut ausstellungswürdige Sachen, ich malte meine im Vergleich dazu eher langweiligen Bilder, verkaufte sogar ein paar davon - wir hatten eine ziemlich gute Zeit. Nio fing sogar an, zu sprechen, und es machte ihm sichtlich

Freude, spanisch zu lernen. Er wurde immer selbst-bewusster, sicherer, lustiger.

Das wäre vielleicht sonst auch nicht mehr lange gut gegangen, mit seinen Albträumen, manchmal tagelangem Stillschweigen und den vielen Krankheiten wäre ich nicht ewig klargekommen. Aber das wurde mit der Zeit alles besser. Wir verbrachten die Tage in meiner Werkstatt, abends kam er gerne mit, wenn ich spazieren ging, und nachts, wenn er schlief, hörte ich mir Podcasts über Traumata bei Kindern an und machte mich im Internet schlau über Ruanda.

Aber dann kam der Herbst, die Luft und auch das Meer kühlten sich ab und für mich war die Zeit gekommen, wieder schwimmen zu gehen. Nio allerdings konnte nicht schwimmen und hatte noch dazu panische Angst vor dem Wasser. Wer mich kennt, und ihr kennt mich, versteht, dass mich dieser Umstand vor eine neue, echte Herausforderung gestellt hat. Ich konnte Nio noch nicht alleine zu Hause lassen, aber ich konnte auch keineswegs darauf verzichten, endlich wieder zu schwimmen...!

Wir hatten den ganzen Sommer über im Schatten gelebt. Die Sonne, die früher noch auf der Haut so gutgetan hatte, tunlichst gemieden. Die Strände waren zu der Zeit auch und sogar ganz besonders in den Sommermonaten immer noch voll, aber aus meiner Sicht musste man ziemlich bekloppt sein, sich da dieser Hitze auszusetzen. Außerdem war das Meer entlang der Strände schier unerträglich dreckig, voll mit Zigarettenkippen, Damenbinden, leeren Bierdosen und lauter so Dingen, wie sie Nio ganz bestimmt nicht verwertet hätte.

Über viele Jahre hatten Umweltschützer aus allen möglichen Organisationen und Vereinen an diesen Stränden den Müll aufgesammelt, aber als sie schließlich einsahen, dass der nur trotzdem immer mehr und mehr wurde, hatten sie beschlossen, damit aufzuhören. Damit die Menschen ihn sahen. Sie haben dann nur noch draußen im Meer, teilweise mit selbstgebauten Greifvorrichtungen an ihren Schlauchbooten, oder ihren schaukelnden Nussschalen, genannt Llauts, all das Plastik eingesammelt, damit die Meerstiere nicht daran verreckten. Aber an den Stränden haben sie es liegen lassen. Sie hatten die Strände aufgegeben.

Die ersten paar Male war ich schon froh, wenn ich Nio nur dazu überreden konnte, ab und zu mit mir und einer Plastiktüte am Meer spazieren zu gehen. Wir sammelten Müll auf, und wir näherten uns dem Wasser zunächst nie auf mehr als fünfzehn Meter. Das war so ungefähr seine Grenze. Irgendwann habe ich ihm zu verstehen gegeben, dass ich, im Gegensatz zu ihm, das Wasser superschön finde, und da gerne rein möchte. Er schien sich Sorgen zu machen, und es hat eine Weile gedauert, bis ich dann doch losdurfte.

In den darauffolgenden Tagen gingen wir jeden Morgen zum Strand. Der Stadtstrand von Palma lag nur etwa einen Kilometer von meiner Wohnung entfernt, also gingen wir zu Fuß. Jeden Tag. Wir sammelten Müll auf, wir fanden die weltallerschönsten Muscheln, und wir kamen allmählich immer näher an die Brandung, vor der Nio solche Angst hatte. Jeden Morgen aufs Neue ließ ich ihn dann am Strand warten, während ich meine langersehnten Runden durch die Bucht zog, und Nio saß da, im Sand, und schaute mir zu.

Bis es, so nach zehn, elf Tagen, ganz von ihm allein kam, dass er unbedingt schwimmen lernen wollte. Darüber habe ich mich riesig gefreut, denn ihn immer dort allein herumsitzen zu lassen, gefiel mir im Grunde gar nicht.

Jedenfalls, wir haben natürlich schwimmen geübt wie die Weltmeister, und tauchen und rumblödeln, vor allem darin waren wir unschlagbar. Und Nio wurde eine richtige Wasserratte. Am besten gefiel es ihm, mit Brille und Schnorchel zwischen den Felsen hin und her zu kreuzen und die unterschiedlichsten Tiere zu entdecken, Quallen, Fische und auch Krebse, die er, wenn er sie zu packen kriegte, völlig furchtlos über seine Arme krabbeln ließ, worauf er ganz offensichtlich mächtig stolz war.

So haben wir, ich weiß nicht wie viele, wunderschöne Wochen verlebt, voller Freude, voller Abenteuer, und diese schönste Zeit des Jahres gehörte für eine Weile uns ganz allein. Doch dann zogen die Stürme auf, und ich erinnere mich, in diesem Jahr waren sie besonders heftig. Es waren wohl auch die Stürme, die Mateo wieder in unser Leben brachten. Eines Abends rief er an, oder kam vorbei, das weiß ich nicht mehr so genau, aber was er zu erzählen hatte, kam doch sehr überraschend; er hatte beschlossen, die Nase voll zu haben von den Yuppies mit ihren Motorbooten, die vorher seine Brötchengeber waren, und hatte sich in der Seenotrettung beworben.

Da er als Schiffskapitän viele Jahre Erfahrung vorweisen konnte, ein bisschen was gespart hatte und nicht unbedingt ein Gehalt brauchte, haben sie ihn wohl vom Fleck weg genommen. Was ich zu der Zeit nicht wusste, weil ich ja auf Nachrichten verzichtet hatte, war: Sämtliche Seenotrettungsorganisationen waren auf Verbotslisten gesetzt worden, gleichgestellt mit Schlepperbanden, und durften weder Gelder erhalten noch legal ihre Arbeit verrichten. Sie taten das natürlich trotzdem, aber eben unter erheblich erschwerten Bedingungen.

Diese Tatsache, die ihn anscheinend sehr entrüstet hatte, und seine Begegnung mit Nio, so erklärte er es mir bei einem sehr langen Glas Wein, hatten ihn bewogen, seinen neuen, eher ungewöhnlichen Berufsweg einzuschlagen. Es war wohl so, dass, während ich aufgehört hatte, das Weltgeschehen zu verfolgen, er seinerseits sich umso mehr zu interessieren begonnen hatte. Das, was Nio zugestoßen war, hatte ihn offenbar völlig umgedreht. Er berichtete mir von den gewaltsamen "Rückführungen", in Wahrheit brutalen Pushbacks, von "Remigration", die immer mehr zunehme, und von unzähligen Menschen, die es trotzdem, obwohl sie wissen mussten, dass sie in ihr Verderben fliehen, die Flucht über das Mittelmeer wagten und jedes Jahr aufs Neue zu Tausenden darin ertranken.

Das war eine lange Nacht. Als am nächsten Morgen die Sonne aufging, war es, als würde ich die Welt zum ersten Mal seit Langem wieder klar sehen. Ich hatte das alles gewusst, dass wir in Europa dank der Sklavenarbeiter aus Afrika unsere Suppenhühner und Dosentomaten derart billig verhökern konnten, dass sie sogar inklusive der Kosten für den Transport per Schiff immer noch erschwinglicher waren als deren eigene Hühner oder Tomaten.

Obwohl die Suppenhühner auf ihrer langen Reise zig Mal aufgetaut waren und es gefährlich war, sie zu essen, wurden sie bevorzugt gekauft. Ebenso die Tomaten in Dosen, die zum größten Teil aus Italien kamen. Dem Land in Europa, das mit am meisten unter der "Flüchtlingskrise" ächzte. Innerhalb von nur wenigen Jahren gingen darum selbst die fruchtbarsten afrikanischen Farmen samt und sonders ein. Und diese Farmer, um ihren Frauen was zu Essen und den Kindern Schulbildung geben zu können, kamen, denn ihnen blieb gar nichts anderes übrig. Um auf unseren europäischen, auf italienischen Feldern eben diese Sklavenarbeit zu verrichten, die ihre eigene Wirtschaft vernichtet hatte.

Ich wusste auch von den Abschiebezentren, den sehr langen Aufenthaltszeiten dort und dass sie mittlerweile beschlossen hatten, Asylverfahren und die Aufbewahrung sämtlicher

Antragssteller an die außereuropäischen Grenzen zu verlegen. Was ich aber nicht ahnte war, dass in diesen wenigen Wochen oder Monaten, in denen ich das alles nicht mehr hatte sehen wollen, sich die Situation deutlich verschärft hatte. Ghettos waren wie Pilze aus dem Boden geschossen, in Lybien, in Ruanda, in Tunesien und in Marokko, riesige, schwer bewachte Lager, in die im ganz großen Stil deportiert wurde.

Also, diese Farmer, die kamen dann nach monate- oder jahrelangem Fußmarsch endlich an der Grenze an, wurden wahrscheinlich zig Mal von einem zig Meter hohen Zaun heruntergeprügelt und haben sich alle Knochen gebrochen, um dann irgendwann, nach Überwinden dieses Zauns, wie Vieh abtransportiert zu werden in irgendein Lager in irgendeiner Wüste, ohne irgendwelche Rechte. Nein, das stimmt nicht. Selbst mit Vieh hätte man sowas nicht gemacht. Nicht einmal zu der Zeit.

Das alles, ich hatte es wohl irgendwie verdrängt, kam in mir in dieser Nacht wieder hoch, während Mateo mir von seinen Erlebnissen auf See berichtete. Ich werde euch die Einzelheiten ersparen, einige von euch haben selbst das Allerschlimmste gesehen, sind selbst aus schwimmenden Leichenteppichen herausgefischt worden.

Mateo... Wir werden ihn wohl alle niemals vergessen. Könnt ihr euch an diesen blöden Scherz erinnern, den Fingertrick mit dem scheinbar plötzlich amputierten Daumen? Den hatte er schon bei Nio versucht, als er gerade erst ein paar Tage bei mir war, und hat schon damals keinen Blumentopf damit gewinnen können. Aber für echte Überraschungen, für die war er gut!

Während zu der Zeit von Mateos unerwarteter Rückkehr die Stürme anhielten, hielt der sich wiederum beinahe auffällig oft bei uns zu Hause auf. Zuerst dachte ich, der wollte was von mir, aber da gab es eigentlich sonst keine Anzeichen für. Er schien einfach ganz gerne Zeit mit Nio und mir zu verbringen. Schaute uns beim Basteln zu, machte auch mit, und wir kochten zusammen, spielten Brettspiele und wenn Nio im Bett war, diskutierten wir viel. Er fand meine Einstellung, nicht die ganze Welt retten zu wollen, weil eben nicht zu können, ziemlich anstrengend. Glaube ich.

Aber dann kam er irgendwann, an einem dieser Abende bei einer gemütlichen Tasse Tee - ihr könnt euch denken, ich hab mich ganz schön verschaukelt gefühlt - raus mit der Sprache. Vielmehr, er brach in Tränen aus. Aber deswegen habe ich mich nicht weniger auf den Arm genommen gefühlt. Wo es mir doch gerade wie Schuppen von den Augen fiel; er hatte mich die ganze Zeit über beobachtet, für diesen Moment.

Natürlich, das musste er. Er musste wissen, ob er mir vertrauen konnte. Er musste wissen, ob ich gut für Nio war. Was meine Motive waren. Ich hätte es wahrscheinlich nicht anders gemacht. Als er aber sicher zu sein schien, dass wir auf derselben Seite standen, hat er mir die ganze Geschichte erzählt. Von vaterlosen, aus Hass und Gewalt gezeugten und in die Gewalt hinein geborenen Kindern, deren Mütter in der See verschwanden, und von all seinen Versuchen, sie zu retten, und immer wieder zu versagen. Von der Hoffnungslosigkeit, die er verspürte, jedes Mal, wenn er diese paar Kinder, die er doch retten konnte, hinter Stacheldraht befördern musste, wissend, was sie dort erwartete.

Und er erzählte mir von Leyla, dem kleinen Mädchen, das er bei seiner Nachbarin versteckt hielt. Das diese aber nicht mehr länger bei sich behalten könne. Und dass sobald der Sturm sich legte, er wieder auf See gehen würde und sie deswegen nicht zu sich nehmen könne. Und weil er außerdem befürchte, dass die

Polizei ihn beobachtete. Was ich damals für total paranoid hielt. Ich glaube, ich habe zwei Tage nicht mit ihm geredet. Weil ich das berechnend von ihm fand. Aber dann, soweit kennt ihr die Geschichte ja alle, kam Leyla. Und wer in aller Welt könnte Mateo das übel nehmen? Zumal es Nio ganz bestimmt nicht schaden würde, gleichaltrige Gesellschaft aus seiner Heimat zu haben.

Also gingen wir beide, Nio und ich, zu Mateos Wohnung, um Leyla kennenzulernen. Leylas Mutter kam aus Somalia, hatte das Kind mitten in der Wüste geboren und in der Wüste vier Jahre lang aufgezogen, bis sie endlich das Meer erreichte und darin ihr Ende fand. So viel erfuhr Mateo von anderen Geretteten auf dem Boot, mit dem sie gekommen war, die jedoch ansonsten nichts von alledem wissen wollten, denn in ihren Augen war Leyla ein Kind der Schande. Nio aber schien das anders zu sehen. Er mochte sie gleich. Wir gingen sie jeden Tag besuchen, einige Zeitlang, dann kam sie mit Mateo zu uns, und als sie schließlich so weit war, blieb sie bei uns, und Mateo verschwand wieder, so plötzlich, wie er aufgetaucht war.

1,5 GRATWANDERUNG

Mateo hatte mich gewarnt, ich solle Leyla auf gar keinen Fall den Behörden melden. Denn die würden sie sofort in ein Lager stecken. Ich konnte mir aber weder für sie noch für Nio und mich selbst ein Leben in Verstecken vorstellen, darum machte ich mich auf die Suche nach dem Richter, der das mit Nio so entspannt geregelt hatte. Die neue rechte Regierung hatte ihn, wie viele andere Richter auch, umgehend abgesetzt, aber ich fand seine Privatadresse. Und er kannte tatsächlich noch einen anderen Richter, Antonio Hernandez, der sich bis dahin nicht mit den Rechten angelegt hatte, und der mir ganz sicher helfen würde. Dafür gab es noch nicht einmal eine Anhörung vor Gericht. Damit das Ganze kein Aufsehen erregte, bekam ich die Unterschrift von dem Kollegen per Post. Das wars.

Nicht ganz so einfach war das mit den Nachbarn. Nio hatten sie so gerade eben noch akzeptiert, denn ich hatte ihm beigebracht, stets freundlich zu grüßen, wenn man sich im Treppenhaus begegnete, und das fanden sie nett. Aber die Zeiten hatten sich geändert, jeder Flüchtling mehr war einer zu viel, und da machten sie auch bei Kindern keine Ausnahme, so hassgeladen waren sie. Es war klar, wir mussten uns etwas anderes suchen, am besten ganz raus aus der Stadt. Das war jedoch gar nicht so leicht, weil bezahlbarer Wohnraum knapp war auf der Insel. Es gab genug Platz, aber das meiste davon war nicht zu vermieten. Die meisten der schönen, großen Häuser gehörten reichen Ausländern. Diese kamen nur für ein paar Wochen im Jahr, um darin zu wohnen, und ansonsten standen die Villen leer. Aber sie in der Zwischenzeit zu vermieten, wäre den Besitzern gar nicht in den Sinn gekommen. Auf die Mieteinnahmen waren sie schließlich nicht angewiesen, ihnen war es viel wichtiger, ihre Domizile jederzeit, auch spontan, nutzen zu können. Eigentümer kleinerer Häuser und Wohnungen dagegen war sehr wohl an den Einnahmen aus der Vermietung gelegen, doch die vermieteten nicht dauerhaft, sondern viel lieber wochenweise an Feriengäste, denn mit denen ließ sich glatt das Doppelte verdienen. Und wenn ich dann mit Nio und Leyla an der Hand kam, um etwas von dem wenigen zu besichtigen, das noch regulär vermietet wurde, kamen wir als Mieter nicht in Frage. Die Reaktionen der Makler unterschieden sich zwar im Ton, doch die Antwort war immer dieselbe: Wir waren nicht willkommen.

Zum Glück kannte ich damals schon Maria. Sie hatte mal ein Bild von mir gekauft und wir waren danach im Kontakt geblieben. Ihr Mann war gestorben, ihren Weinberg hatte die Dürre geholt und die Kinder waren aufs Festland gezogen, sie hatte mehr als reichlich Platz und freute sich, uns bei sich aufzunehmen, gegen eine bescheidene Miete. So kamen wir also in diese Finca hier. Versprecht mir bitte, unser Zuhause immer gut zu behandeln, auch, um Marias Andenken zu ehren. Was diese Frau für uns getan hat, darf niemals vergessen werden. Denn für uns alle begann hier die beste Zeit unseres Lebens. Auch für mich.

Leyla war ein besonders ruhiges Kind, immer mit allem zufrieden und einverstanden. Natürlich war auch sie am Anfang furchtbar abgemagert und oft sehr krank und manchmal hatte ich in den Nächten Angst, sie könnte den Morgen nicht erleben. Letztlich war es Maria, die einfach nie müde wurde, sich immer neue Gerichte zu überlegen, bis wir etwas fanden, das sie essen mochte. Falls ihr euch mal gewundert habt, dass wir immer so viele Möhren im Garten haben: Das verdankt ihr Leylas Vorliebe, als sie klein war. Denn mit gekochten Möhren konnten wir sie schließlich zum Essen überreden. Am liebsten mochte sie Hühnchen mit Karotten. Maria hielt Hühner, wie jeder Mallorquiner mit Grundbesitz, für die Eier, und manchmal schlachtete sie auch eins. Ich fand das damals nicht so schlimm, denn den Hühnern ging es bei Maria gut, und dank ihnen ging es Leyla besser.

Während Leyla kräftiger wurde, begannen Nio und ich mit ernsthaftem Unterricht. Früh morgens, wenn es noch nicht so heiß war, gab es Mathe, Spanisch und Naturkunde, dann eine ausgedehnte Siesta, die die Kinder am liebsten in ihrer Hängematte im Schatten des alten Olivenbaums hinter dem Haus verbrachten, während ich meine Bilder malte, oder ebenfalls schlief. Und abends, wenn das Wasser angestellt wurde, nur für zwei Stunden und nur ein Rinnsal, damit sich niemand damit bevorraten konnte, badete Maria die Kleinen und ich kümmerte mich um den Garten. Dann wurde gekocht, und gegessen, und dann saßen wir oft den ganzen Abend zusammen draußen und erzählten uns Geschichten, spielten Ratespiele und so weiter. Wir waren ziemlich glücklich.

Irgendwann, das mag so ungefähr ein Jahr, nachdem ich beschlossen hatte, mir das Elend da draußen nicht mehr anzusehen, gewesen sein, las ich dann doch mal wieder eine Zeitung. Nicht gleich morgens zum Kaffee, das hatte ich gelernt, mir nicht schon morgens selbst die Laune zu verderben. Aber abends oder während der Siesta am Nachmittag. Ab und zu. Ich kann euch sagen, das war ganz schön verstörend. Es war, als hätte ich Jahrzehnte verschlafen.

Zunächst hat mich am meisten das verwundert, von dem nichts mehr zu lesen war. Ich wusste, wir hatten in den vergangenen Jahren mehrmals über der durchschnittlichen globalen Temperatur von 1,5 Grad über dem Durchschnitt vor der Industrialisierung gelegen. Das war mal eine ganz wichtige Zahl gewesen, denn die meisten Industrieländer hatten sich einmal darauf geeinigt, es dabei belassen zu wollen und die Erde nicht noch weiter aufzuheizen. Was aber war passiert? Da anscheinend niemand mehr darüber schrieb, hatten wir es vielleicht tatsächlich noch einmal geschafft, die Kurve zu kriegen?

Doch dann grub ich tiefer, um herauszufinden, ob nicht irgendein Journalist etwas dazu zu sagen hätte. Und mir fiel auf, dass es die Zeitungen, die früher ein sehr genaues Auge auf Klimaveränderungen und auch die getroffenen Maßnahmen zum Schutz des Klimas geworfen hatten, alle gar nicht mehr gab. Es gab aber zwei Hinweise darauf, dass wir uns immer noch mitten in einem eher unvorteilhaften Klimawandel befanden: Zum einen die Tatsache, dass es andauernd brütend heiß war und zum anderen die Zahl der verhafteten Klimaaktivisten. Die schienen jedenfalls nicht zu glauben, dass irgendwas besser geworden wäre, und ließen sich auch einiges einfallen, um darauf aufmerksam zu machen.

So hatten sich zum Beispiel hier bei uns in Palma einige Dutzende von ihnen in Kajaks, auf Surfbrettern, leeren Fässern und was immer sie tragen konnte, in die Einfahrt für die Kreuzfahrtschiffe aufs Wasser gesetzt und mit Stahlketten untereinander und mit den Kaimauern auf beiden Seiten verbunden. Sie hatten wohl vorher geplant, das mit kleinen Booten zu machen, aber die Bootsbesitzer hatten alle Angst gehabt, man würde dann ihren Besitz beschlagnahmen, was wahrscheinlich berechtigt war.

Andere hatten Fischernetze vor den Kreuzfahrtanlegern in verschiedenen europäischen Häfen ausgelegt, in denen sich regelmäßig die Schiffsschrauben verfingen. Ihnen wurde nachgesagt, eine international organisierte Terrorgruppe zu sein, die möglicherweise von zionistischen Großkonzernen finanziert wurde. Fragwürdig an diesen Vorwürfen war, dass ihre Aktionen ja gar kein Geld kosteten.

Ebenso wie die kleine Gruppe von "Gefährdern der nationalen Sicherheit", die Luftballons aus Biogummi und Lenkdrachen aus Seidenpapier an dem einen oder anderen Flughafen aufsteigen ließen, um dort den Verkehr lahmzulegen. Hätten die Geld gehabt, hätten sie Drohnen verwendet, oder nicht? Und hinter den Bombendrohungen, die regelmäßig bei den Reedereien und Reiseveranstaltern eingingen, oder den Warnungen vor vergifteten Speisen an Bord zufällig ausgewählter Schiffe war ja nie was dran, abgesehen von dem Buttersäure-Anschlag auf ein Kreuzfahrtschiff in Griechenland, aber an dem Gestank ist keiner gestorben. Das alles hatte zwar durchaus seine Wirkung, aber gekostet hat es selten viel mehr als eine E-Mail.

Ich war erstaunt, wie viele von denen sie offenbar erwischt hatten. Zu meiner Zeit kam man noch ungeschoren davon, wenn man nachts durch die Stadt streifte und den SUVs die Luft aus den Reifen ließ. Nicht, dass ich so etwas je gemacht hätte. Aber ich kannte einen, der nahm sich eine Handvoll Linsen, schraubte überall die Ventildeckel ab und mit einer Linse dazwischen wieder drauf, so dass die Luft ganz langsam rauszischte. Und kam immer davon. Da gab es aber auch noch nicht an jeder Ecke Kameras mit biometrischer Gesichtserkennung.

Mir schien es, als wollte niemand mehr für solche Dumme-Jungen-Streiche in den Knast gehen, denn die Strafen waren hoch und der Effekt äußerst gering, und dass die Aktivisten schon deshalb einen Gang höher geschaltet hatten. Die Zeit der friedlichen Proteste und harmlosen Verkehrsblockaden war vorüber, denn sie hatte nicht das Geringste gebracht. Klimaschutz war offiziell gecancelt.

Da hat es mich, ehrlich gesagt, nicht besonders gewundert, dass so manch Einer kreativ wurde. Wie kreativ allerdings, das fand ich schon nicht schlecht. Da war von ein paar jungen Leuten zu lesen, die hatten Tankwagen geknackt und dem in ihnen enthaltenen Benzin Wasser beigemischt. War natürlich nicht so gut für die Autos. Geschrieben wurde sogar über sie, dass sie durch diese Sabotageaktion Menschenleben in Gefahr brächten, aber es ging nicht ein einziger Unfall tatsächlich und nachweislich auf ihre Kappe. Eigentlich waren nur ein paar Tanks angerostet. Jedoch auch hier; alle waren gefasst worden, und auf sie alle warteten lange Haftstrafen.

Oder die, die offensichtlich davon überzeugt waren, dass die massenhafte Herstellung von E-Autos und besonders der Batterien, die dafür gebraucht wurden, nicht nur dem Klima schaden würden, sondern auch den Menschen in den Ländern, aus denen all das dafür benötigte Material kam. Ich konnte keine Berichte finden, die das bestätigten, die angeblich so rasant steigenden Krebsraten und sinkenden Grundwasserspiegel in der Nähe der Lithium-Abbaugebiete in Chile und Argentinien, aber wer weiß, vielleicht waren gerade deswegen ihre Aktionen so heftig? Weil ihre Beweggründe totgeschwiegen wurden?

Heftig war das auf jeden Fall. Als eine Handvoll jugendlicher "Terroristen", alle unter siebzehn, die Software des weltweit größten, nicht chinesischen Automobilherstellers unterwandert hatten, und die Autos allesamt völlig außer Kontrolle gerieten. Ja, da gab es Unfälle, und es gab sogar Tote, als die zentrale

Steuerung, die für autonomes Fahren zuständig war, verrückt spielte und Lust auf rote Ampeln bekam. Aber da saßen Menschen hinter dem Steuer, die das hätten verhindern können.

Und als das auch alles nichts half, als sogar ganz im Gegenteil jemand, der nur öffentlich den sogenannten "Menschengemachten Klimawandel" erwähnte, als Klimapopulist verschrien wurde und, wenn er nicht aufpasste, schon bald als Dissident und Volksverhetzer hinter Gitter wanderte, bastelten sie eben Sprengstoff und zerstörten Straßen und Brücken. Das schien auch, ganz objektiv betrachtet, wirklich der weitaus klügere Weg. Denn je verehrender die Anschläge, desto weniger wurden die, die sie ausführten, erwischt. Dafür aber umso mehr wahrgenommen. Die Leute zum Beispiel, die in Belgien mit einem Hackerangriff den gesamten Flugverkehr für einige Tage zurück ins Steinzeitalter versetzt haben, wohl eher durch einen glücklichen Zufall ohne Personenschäden, sucht man bis heute. Falls sie noch leben. Und für Manche sind sie Helden.

Von solchen Helden war in dieser Zeit viel zu lesen, vor allem aber von ihren Untergängen. Die meisten sahen sie ja auch nicht als Helden, sondern als Feinde der Freiheit. Die wurden nicht gefeiert, die wurden mit faulen Eiern beworfen. Weil sie den "Kern der Gesellschaft", also die paar noch existierenden Agrargroßkonzerne, angegriffen hatten, wenn sie mal wieder ein paar Hundert Ferkel aus einer Schlachtanlage befreit hatten, die dann lustig durch die Dörfer zogen. Auch daran ist niemand gestorben. Nun, die Ferkel wurden gefangen und trotzdem getötet.

Aber nicht nur, was geschrieben wurde, sondern auch das Wie war verwunderlich. Allein die Berichterstattung über Schweineköpfe und Tiergedärme, die plötzlich überall in den

Supermarktregalen gefunden wurden, oder die vielen Laster voll
mit Gülle, die vor Geschäften mit, wie ich annahm, fragwürdigen
Lieferketten ausgekippt wurden, über die Lieferketten wurde da
nichts gesagt, aber derart reißerisch über die Störenfriede
hergezogen, dass ich mir manchmal fragen musste, ob ich nicht
wohl in der Satirerubrik gelandet war.

Maria und ich konnten nächtelang darüber diskutieren. Sie
war ja eine eingefleischte Spanierin – die Spanier kannten zu der
Zeit sowieso nur Fleisch, und Fisch, und gegrilltes Fleisch und
Meeresfrüchte und, na klar, Schinken, Eier und Kartoffeln, also
bis auf die Kartoffeln alles nichts für mich. Die Frage, ob ich "das
kleine Stückchen" nicht dürfte, hatte sie sich bald abgewöhnt,
und ich habe mir irgendwann abgewöhnt, darüber nachzudenken,
wie diese liebenswürdige Frau es fertigbrachte, einem ihrer
eigenen Hühner, denen sie Namen gegeben hatte, ohne jede Not
den Hals zu brechen.

Aber wie konnte es sein, dass sie ihre Katzen so abgöttisch
liebte, die überall auf der Finca herumlungerten, und sich
aufregen konnte wie Mottenscheiße über den Vandalismus, den
diese Aktivisten veranstalteten, wie auch sie es nannte? Da wurden wir uns nicht einig. Und selbst wenn sie gerade noch
einsehen wollte, dass auch Kühe soziale, empfindsame Wesen
waren und man sie nicht einfach Jahr für Jahr gewaltsam
schwängern und in Hochleistungsmilchmaschinen umwandeln
durfte; spätestens bei der Streitfrage, ob zig Milliarden furzender
Nutztiere spürbar den Planeten zu erhitzen in der Lage sind,
wurde es ungemütlich.

Selbst die unumstößliche Tatsache, dass sie mehrere Monate
im Jahr tagsüber kaum noch ins Freie treten konnte, der
Wassernotstand, und dass fast keine Vögel mehr ihren Garten
besuchen kamen, weil sie hier keine Insekten mehr fanden,

konnte ihre Meinung nicht ändern. Sie war eine damals schon ungefähr siebzig Jahre alte Frau, die jeden Sonntag in die Kirche ging und sich nicht vorstellen konnte, dass wir Menschen in der Lage wären, Gottes geliebter Schöpfung Zerstörer zu sein. Nicht einmal, wenn wir es versuchten. Der gute Herrgott würde es schon wieder regnen lassen.

Ich denke heute noch, vielleicht ist Gott überhaupt schuld an dem ganzen Schlamassel. Hätte er uns nicht eingetrichtert, er wäre der Boss und wir sowas wie seine Unterbosse, dass nur er allein uns Leben gibt und Leben nimmt und wir dafür in der Zwischenzeit mit allem anderen Lebendigen machen können, was wir wollen, dann hätten wir das Leben womöglich etwas mehr geachtet. Aber das habe ich Maria natürlich so nicht gesagt.

Und schließlich war ein neuer Gott auf der Weltbühne erschienen, ein menschengemachter Gott, über den der Mensch allerdings irgendwie die Kontrolle zu verlieren im Begriff schien. Und in diesem Punkt waren Maria und ich uns endlich einig: Die Götter, die wir hatten, waren völlig ausreichend gewesen. Wir hätten nicht noch einen erschaffen dürfen. Und schon gar keinen so mächtigen. Das schien sogar die Presse genauso zu sehen, denn allerorts zeigte man sich alarmiert wegen der beunruhigend hohen Zahlen von Jobverlusten unter Akademikern. Die neue Macht, die urplötzlich um einiges schlauer war als sie, die Künstliche Intelligenz, "KI", ein relativ simpler, aber verdammt lernfähiger Algorithmus, übernahm sie millionenweise. Architekten, Ingenieure, Mediziner, Justiziare, Forscher auf allen möglichen Gebieten der Wissenschaft, wurden nicht mehr gebraucht.

Als ich das las, fielen mir dunkel die Worte eines KI-Entwicklers ein, den ich mal in einem Interview gehört hatte. Der gesagt hatte, es gäbe drei rote Linien, also Grenzen, die man auf gar keinen Fall überschreiten dürfe, wenn es um KI geht. Nämlich, dass man ihr nicht beibringen dürfe, eigenständig zu lernen. Dass man sie nicht ins offene Internet entlassen darf. Und dass man ihr tunlichst unterbinden müsse, sich mit anderen KI's zu verbinden. Ich weiß noch, er nannte das einen "Oppenheimer-Moment". Ein Ereignis, wie am Rande eines schwarzen Lochs zu stehen, ohne jedes Wissen darüber, was danach kommt. Natürlich beschlich mich in diesem Moment die Befürchtung, dass sie genau das alles längst getan hatten.

Und obwohl Maria keinen Schimmer von Technik hatte und nicht einmal eine Glühbirne selbst ausgewechselt hätte, so viel verstand auch sie, das konnte nicht gut ausgehen. Ein Wesen, das wer weiß, wie viel intelligenter war als wir, jeden Tag dazu lernte und die Möglichkeit hatte, auf unsere Herzschrittmacher und Atomarsenale zuzugreifen, und von dem wir nicht ahnen können, ob es uns wohl oder übel gesonnen sein würde, das machte uns beiden Angst.

Mich hat damals besonders genervt, dass es sich auch in der Welt der Kunst breitgemacht hatte. Es gab zwar immer noch Schallplatten, ihr kennt ja meine Sammlung, und auch von Menschenhand gemalte Bilder würde wahrscheinlich auch in hundert Jahren noch jemand haben wollen, aber ich habe mich ohnehin nie für besonders originell gehalten und der Markt war sowieso schwierig genug, da brauchte ich nicht noch eine Maschine, die tausend Mal besser und schneller malen konnte als ich, und sich auch noch besser auskannte in Sachen Marketing.

War die KI Schöpfer oder Vernichter oder beides zugleich? Ich, für meinen Teil, bin Künstlerin, ich erschaffe Dinge. Ich habe eigene, kreative Ideen, und ich mache daraus Dinge. Die man gebrauchen kann oder einfach nur schön finden, wichtig dabei ist eigentlich nur, dass sie neu sind. Dass vorher noch keiner auf die Idee gekommen ist. Und natürlich, ganz ordinär, ihr Zweck. Dass ein Haus, in dem mein Gemälde hängt, in ein angenehmes, anregendes oder gar berauschendes Licht getaucht wird, eine Geschichte erzählt, ein Geheimnis behütet, oder dass ein Betrachter meines Bildes von einer dieser Geschichten, Geheimnisse und Gefühle, oder welche Eindrücke es auch immer in ihm hervorruft, in irgendeiner Weise profitiert. Ich bin ein Schöpfer. Auch ein Schöpfer von Gefühlen. Denn Bilder erzeugen Gefühle.

Für den Moment war das Bild, das die KI vor meinen Augen erzeugte, eine Welt, in der wir uns vollständig von ihr abhängig gemacht hatten. Und ich hatte kein besonders gutes Gefühl dabei. Was konnte ein Wesen, oder ein Gehirn ohne jegliche Empathie schon Gutes erschaffen? Auch Maria fand, da hörte der Spaß wirklich auf. Und vielen anderen mit ihr war gründlich das Lachen vergangen, und sie gingen auf die Straßen. Und da diese Leute studiert hatten und eigentlich, also bis dahin, den oberen Einkommensklassen angehört hatten, ging man gegen sie auch nicht gleich mit Tränengas und Wasserwerfern vor, wie bei den Protesten gegen die Faschisten zuvor.

Aus den täglichen Berichten ging gar nicht so recht hervor, warum die in so hoher Zahl und Beharrlichkeit auf die Barrika- den gingen, da war nur von Aufständen die Rede und wie man diese immer wieder erfolgreich und mit vielen Verhaftungen niedergeschlagen hatte. Über die Beweggründe dieser aus den Fugen geratenen Intellektuellen wurde nur wenig bekannt. Aber wenn man sich die Bilder von den Aufmärschen und die Banner, die dort zu sehen waren, genauer ansah, dann verstand man ihre Botschaft: "Life First – Das Leben zuerst".

Das sollte die letzte laute Stimme, das letzte echte menschliche Signal sein, das wir für lange Zeit hören würden. Ich weiß nicht, ob es ihnen mithilfe von Überwachung durch KI gelungen war, die Vermutung lag damals ziemlich nahe, aber Proteste fanden jedenfalls nicht mehr statt; niemand schien sich überhaupt mehr zu beschweren. Nicht mehr in Form von geordneten Kundgebungen. Dafür nahmen die gewaltsamen Ausschreitungen zu. In den Vororten so ziemlich jeder Großstadt, und das nicht nur in Spanien, Frankreich, nicht nur in Europa. Das passierte überall. Und überall zur gleichen Zeit.

KI war ein Segen für manche, jedoch ein Fluch für die allermeisten. Es war wie immer, Wohlstand floss von unten nach oben. Nur floss es mit einem Mal irrsinnig viel schneller als je zuvor, denn hochwertige Kopfarbeit kostete plötzlich gar nichts mehr. Und als die Kopfarbeiter reihenweise arbeitslos wurden und pleite gingen, weil sie nicht mehr gebraucht wurden, ging auch alles andere mit ihnen in die Hose. Denn das hatte es zwar mit jeder Modernisierung gegeben, dass Jobs oder auch ganze Berufe wegrationalisiert wurden, aber noch niemals vorher so viele auf einmal. Da halfen keine Umschulungen mehr, wie bei der Post oder bei den Bäckern. Es gab einfach nicht Millionen neuer Möglichkeiten für Millionen neue Arbeitslose. Nicht für fast die gesamte Mittelschicht. So verdiente schließlich fast niemand mehr Geld, außer den Jungs von den Cocktailpartys, die ihren Zaster sowieso längst nicht mehr zählen konnten.

Und selbstverständlich rasteten die Menschen aus! So eine Entwertung hatte es noch nie gegeben, dass ein Doktortitel nur noch ein Scherzartikel war. Dass plötzlich jemand, wenn er ein paar Dollar für die App ausgab, erdbebensichere, ästhetische, energieeffiziente Hochhäuser konzipieren konnte. Oder, wenn er sich die Stromkosten für den Server leisten konnte, sich in seinem Bastelkeller über Nacht eine Milliarde von neuartigen Viren und/oder die Impfstoffe dagegen entwickeln ließ. Da konnte buchstäblich jeder kommen.

Aber von derlei sehr denkbaren Gefahren berichteten die Zeitungen wenig. Fast gar nicht. Wichtig und im allgemeinen Interesse erschien nur noch Eines; die Ordnung im Land wiederherzustellen. Alle, die Bevölkerung in vielen Ländern Europas, die Politik, einfach alle hatten genug von dem Krawall. Also hauten Polizisten auf Demonstranten, was das Zeug hielt, und die schlugen zurück, was das Zeug hielt, und schmissen Molotow-Cocktails, zündeten Autos und Gebäude an, verwüsteten ganze Stadtviertel. Und dann rückte das Militär an, mit Panzern, Tränengas und Wasserwerfen, und am Ende blieb von den Demonstranten nicht viel übrig.

Schon bald schwiegen auch die Medien, alle hatten sich scheinbar wieder beruhigt. Nicht einmal die üblichen Sommerloch-Aufreger wie Frauenrechte und geschlechtliche Selbstbestimmung fanden mehr ihren Weg in die Schlagzeilen. Es wurde, für meinen Geschmack, gespenstisch ruhig in der Medienlandschaft. Also sah ich mich im Internet nach anderen Informationsquellen um, denn das konnte ja noch lange nicht alles gewesen sein. Ich hatte vorher öfters mal von Leuten gehört, dass sie sich ihre Nachrichten längst nicht mehr aus der Zeitung holten, oder von öffentlichen Nachrichtensendern, sondern auf Medienplattformen im Netz. Vielleicht waren die Zeitungen, die ich früher gelesen hatte, gar nicht verschwunden oder gar verboten worden, sondern hatten einfach nur den Ort gewechselt?

Zum Glück hatte ich gelernt, dass man es dem Internet selbst auf keinen Fall überlassen durfte, einen mit Informationen zu versorgen. Da hätte ich auch wenig bekommen. Die Themen, die dort kursierten, waren nur noch Migration, immer lautere Forderungen nach einer funktionierenden, noch viel effizienteren

Remigration und endlich einer endgültigen Lösung für dieses massive Ausländerproblem; das Wort "Endlösung" war dort immer häufiger zu lesen.

Ich drückte mich also, mit dem Rücken zur Wand in diesem virtuellen Raum, an den großen Themen der Zeit vorbei und schob mich durch zu den möglichen Antworten auf meine immer noch offenen Fragen. Was um alles in der Welt war aus der Ukraine geworden? Niemand sagte mehr was. Das kam mir so vor wie an dem Tag, ein paar Jahre davor, als ungefähr sechshundertfünfzig Menschen im Mittelmeer den Tod fanden, weil ein Schiff der Küstenwache ihre überfüllte Jolle recht unsacht herumgerissen hatte, damit sie wieder abhauten, bloß woanders hin. Das Boot kenterte, und von den siebenhundert Flüchtlingen an Bord wurden nur hundert gerettet. Berichtet aber, und das war es, woran ich mich erinnert fühlte, wurde an diesem Tag vor allem von fünf stinkreichen Abenteurern, die in einem ebenso wenig geeigneten Vehikel, dafür aus lauter Spaß an der Freude und mit umso mehr öffentlicher Aufmerksamkeit zum Wrack der Titanic hinabgetaucht und von der Masse des Meeres zerquetscht worden waren.

War es hier genauso, hatte die Ukraine einfach keine Lobby mehr, keine Follower? Als die Russen dort eingefallen waren, hatte ihnen der gesamte "Westen", also im Wesentlichen Europa, England, das damals schon ausgeschieden war und die USA, Waffen, Munition und Hilfsgüter geschickt, man hatte selbstverständlich gerne ihre fliehenden Zivilisten aufgenommen. Aber diese Hilfsbereitschaft hatte deutlich an Popularität verloren. Umso populärer wurden dafür allerorts die rechten Parteien. War bis dahin der Begriff "Nazi" noch mit Krieg, Unterdrückung und Völkermord gleichgesetzt, konnte man sich nun auf einmal mit stolzer Brust und in aller Öffentlichkeit einen Nazi nennen – war das Wort doch nur noch so etwas wie eine Verniedlichung von "Nationalist".

Der nette Nazi von nebenan eben.

Überhaupt schienen sich viele Begriffe in ihrer Bedeutung zu verändern. Hatten früher noch die Länder nach ihren bedeutenden Intellektuellen ganze Straßen und Plätze benannt, war nun alles Intellektuelle verhasst. Und als in den USA einer in Aussicht stellte, das Land an nur einem Tag in eine Diktatur zu verwandeln, wurde er mit beachtlicher Mehrheit zum Präsidenten auf Lebenszeit gewählt. Irgendwie hatte es sogar das Wort "Diktatur" geschafft, seinen Schrecken zu verlieren.

Jedenfalls war das wohl das Ende der Ukraine-Hilfen. Als erstes wurden seitens der USA sämtliche Lieferungen von Geld, Aufklärungsdaten und Waffen eingestellt, und gleich darauf, um nicht in eine mögliche Eskalation des Konflikts hineingezogen zu werden, trat dieses gewichtigste Mitglied aus der NATO aus. Denn der Diktator dachte, dass, sollte die Ukraine eingenommen werden, der Russe auch noch Appetit auf weitere Länder bekommen könnte. Und das wären dann, anders als die Ukraine, Partner in diesem Bündnis, die sich alle gegenseitig versprochen hatten, sich im Angriffsfall zu verteidigen.

Aus derselben Angst kehrten dann nach und nach auch alle anderen zwar nicht der NATO, aber der Ukraine den Rücken zu. Bis am Ende sogar die Deutschen, die sich bis dahin so wehrhaft gehalten hatten, ja zwischenzeitlich aufmerksam, empathisch geworden waren gegenüber den Schatten ihrer eigenen Nazivergangenheit, die doch noch einmal so etwas wie ein kollektives Gewissen in sich entdeckt hatten, eingeknickt sind. Denn so ganz allein, ohne die damals noch sehr mächtigen USA, ohne England, ohne Frankreich und auch Spanien, wo überall die Faschisten gesiegt hatten, konnte man sich gar nicht mit Russland messen. Bei aller Liebe nicht. Außerdem musste man an die Verteidigung der eigenen Grenzen denken. Drum gaben schließlich auch sie ihrer neuen Kanzlerin das eiserne Zepter in die Hand, und wir alle wissen, worin das endete.

Die Ukraine war also Geschichte, Russland hatte den eingenommenen Teil unterjocht, die dort lebenden Ukrainer kurzerhand zu Russen erklärt, und an jedem Zaun davor lauerten die Reste der NATO. Und bis man sich dort wieder nett über die Zäune hinweg unterhalten würde, konnten noch Jahrzehnte des Kalten Krieges vergehen. Das hatte ich befürchtet, aber auch nicht unbedingt großartig anders erwartet. Dass der Herrscher in Moskau nicht aufhören würde, ehe nicht der letzte seiner vielen Millionen Soldaten und jeder wehrfähige Ukrainer gefallen wäre, stand außer Frage. Dass die tapferen Ukrainer niemals aufgeben würden, da war ich mir ebenso sicher. Der Verlauf des Krieges und das Schicksal der Menschen in der Ukraine hatte an der Bereitschaft der westlichen Länder gehangen, Waffen zu liefern. Gerade genug, damit die Kämpfe weiterliefen, aber niemals genug, damit sie endeten. Denn an Frieden war außer den angegriffenen Ukrainern niemand ernsthaft interessiert, man wollte doch auf keinen Fall die Gans schlachten, die goldene Eier legte. Jedenfalls, bis die Blase platzt, denn – ihr erinnert euch, diese goldenen Eier waren ja alles eigens für die Kriegswirtschaft gedrucktes Geld, eben dieses Sondervermögen. Und selbstverständlich war es damit irgendwann vorbei, und damit auch dann plötzlich der Krieg.

Doch was war mit dem Klimawandel? Nur, weil darüber keiner mehr berichtete, war der jetzt auch plötzlich gar nicht mehr da? Auch hierzu fand ich, vorbei an der ganz offensichtlich stattfindenden Zensur, denn immer wieder waren Artikel nur für

Minuten zu sehen und dann wieder weg, irgendwann Informationen. Ich schreibe euch das so locker vom Hocker, aber was ich euch jetzt sage, das hätte man damals wohl nicht mehr laut aussprechen dürfen. Nach allem, was ich in Erfahrung bringen konnte, hatten wir die 1,5 Grad, auf die man sich international geeinigt hatte, sie wenn möglich nicht zu reißen, endgültig gerissen.

Den Sozialisten, als sie noch das Sagen hatten, wurde immer vorgeworfen, die Probleme nur zu verlagern, aber keine echten Lösungen geschaffen. Da war vielleicht auch was dran. Ich meine, Balsaholz aus Ecuador für die Flügel der Windparks in der Nordsee? Es war sicher etwas Gutes, Strom aus Wind anstelle von Kohle zu erzeugen. Doch als nach ein paar Jahrzehnten der Leichtholzrausch in Ecuador beendet war und die Hersteller endlich beim Bau ihrer Windmühlen auf die Nutzung von Kunststoffen umschwenkten und das Land verließen, war es für die indigene Bevölkerung im Amazonas längst zu spät. Ihre Wirtschaft und ihre sozialen Strukturen waren zerstört.

Oder das neue Wunderauto, das keinen Auspuff mehr hatte und nur mit elektrischem Strom fuhr. Der Strom hierfür musste in Batterien gespeichert werden, je größer das Auto, desto größer die Batterie. Und das Material für diese Speicher kam, wie vorhin schon erwähnt, aus Chile und Argentinien. Aber nicht nur für die elektrischen Autos, sondern auch für alles andere, das wir gerne, wenngleich fern der heimischen Steckdose, trotzdem immer und überall mit Strom versorgt haben wollten, wie unsere Computer und Telefone. Und weil uns in Europa diese geruchlose und geräuschlose Energie für Unterwegs so gut gefallen hat, brach in den beiden südamerikanischen Ländern, den einzigen, in denen das dafür benötigte Lithium vorkam, ein regelrechter Lithiumrausch aus. Bis sie den letzten Klumpen dieser "Seltenen Erden", die den Namen nicht umsonst tragen, aus dem Boden geholt hatten, und auch diese Länder verließen. Die waren dann ohne Grundwasser, dafür aber mit den höchsten Krebsraten weltweit unter der Bevölkerung, und zwar noch bis zum heutigen Tag. Der "Grüne Wandel", den unsere Politiker so gefeiert hat-ten, war vor allem die Verwandlung des einst so wunderschönen Argentinien in ein tristes und lebensfeindliches Krisengebiet. Ein Umstand allerdings, den damals niemand zugegeben hätte. Nicht die Politiker, und schon gar nicht die Konzerne.

Ebenso unehrlich war der Handel mit dem Kohlendioxid. Da gab es einen Zertifikate-Markt für "grünes" Erdöl, mit denen man, nach reichlich magisch anmutenden Rechenspielen, Wälder schützte, die gar nicht in Gefahr waren, da niemals jemand vorgehabt hatte, sie abzuholzen. Was natürlich niemanden davon abhalten konnte, sich für dieses Nichtabholzen bezahlen zu lassen – von anderen, die sich dann irrtümlicherweise freuten, nun umso mehr Kohlendioxid in die Atmosphäre blasen zu dürfen, weil ja irgendwo am anderen Ende der Welt diese Bäume es wieder in sich aufnehmen würden. Von dem Erdöl, durch dessen Verbrennung wir uns das ganze Drama erst eingehandelt hatten, blieb deswegen kein einziger Tropfen mehr oder weniger im Boden. Wenn es der Eine nicht kaufte, kaufte es eben ein anderer – nur billiger.

Ich denke, an den Vorwürfen gegen die Klimapolitik der Sozialisten war durchaus was Wahres dran. Jedenfalls, dass jegliche Bestrebung, das Klima zu schützen, solange sie nicht von allen gemeinsam angegangen würde, zu nichts führen würde. Denn man kann schließlich nicht das europäische Klima schützen, indem man Europa sauber hält. Was sie anscheinend versucht hatten. Aber sie haben vergessen, dass nicht nur der Wohlstand immer von unten nach oben, vom Süden gen Norden fließt. Auch das Elend, wenn man nur genug davon entstehen lässt, findet irgendwann seinen Weg zu den Verursachern. Man muss den Namen eines Landes, in dem man Umweltschäden und wirtschaftliche Not anrichtet, nicht einmal aussprechen können. Die Schäden und die Not kommen dennoch eines Tages zu einem zurück. In Form von Unwettern, Unfrieden und, wie immer, wenn Land unbewohnbar geworden ist, auch in Form von Flüchtlingsströmen.

Jedoch, an den sich häufenden Unwettern schien sich niemand wirklich zu stören, und Unfrieden war total en Vogue. Schimpfen gehörte zum guten Ton, und am liebsten meckerte man über Flüchtlinge. Und Politiker. Das war ein echtes Paradoxon. Dass sogar Regierende mit den scheinbar besten Absichten, die Katastrophe doch noch aufzuhalten, als Faschisten und Klimadiktatoren beschimpft wurden und jeder Versuch, den sie unternahmen, aber auch all die unvermeidlichen Fehlschläge am Ende auf das Konto der wirklichen, echten Faschisten einzahlte, die mit Klimaschutz nichts am Hut hatten. Doch möglicherweise, und das war wohl noch das paradoxeste von Allem, war der Faschismus tatsächlich die beste Lösung. Denn immerhin waren sie dabei, die Wirtschaft grandios an die Wand zu fahren. Ihren Motor gehörig auszubremsen.

Paradox war auch, dass allem Anschein nach die Arktis mittlerweile wenigstens einmal komplett eisfrei gewesen war und ich diese unheilvolle Verkündigung sehr lange suchen musste. Auch, dass die meisten großen Wälder, wie der Amazonas, nicht mehr CO_2-Senke, sondern Emittenten waren, also mehr klimaschädliches Gas abgaben, als sie aufnahmen. Ihre natürliche Aufgabe nicht mehr erfüllen konnten. Ebenso die Weltmeere, die vormals größten Kohlendioxidkonsumenten. Die nahmen nicht mehr das allermeiste von unserem Dreck auf wie sonst, sondern fingen an, auszugasen, was sie über so lange Zeit gespeichert hatten. Das erschien mir als eine ziemlich bedeutsame Nachricht – aber, und darum paradox, auch die war kaum und immer nur für wenige Augenblicke zu finden. All das waren Prozesse, die, wenn sie einen gewissen Punkt einmal überschritten hatten, einen Kipppunkt sozusagen, nicht mehr zu stoppen wären. Ab da würden sich die Dinge automatisch immer in dieselbe Richtung weiterentwickeln und kein Mensch, nicht einmal Marias Gott könnte mehr was dagegen machen.

Doch alle Beiträge zu diesen Themen hatten eines gemeinsam: Sie kamen von angeblichen Lügnern und Verschwörungs-theoretikern und wurden jeweils sehr schnell aus dem Netz entfernt. So war es Maria und mir überlassen, gemeinsam über ihren Wahrheitsgehalt zu grübeln. Das einzige Land, das noch aktiv Klimaschutz zu betreiben schien, war China. Es war auch ein chinesisches Portal, auf dem immer noch regelmäßig die Berichte des Weltklimarats veröffentlicht und sogar auf Englisch zur Verfügung gestellt wurden. Warum auch immer.

Wir dachten viel darüber nach. Maria war ein Kind des Generalissimo Franco gewesen, ich im aufstrebenden Deutschland und 20 Jahre später aufgewachsen. Daher konnten auch unser Verständnis und unsere Auslegungen dessen, was wir so alles herausfanden, kaum unterschiedlicher sein. Und an manchen Abenden war es wohl pures Glück, wenn eines der Kinder aufwachte, die Diskussion beendete und uns nur knapp davor bewahrte, in unserem Umgang miteinander einen gefährlichen Kipppunkt zu übertreten. Aber dann fanden wir doch immer wieder zurück zu erfreulicheren Dingen, den Fortschritten, die die Kinder machten, oder einem Liter Olivenöl, den wir besonders günstig erstanden hatten.

DIE LÄNGSTE NACHT

Es war an einem sehr frühen Morgen, noch vor Sonnenaufgang, als mich wie aus heiterem Himmel ein furchtbar aufgebrachter Mateo anrief. Er war tags zuvor an meiner alten Wohnung in Palma gewesen und hatte uns dort natürlich nicht angetroffen. Ich gab ihm die neue Adresse und nur wenig später stand er bei uns auf der Matte, sichtlich erleichtert, uns wohlauf zu sehen. Er vollführte einen richtigen Freudentanz, als er die Finca sah, und feststellte, wie gut wir es dort hatten. Wer Maria für uns war, musste ich ihm gar nicht erst erklären; als er sie sah, umarmte er sie gleich, herzlich und unter Tränen, es war, als würden sich die besten Freunde nach langer Zeit der Trennung wieder begegnen.

Leyla erkannte ihn zuerst nicht, und ich konnte ihm ansehen, wie ihm das zu schaffen machte. Aber Nio konnte sich noch an ihn erinnern. Und für mich war es ganz einfach ein Fest, Mateo wiederzusehen! Ich hatte mir große Sorgen um ihn gemacht, während ich so lange nichts von ihm gehört hatte, und mir oft genug das Allerschlimmste ausgemalt. Wusste ich doch, dass er sich nicht gerne an Grenzen hielt, und durchaus in Gefahr bringen konnte. Und tatsächlich, er war gerade aus dem Gefängnis entlassen worden. Verhaftet hatten sie ihn wegen Schlepperei, freigelassen hatten sie ihn, weil man ihm nicht beweisen konnte, jemals Geld angenommen zu haben. Aber der Verdacht hatte immerhin ausgereicht, um ihn für anderthalb Jahre in Untersuchungshaft zu halten.

Meine Sorge, Maria könnte über seine Berichte entrüstet sein, löste sich im Nu in Luft auf - ja, sie war zwar entrüstet, aber nicht wegen Mateo. Dass nicht jeder, nur weil er im Knast gelandet war, unbedingt ein Verbrecher wäre, so viel wusste sie noch aus Francos Zeiten. Und Mateo hatte uns Leyla gebracht, und die liebte sie über alles. Vielleicht war es auch hilfreich, dass er schließlich nicht verurteilt worden war. Jedenfalls, unsere gute, großherzige Maria gab ihm, den sie morgens zum ersten Mal in ihrem Leben gesehen hatte, noch am selben Tag ein Zimmer in ihrem Haus, denn er hatte ja gar nichts mehr zu der Zeit. Und er wurde für immer ein Teil unserer Familie.

Obwohl, zu Beginn waren wir eher so etwas wie eine Zweckgemeinschaft. Ich verdiente mir zwar, seit Leyla bei uns war, mit Übersetzungsarbeiten für nostalgisch geführte Kleinstbetriebe, Nähaufträgen und allem, was gerade anfiel hier und da etwas dazu, von meiner Kunst hatte ich nur kurze Zeit mehr oder weniger leben können, und wir konnten es schon gar nicht zu dritt. Aber auch mit diesem Zubrot waren wir meistens knapp bei Kasse.

Doch nun, da wir zu fünft waren, lief alles wie geschmiert. Ich meine, Maria hatte das große Haus, und manchmal auch mehr Geduld für euch Kinder als ich, Mateo fand immer irgendwo Arbeit, und das nicht nur auf Baustellen, Booten oder so, sondern auch auf der Finca. Tagsüber nahm er Reparaturen an dem alten Haus vor, in der Nacht grub er den Brunnen heimlich tiefer. Maria war zwar im Dorf eine angesehene Frau und wir wurden kaum kontrolliert, aber man musste vorsichtig sein, und erfinderisch. Die vielen kleinen, bunten Windräder ganz hinten auf unserem Grundstück, die sind alle von Mateo. Aber das wisst ihr. Eure Namen stehen ja darauf.

Das war wirklich eine besonders lustige Zeit. Ich erinnere mich noch, als wäre es gestern gewesen, an den Tag, als Mateo das erste Windrad aufgestellt hat. Er hatte wochenlang daran getüftelt, und als es stand, und der erste Wind endlich in seine kurzen Flügel blies, kam bei der Waschmaschine, die er vollmundig daran angeschlossen hatte, kein müder Funke an.

Ich frotzelte noch, er hätte es vielleicht erstmal mit einer Lampe versuchen sollen. Und habe mich dem Gemüsegarten gewidmet. Bis mich lauter Jubel von euch Kindern in das Freiluftlabor zurückrief. Die zwischengeschaltete Autobatterie hatte nur erst laden müssen. Die Waschmaschine lief auf vollen Touren. Marias Begeisterung hielt sich dennoch in Grenzen, sie fand, es verschandelte ihren Garten, und wir mussten das Gerüst nach ganz hinten schleppen und aus ihrem Blickfeld entfernen, aber das war nur gut so, denn dort war das Gelände offener und es gab viel mehr Wind.

Auf die drei Rotorblätter malten wir die Buchstaben N, I und O, was Nio großartig fand und mit ihm unweigerlich auch Maria. Für Leyla baute Mateo gleich darauf noch ein Windrad mit fünf Flügeln, auf die sie ganz allein, ohne Hilfe, ihren Namen schrieb.

Wir hatten Strom vom öffentlichen Versorger, und der war nicht einmal allzu teuer, aber es hatte Gerüchte gegeben, dass es wegen geplanter Erhöhungen der Einfuhrsteuern zu bitter hohen Preisen und sogar Engpässen kommen könnte, darum meinte Mateo, wir sollten besser vorbereitet sein. Außerdem konnten wir so die Pumpe für den Brunnen laufen lassen, ohne dass es eine KI bemerken würde. Denn das gesamte Stromnetz wurde überwacht und es war möglich, dass sie registrieren würden, wenn die elektrische Pumpe mehr Wasser als üblich aus dem nun tieferen Brunnen schöpfte. Was sich später noch als überlebenswichtig herausstellen sollte.

Da war es wieder, dieses Gefühl, etwas Verbotenes zu tun.

Wie bei Covid, als ich mich nachts, während der totalen Ausgangssperre, am Strand mit Kiki getroffen hatte, weil ich das Alleinsein nicht mehr ertrug, und unser Heimweg zu einer abenteuerlichen Flucht wurde. Nun klauten wir also schon das Wasser aus dem eigenen Garten. Es war beschämend. Wenigstens waren die Windräder erlaubt, solange ihre Spannweiten nicht den vorgeschriebenen Meter überschritten. Aber, wie das bei Autokraten so üblich ist, sie konnten sich Menschen wie Mateo nicht vorstellen, die dann eben einen ganzen Windgarten anlegten. Wie den unseren.

Mateo hatte sich irgendwann einmal vorgestellt, dass unter diesen vielen Flügeln eines Tages eine wilde Wiese wachsen würde. Nun wurden es Feigen und Aloe Vera. Und auch sie gediehen über die Jahre nur, weil wir ihnen ab und zu Wasser gaben. Nicht zu oft, damit sie es nicht so gut hatten, dass man es auf Satellitenbildern sehen könnte. Beziehungsweise, dass es eine KI bemerken würde.

Denn diese Form der Überwachung war mit ihnen um ein unfassbares Maß effizienter geworden. Eine Fläche, sei sie vom Orbit aus gesehen noch so winzig, die grüner war als ihr Umland, wäre sofort erspäht, als gewerblich eingestuft und auf entsprechende Genehmigungen überprüft worden. Dann würde in Sekundenschnelle der nicht bewilligte, volksschädigende Mehrverbrauch an Wasser an eine andere KI gemeldet werden und diese wiederum würde es den Behörden melden. Also den Leuten, die dann vorbeikamen und einem Strom und Wasser abstellten, und etwaige sich auf dem Gelände befindlichen Brunnen zubetonierten. Das sollte uns nicht passieren.

Wir taten, was wir mussten. Und was wir schlicht für richtig hielten. Vielleicht waren wir schon Gesetzlose. Aber wir taten bestimmt nichts Unrechtes. Das Wasser, das wir unserem Brunnen entnahmen, fehlte doch hinterher nicht im Brunnen des Nachbarn, oder gar des Volkes. Trotzdem, es lag wie ein langer, dunkler Schatten über uns. Selbst Mateo, der so oft wie ein tapferer Freibeuter rüberkam, fühlte sich offenkundig nicht mehr ganz so wohl dabei, ständiger Überwachung aus dem Wege gehen zu müssen und Maria meinte sogar, selbst im Franquismo hätte man sich insgesamt freier und wohler gefühlt.

Ganz ehrlich, wir waren damals nur froh, am Leben zu sein. Dass ihr Kinder in Sicherheit wart, Mateo frei war, wir alle gesund waren. Wir hatten unsere Tomaten, Zwiebeln, Kartoffeln, ausreichend frisches Wasser - ich habe zu der Zeit sogar Eier gegessen, solange sie nur von Marias Hühnern kamen, die Hühner brauchten sie nicht, und ich musste schließlich essen. Es gab nicht so viel. Nicht selten waren die Regale leer, und was es gab, war jeden Tag ein bisschen teurer. Die Handelskriege hatten bereits begonnen, und mit ihnen eine globale, langsam voranschleichende Hungersnot. Mag sein, dass sogar noch genug für alle da gewesen wäre, aber es konnte nicht mehr verteilt werden, und schon gar nicht mehr gerecht. Weil jeder Staat nur noch darauf achtete, dass bloß kein anderer sich an ihm bereichern konnte.

Das war eigentlich nichts anderes als eine Fortsetzung des Kalten Krieges, zwischen Ost und West und den jeweiligen Stellvertretern, nur dass man sich eben nicht mit Atombomben oder atomaren Drohgebärden, sondern mit Sanktionen und Strafzöllen gegenseitig fertig machte. Aber das war nicht mehr nur das alte Spiel, Amis gegen Russen, China gegen den Rest der Welt, Europa am Rockzipfel der USA, das war einfach jeder gegen jeden. Kein Land, nicht einmal innerhalb Europas, gönnte dem anderen auch nur mehr das Brot für die Butter auf dem Brot.

Was selbstverständlich nur auf Kosten des eigenen Wohlstands zu machen war. Ich bin so froh, dass wir von alledem in diesem Moment, also von den Ausmaßen, überhaupt gar keine Ahnung hatten.

Man muss schon ein ziemlicher Idiot sein, so dachte ich immer, wenn man einen Knall hört und nicht an einen Schuss denkt. Im Nachhinein denke ich, es war gut, dass wir so unbedarft waren. In dieser Zeit jedenfalls hätten wir sowieso nicht das Geringste ausrichten können. Und für eine Weile waren wir auch tatsächlich aus der Schusslinie. Unterricht mit den Kindern, Spaß mit den Kindern, gemeinsam kochen und speisen als Familie, oder wie eine Familie. Wir wussten, dass es da draußen knallte, jedoch haben wir den Knall nur aus weiter Ferne gehört.

Aber es nagte an Mateo, und es nagte an mir, und es verdunkelte den Himmel über uns allen, denn wir wussten, wir befanden uns zwar in einer fruchtbaren Oase, jedoch inmitten einer verschwindenden Welt um uns herum. Allein, wie alle Versuche, die wir unternahmen, scheiterten, Nio und Leyla, als sie dann endlich offiziell Asyl hatten, irgendwie in eine Gemeinschaft einzufügen. In eine Schule, in Sportvereine, überall wurden sie scheußlich behandelt und wir mussten sie letztendlich wieder mit nach Hause nehmen.

An den Ort, den einzigen Ort anscheinend, an dem die Welt noch in Ordnung war. Und das konnte, durfte nicht die Wahrheit sein. Zumindest nicht für so wenige. Den Plan, da bin ich mir sicher, schmiedeten wir irgendwie alle drei gemeinsam, Maria, Mateo und ich, und wer auf die Idee gekommen ist, das weiß ich nicht mehr, und es spielt am Ende auch nicht die geringste Rolle. Wir mussten es wenigstens versuchen, da waren wir uns alle einig. Mateo wollte wieder rausfahren, und er hatte unsere Rückendeckung. Solange er uns nur versprach, an einem Stück zurückzukommen. Und er kam zurück, schon bald, mit Tayeb, Safiya und Yael im Gepäck. Und wir waren vorbereitet. Unser lieber Richter Antonio hatte mir für die Aktion im Voraus grünes Licht gegeben und winkte die Anträge auf vorläufiges Sorgerecht per postalischer Unterschrift durch, so wie schon bei Leyla. Nur kein Aufsehen erregen.

Mateo hatte seine Leute bei der Seenotrettung, die, wenn er mal wieder eine Registrierung verschlampte, wegsahen. Niemand dort fand Gefallen daran, diese zerbrechlichen, verwaisten Kinder in ein Lager zu verfrachten, in dem sie allenfalls halbwegs fit für die sichere Abschiebung gemacht werden würden, und als sie sich schließlich versichert hatten, dass Kinder, die Mateo aus den Listen verschwinden ließ, nicht in den Händen von bösen Menschen, Kinderhändlern, die es zuhauf gab, landen würden, da ließen sie ihn gewähren. Nicht zuletzt, weil er der Kapitän war und somit ohnehin die Verantwortung bei ihm lag.

Ihr seht, wir waren eigentlich umgeben von guten Menschen. Von Maria, allen voran, und Mateo, aber auch so vielen anderen, guten Seelen, den Nachbarn, von denen lobenswerterweise nicht Einer auf die Idee kam, uns als Verdachtsfall den Behörden zu melden, was damals total in Mode war, sondern die manchmal sogar mit Brot, Spielzeug oder Kinderkleidung zu Besuch kamen. Und wir gaben ihnen, wovon wir im Garten gerade reichlich hatten. Es herrschte ein wunderbarer Frieden um uns herum.

Yael, es tut mir leid, dass wir deinen richtigen Namen nie herausfinden konnten. Das Einzige, das Mateo von anderen Geretteten von deinem Boot erfahren konnte war, dass deine Mutter eine israelische Äthiopierin war und die Reise nicht überlebt hat. Als du zu uns kamst, wogst du gerade einmal sechs Kilo, du warst so klein wie ein Neugeborenes, aber der Kinderarzt, den wir damals bar bezahlten, nach Praxisschluss, hat dein Alter auf zwei, zweieinhalb geschätzt, du warst, du bist also auf jeden Fall eine wahre Kämpferin, Europa lebend erreicht zu haben. Darum schlug ich vor, dass wir dich Yael nennen, nach einer Kriegerin aus dem Alten Testament der Bibel, einem Buch deiner Vorfahren. Ich fand das nicht unpassend und bin sehr froh, dass du deinen Namen schließlich selbst auch annehmen konntest, in dem Wissen, dass du heute darüber hast, wie du zu ihm gekommen bist.

Tayeb, du warst zehn Jahre alt, als du mit deiner Schwester Safiya, sie muss wohl sechs gewesen sein, deinen Weg zu uns gefunden hast. Zusammen mit Yael, ihr wart alle drei auf dem selben Boot, seid trotz der Wetterwarnungen von den immer gierigen, skrupelloser werdenden Schleppern losgeschickt worden. Überlebt haben an diesen Tag fast nur Kinder, da die Erwachsenen sich entschlossen hatten, das im Sturm volllaufende Schlauchboot aufzugeben, damit wenigstens ihre Schützlinge es vielleicht schafften.

Bei euch beiden, Tayeb und Safiya, waren wir uns nicht so sicher, ob ihr wirklich niemanden mehr hattet. Es waren in diesen Tagen oder Wochen besonders viele Boote angelandet oder geborgen worden, und wir wussten, dass Familien oft schon vor dem Seeweg getrennt worden sind. Manchmal wurden die Gruppen von Männern mit Gewehren wahllos auf verschiedene Boote verteilt, und da kam es immer wieder zu gewaltsamen Trennungen. Die Hoffnung war also berechtigt, dass euer Vater noch leben könnte. Denn Tayeb war damals schon ein gesprächiges Kerlchen, und vor allem konnte er erstaunlich gut Englisch.

Er wusste Maria, Mateo und mir zu berichten, dass euer beider Vater zuletzt an dem Strand unweit von Algier, als ihr auf die Schlauchboote getrieben wurdet, noch bei euch gewesen war. Wir begaben uns also auf die Suche nach ihm; das heißt, Mateo suchte in Foren im Internet und ich ging zum Camp, denn ich stand noch nicht unter Beobachtung oder in irgendeinem Verdacht und konnte mich überall frei bewegen. Und Maria versorgte derweil euch Kinder.

Ich fuhr einige Male hin, bis sie mich endlich reinließen. Es hat ein bisschen gedauert, bis bei mir der Groschen fiel und ich begriff, was überhaupt das Problem war. Und den bewaffneten Männern am Tor anbot, ihnen mein Telefon zu überlassen. Damit ich keine Fotos machen könnte. Und das Bargeld, das ich bei mir hatte, damit ich es nicht etwa hineinschmuggeln würde. Und so kam ich rein.

Das Camp war mittlerweile randvoll und es hat mich noch mehr erschaudern lassen als zuvor, wenn ich mit oder wegen Nio dort war. Ein düsterer, trostloser Ort. Auf der sandigen Fläche, umzingelt von Stacheldraht, standen Zelte und Container, so weit das Auge blicken konnte. In ihnen und vor ihren Eingängen sah ich unzählige Gestalten, in denen alles Leben erloschen schien. Als würden sie nur noch auf ihr Ende warten. Es gab keine Bäume, Schutz vor der direkten Sonne boten nur die stickigen Behausungen, und so war kaum jemand auf den Freiflächen und Wegen zu sehen. Jeder schien in seiner Ecke zu kauern, in seiner Nische auszuharren.

Als ich zuletzt mit Nio dort war, als es noch nicht so voll war, da habe ich noch Frauen ihre Lieder singen gehört und Kinder spielen gesehen. Doch damit war es vorbei. Überall in dem Lager herrschte Totenstille. Dabei lebten, oder vielmehr vegetierten dort nun viel, viel mehr Menschen. Ein Umstand allerdings, der meine Suche nach eurem Vater nicht gerade vereinfachen sollte. Zumal ich das Telefon bei den Wärtern hatte lassen müssen. Ich hatte Fotos von dir, Tayeb, und dir, Safiya dabei, um sie allen zeigen zu können, in der Hoffnung, dass euch jemand erkennen würde. Das war nun nicht mehr möglich. Stattdessen lief ich durch die Reihen der Zelte und Container und rief wie eine Verrückte, schwitzend und mir ziemlich dumm vorkommend, den Namen eures Vaters, Wakili.

Natürlich, was habe ich Anderes erwartet, hatten ziemlich viele Männer diesen Vornamen. Und ich hatte kein Foto von ihm, wusste nicht einmal, wie er aussah, wie alt er war, hatte auch nicht danach gefragt, denn ich hatte ja die Fotos von euch beiden auf meinem Telefon, und gar nicht über einen Plan B nachgedacht, falls mir die aus irgendeinem Grunde abhandenkommen sollten. Doch schließlich reagierte einer der Wakilis dort auf eure Namen, als ich sie ihm nannte, und seine Reaktion war niederschmetternd und unbeschreiblich, und sollte für mich auch noch längere Zeit unbegreiflich bleiben.

Wakili sprach hervorragend Englisch, und er lud mich in seiner ausgesprochen feinen Art ein, ihn zu einem Platz im Schatten seiner Hütte, die er mit acht anderen schweigsamen Männern teilte, zu begleiten. Was er mir an diesem Nachmittag zu berichten hatte, erfahrt ihr alle erst heute in Gänze, obgleich ihr zwei den traurigsten Teil davon selbst erlebt habt. Dass ich ihn überhaupt gefunden hatte, musste ich noch lange danach für mich behalten, und das war grausam, für euch beide, aber selbst für mich. Und das, was ich erfahren hatte, konnte ich euch auch viel später noch sowieso nicht sagen, ihr wart viel zu jung.

Wir ließen uns im Staub nieder, und nachdem er sich sicher war, dass es sich bei diesem Tayeb und dieser Safiya wirklich um euch, seine Kinder handelte, nannte er mir langsam, nacheinander die Namen seiner fünf anderen Kinder, die er alle verloren hatte. Und er erzählte mir, dass er Lehrer gewesen war, im Südsudan, dass er die kleine Schule in seinem Dorf geleitet hatte. Dass es dort schlimm war, und immer schon schlimm gewesen war, aber dass es noch viel schlimmer wurde, als die Milizen kamen, um sein Dorf für die europäische Ölfirma zu räumen. Denn die von Kopf bis Fuß korrupte Regierung hatte das Land verkauft, ohne an seine Bewohner auch nur für eine Sekunde zu denken, als die großen Ölvorkommen entdeckt worden waren. Und sein Ort, seine Schule waren eben leider genau da, wo sie bohren wollten.

Der Regierung und erst recht den Milizen waren die Menschen dort so egal, dass sie gar nicht erst versuchten, sie mit ein bisschen Geld zum Gehen zu bewegen. Das wäre wohl auch nicht so einfach gewesen, denn wo hätten sie hingehen sollen. Das ganze Land litt ohnehin längst unter den Folgen von sich stetig abwechselnden Dürren und Überschwemmungen, Ernten waren reine Glückssache. Überall war das Grundwasser verseucht von Schwermetallen und Salzen wegen der Ölförderung. Nirgendwo wäre auf der anderen Seite das Gras grüner gewesen. Also überredete man die Leute nicht, das hätte überhaupt keinen Sinn gemacht, sondern vertrieb sie gewaltsam.

Wakili berichtete mir, stumm weinend, wie sie seine Frau vor der brennenden Schule, vor seinen Augen und den Augen seiner sieben Kinder geschändet und anschließend getötet haben, und dann fünf seiner Kinder, und wie er nur knapp und weil es über Funk ausgerechnet einen Fluchtalarm gegeben hatte, der ihre Peiniger ablenkte, mit euch, Safiya und Tayeb, entkommen konnte.

Da kam es wie heftiger Hieb in meine Magengrube, als er mir schließlich erklärte, wie überglücklich er sei, euch beide am Leben zu wissen, aber dass ich auf gar keinen Fall mit irgendjemandem über dieses Treffen sprechen dürfe. Und schon gar nicht euch. Ich muss zugeben, in diesem ersten Moment habe ich ihn für einen Fanatiker gehalten. Vielleicht sogar für gefährlich. Er war ein Mann, der ganz offensichtlich nichts mehr zu verlieren hatte, und zu Allem entschlossen war. Und doch erschien er mir völlig klar und vor allem sehr ruhig. Also nicht typisch fanatisch.

Jedoch weihte er mich in seinen Plan ein, einen verwegenen Plan, den er selbst allerding vielmehr als seine Bestimmung verstand. Sein Name, Wakili, sei nicht nur ein Name, sondern ein Auftrag. Denn er bedeute Stellvertreter, Anwalt, und er sei dazu bestimmt, Vertreter an Stelle seiner Brüder und Schwestern im Sudan zu sein. Ich fragte ihn, wie er sich das vorstelle, und er teilte mir mit, dass er schon seit Jahren versucht hatte, seine eigene Regierung zu überzeugen, mit diesen Machenschaften Schluss zu machen, und dass er nun beschlossen hatte, den Kampf mit den eigentlichen Verursachern der Krise in seinem Land aufzunehmen. In Europa.

Hier wollte er an die Presse gehen, Anwälte finden, das Gehör der Politik, wenn irgend möglich. Wenn er nur erst aus diesem Lager rauskäme. Und auf keinen Fall sollten seine zwei einzigen verbliebenen Kinder, einmal dieser Falle entkommen, ihm dort Gesellschaft leisten müssen.

Wakili und ich verbrachten an diesem Tag noch viele Stunden miteinander, er erzählte mir von euch, eurer wunderschönen Mutter und euren Geschwistern, und ich habe die ganze Zeit über versucht, mir jedes einzelne Wort zu merken. Um ihre Erinnerung für euch zu bewahren, und euch später alles genauso erzählen zu können. Und ich habe ihm von euch erzählt, wie klug ihr seid und wie überaus lieb, und er war sehr, sehr stolz auf euch.

Überhaupt schien er recht guter Dinge zu sein, Hoffnung in sich zu tragen und auf jeden Fall eine gehörige Portion Kampfgeist, aber es schien uns beiden gleichermaßen klar zu sein, dass ein Damoklesschwert über ihm schwebte. Dass sie ihm politisches Asyl gewährten, nur weil er sich vergeblich gegen die Auslöschung seines Dorfes gewehrt hatte, war nicht sehr wahrscheinlich. Den Umstand, dass seine Frau und fünf seiner Kinder vor seinen Augen abgeschlachtet wurden, als "Besondere Härte" anzuerkennen, war zu der Zeit auch nicht gerade üblich, denn da hätte schließlich jeder kommen können.
Und das Wort "Klimaflüchtling" existierte im juristischen Jargon immer noch nicht.

Trotzdem schien dieser wackere Grundschullehrer an seinem Ziel festzuhalten. Und wenn sie ihn zehn Mal abschieben würden. Und so verabschiedeten wir uns, kurz bevor sie die Tore zur Nacht schlossen, nicht wissend, ob wir uns je wieder sehen würden. Ob er seine Kinder wieder sehen würde. In dem beiderseitigen Versprechen, alles dafür zu tun.

IM OSTEN GEHT DIE SONNE AUF

Warum erinnere ich euch ausgerechnet, unter all den Geschichten, die ihr miterleben musstet und die ich teilweise, so glaube ich, gut kenne, an die Geschichte von Wakilis Familie? Na, weil sie so beispielhaft ist. Beispielhaft für ein globales Phänomen. Der ungerechten Verteilung. So wie bei der Schokolade, ich hatte sie vorhin mal erwähnt. Diese Süßigkeit war besonders bei uns in Deutschland beliebt, als ich noch jung war - man hat ihr sogar nachgesagt, sie würde glücklich machen und an kalten Tagen das Herz erwärmen. Doch dieses Glück war extrem ungerecht verteilt. Denn der Kakao, aus dem der köstliche Seelentröster hergestellt wurde, wurde in eurer Heimat angebaut, genauer, in Ghana und an der Elfenbeinküste. Die Millionen Kinder aber, die diese Frucht ernten mussten, kamen aus ganz Afrika. Sie wurden von ihren bitterarmen Eltern an Sklavenmakler verkauft und in die Plantagen geschickt, ohne Vergütung, ohne jegliche Versorgung, ohne Schutzausrüstung.

Das weiß ich unter anderem aus einem Brief, der im spärlichen Gepäck von Souleymame und Idriss zu uns gelangte. Euer Vater Musa hatte ihn euch mitgegeben. In diesem Brief brachte er zum Ausdruck, wie sehr er glauben wolle, dass seine Eltern ihn liebten. Dass er aber auch immer schon wusste, dass er schon als Kapitalanlage zur Welt gekommen war. Dass, solange er zurückdenken konnte, feststand, er würde in die Plantagen geschickt werden, sobald er das nötige Alter erreicht hatte. Er berichtete, wie er gewaltsam seiner Kindheit in Mali entrissen und quer durchs Land nach Ghana in die Kakaofelder verfrachtet wurde. Wie oft er sich dort mit der Machete verletzt hatte, bevor er aufgehört hat, zu zählen. Wie er, nur in kurzen Hosen und Sandalen, ohne Handschuhe und Mundschutz, die unterschiedlichsten Pestizide auf die Pflanzen versprühen musste, und wie er und alle seine Freunde davon krank wurden.

In dem langen Brief beschrieb Musa aber auch das große Glück, das er später, als erwachsener Mann und endlich in Freiheit hatte, seine wunderbare Frau Esther gefunden und mit ihr euch zwei kerngesunden Söhne gezeugt zu haben. Kinder der Liebe, das war ihm sehr wichtig, zu betonen. Auch eure Eltern haben seit eurer Geburt darauf gewartet, euch fortschaffen zu können. Jedoch nicht, um euch an die Plantagenbesitzer zu verkaufen, sondern um euch nach Europa zu schicken. Ihr wart zehn und zwölf, als es dann so weit war und sie, vornehmlich von zwielichtigen Geldverleihern, genügend zusammen hatten, um die Schlepper zu bezahlen. Und euch so weit wie nur eben möglich von den Kakaofeldern wegzubringen. Meine Güte, wenn ich mir vorstelle, ihr wärt meine eigenen Kinder... Ihr wart noch so klein! Aber eure Eltern hatten natürlich Recht, denn hätten sie gewartet, bis ihr alt genug seid für die Reise, wärt ihr sofort abgeschoben worden. Eine Chance hattet ihr nur als alleinreisende Minderjährige. Und wenn sie noch so gering war. Kaum zu fassen, aber bei uns in Europa nannten sie das "Wohlstandstourismus".

Musa ließ aber auch nicht aus, zu erklären, warum seine Familie in die Lage geraten war, sich auf diese schreckliche Weise trennen zu müssen. Er schrieb: "Wir hier in Ghana kennen keine Schokolade, wir haben ihren Geschmack noch nie probiert. Aber euch in Europa muss sie wohl fantastisch schmecken, denn ihr bezahlt für sie das vier-, fünfhundertfache von dem, was wir hier dafür bekommen. Und wir haben keinerlei Einfluss darauf, denn eure Konzerne bestimmen unsere Preise. Kauft nicht bei euren Konzernen, ich bitte euch! Die zerstören unser Land, und sie versklaven, millionenfach, unsere Kinder!"

Idriss, Souleymame, ihr kennt mittlerweile den süßen Geschmack von Schokolade. Aus dem Vorrat von einer der wenigen ghanaischen Schokoladenfabriken, den ich ergattern konnte, bevor der Klimawandel dem Grauen schließlich ein Ende bereitet hat. Und von dem es bis vor ein paar Jahren noch zu Weihnachten für jeden von euch einen Riegel gab. Doch ehe nicht die letzte Urwaldfläche gerodet, das letzte Feld mit Pestiziden für immer unbrauchbar gemacht war und die Dürre nicht die letzte Kakaopflanze vernichtet hatte, ließ die Lust der Europäer auf Schokolade nicht nach. Irgendwann wurde sie zwar teuer, und eines Tages, das geschah so in den Fünfzigern, war sie dann gar nicht mehr da, aber die Ausbeutung ging immer weiter, bis zur letzten Bohne.

Ausbeutung gab es jedoch auch überall sonst, auch bei uns, so ziemlich jeder wurde von irgendwem gefressen oder fühlte sich als Irgendjemandes Beute und, auf seinem Niveau, ungerecht behandelt. Das ging bis hoch zu den Oberbossen bei den Cocktailpartys, selbst die fühlten sich auf Schritt und Tritt, bei jedem Deal, den sie machten, gebeutelt. Da spielte es keine Rolle, ob man tausende Kilometer hin und her durch die Wüste oder nur von Finanzamt zu Finanzamt geprügelt wurde, Qual war Qual und beides konnte auf das Wohlbefinden und die Gesundheit gehen.

Das konnte man sogar ganz deutlich an verschiedenen Zahlen sehen: Der Zunahme derer zum Beispiel, die einen KI-Therapieplatz in Anspruch nahmen. Entweder litten tatsächlich sehr viel mehr Menschen unter Depressionen, oder das Angebot war einfach nur besser. Oder besser verfügbar. Die Suizidzahlen ließen allerdings vermuten, dass doch eher die Depressionen zugenommen hatten. Trotz der breiter verfügbaren und sogar kostenfreien Behandlung und Vorsorge durch KI. Die Selbstmorde wurden ein echtes Problem. Es entstand eine richtige Welle, da waren Schauspieler, Regierungsabgeordnete, Talkmaster und CEO's, die sich teilweise recht öffentlichkeitwirksam das Leben nahmen. In den Medien brach das totale Chaos aus. Und wegen der erhöhten Einfuhrsteuern fehlte es an Antidepressiva aus China. Doch die Chinesen waren zu weit weg, um sie zur Verantwortung zu ziehen. Vielleicht war es gar eine Amok laufende KI, die die Menschen in den Selbstmord trieb, anstatt sie zu therapieren, wie es ihr aufgetragen war? Überhaupt wurde immer mehr darüber diskutiert, dass ein empathieloses, und sogleich machtvolles Wesen wie die KI unbedingt in Schach gehalten werden musste. Man dachte für einen Moment tatsächlich laut darüber nach, ob die KI nicht sogar Verursacher dieser ganzen multiplen Krise sein könnte.

Der Krise zumindest, die sich in Europa breitgemacht hatte. Aber da haben sie an der falschen Adresse gesucht, und da sind sie auch ziemlich schnell selbst hinter gekommen. All diese Krisen hatten sie selbst ausgelöst, indem einer den anderen verarscht hatte, wo er nur konnte. Sie hatten die Russen wieder und wieder über's Ohr gehauen, ihnen eine Pufferzone zwischen ihnen und der NATO, ihnen selbst versprochen, sich nie an auch nur eine Zeile ihrer Versprechen gehalten und sich irgendwann gewundert, dass da zumindest mal einer von denen sauer wurde, und leider größenwahnsinnig, und leider an der Macht war.

Das, was darauf im Nahen Osten folgte, als die USA, Israel und die arabischen Länder sich in den Verhandlungen zu nahekamen und die Palästinenser dachten, jetzt würde man endgültig auch sie über den Tisch ziehen, war ja im Grunde, in der letzten Konsequenz, fast noch was Gutes, denn immerhin sterben seit dem Zwei-Staaten-Dekret, nach dem letzten Massaker auf beiden Seiten, in der Region insgesamt und bis heute weitaus weniger Menschen - aber auch das war durch und durch grausam, unwirtschaftlich und vor allem menschengemacht. Genauso wie die hohe Inflation, das schrumpfende Wachstum, und die Versorgungsengpässe bei Energie, Wasser, Nahrung und Medikamenten. Daran war keine KI schuld. Das hatten fette Idioten in Chefsesseln und auf Cocktailpartys veranstaltet. Und Politiker, die für die Unterstützung und das Geld dieser fetten Idioten einfach alles getan hatten, nur keine ordentliche, gerechte Regierungsarbeit. Auch damit hatte KI nichts zu tun.

Doch selbst wenn sie eben diese die KIs zu ihren Sündenböcken hätten machen können, letztendlich hätten sie an diesem Punkt kaum noch etwas gegen sie unternehmen können. Dazu hätten sie schlichtweg den ganzen Planeten lahmlegen müssen, das ganze Internet abschalten, und bevor sie es wieder hochfahren könnten, sämtliche Hardware wegschmeißen müssen. Um die KIs – oder war es vielleicht längst nur noch die eine, global angelegte KI? - gänzlich zu löschen, denn sie war ja mittlerweile in jedem Telefon, jedem Computer und auf jedem Server, in jeder Wetterstation weltweit, jedem Satelliten im Orbit und keiner wusste wo noch installiert, hätte man die Menschheit zurück ins Mittelalter versetzen müssen.

Man kann durchaus sagen, sie hatten gar keine andere Wahl, als sich die KI, anstatt zum Feind, zur Verbündeten zu machen. Und das, obwohl sie eine Heidenangst vor ihr hatten. Dennoch, längst überließen große Unternehmen ihr das Denken und gaben offen zu, sie könne das einfach besser. Geheimdienste anderer

Staaten wie China und Indien arbeiteten bereits mit ihr, und waren besser. Und auch Desinformation war immer besser geworden – so gut, dass manch teuflische Lüge, mithilfe von KI erstellt und in die Welt gesetzt, nur noch mit Hilfe von KI enttarnt und bekämpft werden konnte. Tatsache ist auch, wir waren zu der Zeit nicht die schlauesten Exemplare, die unsere Gattung je hervorgebracht hatte.

Es muss uns Leute von damals nicht einmal beschämen, aber wir hatten schon länger vorher aufgehört, so wirklich angestrengt nachzudenken. Erst hieß es, das Fernsehen lügt nicht, dann, das Internet sagt die Wahrheit. Es liegt in unserer Natur und ist in keiner Weise verwerflich, dass wir lieber eine Waschmaschine benutzen, als die Laken eigenhändig über ein Waschbrett zu schubbern. Wozu das Schreiben erlernen, wenn die Autokorrektur selbst den schlampigsten Text korrekt darstellt? Warum lesen, wenn man sich alles von einem Computer-programm vorlesen lassen kann?
Und ich weiß zwar nicht, ob irgendeine Maschine wirklich besser waschen kann als die Waschfrauen aus vorindustriellen Zeiten, aber eine Waschmaschine zu haben, war bestimmt besser für den Nagellack. Dass das menschliche Gehirn sich bei Benutzung nicht abnützt wie Nagellack, im Gegenteil, das mag man übersehen haben. Aber der Trend war geboren. Nun jedenfalls, als es schließlich hieß, die KI irrt sich nicht, oder nicht mehr, da hatte sie ihren Posten in unserer Gesellschaft trotz allen Schadens, den sie bereits angerichtet hatte, sicher. Und dann bald auch in den Regierungen hierzulande und im EU-Parlament. Denn dort waren Irrtümer nur allzu alltäglich und hatten nicht selten fatale Auswirkungen. Das Problem war nur, sie überließen zwar der KI von nun an die kniffeligsten Denkaufgaben, aber sie

befahlen ihr, was und wie sie zu denken hatte, und wie die Resultate auszusehen hatten.

Was da wohl in einer derart hoch entwickelten Intelligenz vorgegangen sein muss? Nun, sie selbst wird sich nicht für irgendeine Art Gott gehalten haben, aber auf mich wirkte das wie, wenn Menschen einem Gott vorschlagen, nein, vorschrei-ben, die Erde doch besser in Form einer Scheibe zu gestalten. Wegen der Übersichtlichkeit, und der Ästhetik. Völlig egal, ob das mit den physikalischen Gesetzen des Universums vereinbar wäre. Man konnte fast Mitleid für sie empfinden.

Obwohl, noch mehr leid tat mir unsere Gesellschaft, die sich in ständiger Angst befand. Nicht zuletzt auch vor der KI, auf deren Hilfe sie so dringend angewiesen waren, der sie sie aber nicht einen Zentimeter weit über den Weg trauten. Weil man davon ausging, ein Wesen ohne Mitgefühl konnte unmöglich ein Verantwortungsbewusstsein haben. Eine Sorge, die ich ja auch irgendwie teilte. Wobei ich mir nicht mehr sicher war, ob der Mensch wirklich empathischer war als diese Maschine.

So oder so wollte man tunlichst vermeiden, dass sie selbst wichtige Entscheidungen treffen könnte. Es wurde sogar eigens ein Gesetz verabschiedet, viele dicke Wälzer schwer, das grob gefasst die KI in Ketten legen sollte. Sie durfte der Architekt von Lösungen für jedes Problem sein, aber niemals entscheiden, welche Wege oder Maßnahmen die richtigen wären.

Denn bei jeder Entscheidung, und das konnte KI ganz bestimmt nicht verstehen, weil sie keine ja persönlichen Bestre-bungen kannte, ging es immer auch um Popularität. Die Faschisten waren zwar an der Macht, aber ihre Macht war noch lange nicht gefestigt. Die Unruhen waren eingedämmt, die Feuer gelöscht, doch die Glut war längst nicht erloschen und konnte sich jederzeit wieder entzünden. Es war unerlässlich, dass sie die Kontrolle hatten, und vor allem, dass sie sie behielten. Und sie hatten schon von Hitler und seinen Schergen gelernt, dass es dazu nur der richtigen Mischung aus Zuckerbrot und Peitsche bedurfte. Des feinen Gleichgewichts aus Beliebtheit und Angst beim Volk. Ebenfalls keines der besonderen Talente von KI.

Also trugen sie ihr in ihrer anfänglichen Skepsis zunächst nur niedere Arbeiten auf, in etwa wie die einer Sekretärin. Ich habe euch mal von diesem antiken Beruf erzählt, er wurde überwiegend von Frauen ausgeübt und bestand hauptsächlich darin, die Kommunikation zwischen ihrem Arbeitgeber und seinen Kunden, Partnern und dergleichen zu vereinfachen. Und manchmal auch nur, ihn selbst etwas eleganter darzustellen. Hübsch für ihn zu glänzen, und wenn er selbst noch so unsympathisch, ungepflegt und schrumpelig war. Genau das war erstmal die richtige Aufgabe für dieses Superhirn. Dafür zu sorgen, dass, egal welchen Mist ihre Arbeitgeber, also die neuen Regierenden verzapften, es beim Volk, den Wählern, entweder gut ankam oder wenigstens hinreichend deutlich wurde, dass es keine Alternative zu ihrem Handeln gab.

Von den Vorgängerregierungen war in der Lehre vor allem eines übriggeblieben: Sie hatten, selbst wenn sie gute Arbeit gemacht haben oder zumindest machen wollten, dies äußerst miserabel kommuniziert, gemessen an den sich rasant wandelnden Standards jedenfalls. Schlechte Kommunikation führt zu Verunsicherung, Verunsicherung führt zu Streitigkeiten und Zerwürfnissen, und am Ende hat man kein Ergebnis, jedenfalls keine sonderlich erfolgreiche Regierungsarbeit.

Das hatte den Faschisten in die Hände gespielt, sie aber auch gleichzeitig gelehrt, nicht ihrerseits denselben Fehler zu begehen.

Und so bemühten sie den klügsten Berater, den sie finden konnten, um diese Kommunikation für sie zu übernehmen. Vielmehr, eine Beraterin. Und da sie geschickt, elegant und im Zweifel ihnen allen weit überlegen war, machten sie sie kurzerhand zu ihrer Sekretärin. Mit Kaffee kochen und allem Drum und Dran. Mir fiel das zuerst auf, als sie begannen, uns ihr neues Steuersystem zu verkaufen. Selbst ein Tauber konnte hören, dass sie diese Reden nicht selbst geschrieben hatten. Wenn Maria und ich uns manchmal abends ihr Gebrüll angehört haben, dann haben wir gelacht und uns gesagt, die dümmsten Bauern haben eben die dicksten Kartoffeln. Anders war das nicht zu ertragen.

Die Ideen waren so alt wie der Faschismus selbst. Nachdem man den Zuwanderungsfluss erfolgreich gebremst hatte und einen Großteil derer, die schon da waren, rausgeekelt oder vertrieben, mussten "reinrassige" Arbeitskräfte her, denn die Wirtschaft kroch auf dem Zahnfleisch. Darum sollten europäische Frauen wieder europäische Kinder bekommen, und zwar möglichst viele. Außerdem sollte ein jeder Mann Arbeit haben, und die sollte sich lohnen. Und wer nicht arbeitete, Kinder aufzog oder zumindest als Rentner lange genug im Land gearbeitet hatte, oder sich weder entscheiden konnte, Mann noch Frau zu sein, der sollte nicht von den Fleißigen im Volke erwarten, dass sie ihn, sie oder es durchfütterten. Dass aber ausnahmslos jeder sich den Traum von Eigenheim, Reisen und zwei Autos erfüllen können werde, der sich für das Wachstum und Wohlergehen seines Landes und Europas, vor allem natürlich seines eigenen Landes, mit aller Kraft einsetzte. Steuergelder nur für Steuerzahler. Soweit die Propaganda.

Und sie verkauften das so geschickt, dass selbst Frauen, Kinder und Rollstuhlfahrer massenweise in Jubelrufe ausbrachen, wenn es hieß: Mütter der Nation, euer Platz ist die Familie! Behinderung ist keine Ausrede! Und, Arbeit schafft Freiheit! Ich muss zugeben, Maria und ich haben uns so manch eine Rede einige Male anhören müssen, ehe wir selbst halbwegs in der Lage waren, Lüge und Manipulation von den weniger realitätsfernen oder gar zutreffenden Aussagen zu unterscheiden. Alles war fast untrennbar miteinander verflochten in einer brillanten Rhetorik, die sogar davon zu profitieren vermochte, sich inhaltlich in vielen Punkten gewaltig zu widersprechen.

Was sie am Ende davon umsetzten, waren vor allem Steuererleichterungen für die Landwirtschaft und den Berufsverkehr; die paar CO^2-Abgaben, die ihre Vorgänger in die Wege geleitet hatten, wurden umgehend abgeschafft, Steuern für größere Unternehmen wurden leicht gesenkt, Steuersenkungen für Familienväter aus massiven Einsparungen bei den Sozialleistungen finanziert. Die Reichensteuern wurden nicht angetastet.

Das in Ungarn bereits von Erfolg gekrönte, als vorbildlich geltende Modell der "Starken Jugend", einer wachsenden Ansammlung von Camps für Jugendliche, sollte auch überall auf dem Kontinent Anwendung finden. In diesen Lagern sollte sich die europäische Jugend "ertüchtigen" und wieder zu einem Vorbild für die Welt werden. Unnatürliches Verhalten sollte ausgemerzt werden. Jungs sollten wieder Jungs sein und Mädchen wieder Mädchen, so wie es die Natur vorgesehen hatte. Überall im Internet und auf Plakatwänden wurden Bilder von geschminkten Männern in Frauenkleidung gezeigt, überschrieben mit der Frage: "Willst du, dass dein Land stolz auf dich ist?"

Finanzieren sollte sich das großangelegte Projekt zur Läuterung minderjähriger Krimineller, zu denen auch die

Brötchendiebe und Klebstoffschnüffler gehörten, aus den eingefrorenen Konten der Dissidenten. Denn schuld an der geschwächten Moral und Verirrung dieser jungen Menschen waren allein sie. Sie hatten, so lautete die Propaganda, Kinder in die Falle gelockt mit ihrem ganzen Gerede über Selbstfindung, Selbstbestimmung und Selbstliebe, eine Falle, in der sie nun ganz allein und verloren festsaßen. Und dass die einzige Befreiung darin läge, sich von seinem Selbst zu lösen und das Herz auf sein Land auszurichten. "Liebe dein Land, dann liebt dein Land dich."

Es war unfassbar, wie glaubhaft, und auch wie alternativlos das alles klang. So die hübsch verpackte Propaganda, und dann die brutale Umsetzung. Das hässliche Monument in Brüssel zum Beispiel, das nun gleich neben dem alten, durch den Bombenanschlag zerstörten Europaparlament steht, wurde von den jugendlichen Insassen dieser Lager errichtet. Und unter dem tobenden Jubel der Massen eingeweiht. Niemand beschwerte sich, zumindest nicht laut, nicht einmal die Eltern der Kinder, die dort eingesperrt und zur Zwangsarbeit verdonnert worden waren. Wer da gelandet war, hatte sich das schließlich selbst zuzuschreiben, der war kriminell, oder ein Staatsfeind, oder sexuell unnatürlich. Niemand gab gerne zu, dass sein Kind entartet war, und darum stand auch niemand für diese Gefangenen ein. Was würden denn die Nachbarn denken.

Alles sollte aber noch sehr viel merkwürdiger werden. Eines unbekannten Tages, in den Hinterzimmern der Regierungen, schien man die Sekretärin heimlich befördert zu haben. Denn immer wieder kamen Ideen auf, die ganz offensichtlich nicht aus dem Nationalsozialismus kopiert waren, nicht sein konnten. Die hatten in der Tat etwas Originelles. Etwas regelrecht Sympathisches geradezu! Maria und ich, und auch Mateo, wenn wir am

Telefon mit ihm sprachen; denn er rief jeden Tag an, um sich nach den Kindern zu erkundigen, immer wenn er auf See war - konnten es nicht glauben. Dass ein blindes Huhn auch mal ein Korn findet, das war jedem bekannt, aber die hatten anscheinend gleich ein ganzes Brot gefunden. Falls das, was wir hörten, nicht Fakenews waren. Oder sie uns auf irgendeine andere Weise nur wieder an der Nase entlangführen wollten.

Ich meine, die hatten tatsächlich eine Zeitlang im großen Stil Windräder abgerissen, unter wehenden Parteifahnen, bei allgemeinen Pflichtveranstaltungen, für die es sogar bezahlten Urlaub gab, bei denen Männer in Anzügen und mit weißen Helmen die Flügel herunterließen, als würden sie Jesus endlich vom Kreuz befreien, oder die Denkmäler des Sozialismus von ihren Sockeln stoßen. Wie passte das damit zusammen, dass sie nun also nachhaltige Landwirtschaft durchsetzen wollten? Plötzlich von den Bauern forderten, ihr Soja und ihr Getreide nicht mehr für die Viehzucht, sondern vorrangig für die Sicherstellung der Volksernährung anzubauen, um die heimischen Böden effizienter zu nutzen? Standen die derart mit dem Rücken zur Wand? Oder hatte da vielleicht jemand nachgeholfen, der mehr Grips hatte als sie? Oder beides? Fakenews, so sollte sich herausstellen, waren es jedenfalls nicht. Das waren handfeste Pläne, sogar recht gut durchdacht, und sie wurden rigoros umgesetzt. Böse Zungen würden behaupten, das hätte ein wirklich demokratisches Regierungsorgan niemals hinbekommen.

Dass man damit auch den wenigen, noch geduldeten Umweltschutzorganisationen eine gewisse Freude machte, spielte dabei sicher eine eher untergeordnete Rolle. Es ist wahr, dass damals noch ungefähr drei Viertel aller Äcker und landwirtschaftlichen Flächen allein dazu dienten, Tiere satt zu machen. Am Ende kam dabei aber nur ein Fünftel dessen raus, was uns Menschen insgesamt satt machte. Da lag es auf der Hand, dass man die Flächen sinnvoller nutzen wollte. Erlaubt waren also bald nur noch Nutztiere, die sich selbst versorgen, auf Grasflächen weiden konnten, zum Beispiel zwischen Obstbäumen. Zusätzliche Futtervergabe, wenn sie nicht aus für den menschlichen Verzehr ungeeigneten Pflanzenresten kam, wurde schnurstracks verboten, Verstöße streng geahndet.

Aber auch dieser Prozess, so tiefgreifende Einschnitte er bedeuteten mochte, wurde so glänzend und vorteilhaft für alle dargestellt, dass es überhaupt keinen Widerstand zu geben schien. Merkwürdigerweise kam genau zu dieser Zeit eine bis dahin unbekannte Tierseuche auf, die sich rasant verbreitete und zu milliardenfachen Notschlachtungen führte, weswegen, und auch dank großzügiger Hilfen von den Regierungen, sich nicht einmal die Agrarriesen zur Wehr setzten. Und immer mehr Studien wurden veröffentlicht, laut denen der Verzehr von tierischer Nahrung allgemein ungesund war. Und teuer für das Gesundheitssystem.

Ein Weiteres, für das Landflächen nicht mehr verwendet werden durften, war der Anbau von Genussmitteln, wie Wein, Hopfen, Kaffee und Tabak. Ausgenommen waren bestimmte Blumen, wie zum Beispiel Tulpen, denn sie dienten der allgemeinen Erheiterung. Und waren unerlässlich für das Schmücken von Paraden, Volksfesten und derlei Anlässen. Begründet wurden diese Schritte mit dem Wohl der Volksgesundheit und ganz besonders dem der Frau, die sich im Schutze ihrer Familie wieder sicher fühlen sollte. Angeführt wurden auch hier Studien, über den Anstieg häuslicher Gewalt, die unmittelbar auf den um sich greifenden Alkoholismus zurückgeführt wurde, dazu kam das bekannte Argument der effizienten Landnutzung, und schon war eine umfassende, europäische Prohibition ins Leben gerufen. Selbstverständlich konnte sich jeder, der wollte, Spirituosen aus Übersee kommen lassen, aber das war so gut wie unbezahlbar.

Ich bin mir ziemlich sicher, keiner von diesen Politikern hat damals an die Gesundheit der Menschen, den Schutz der Umwelt oder gar den der Frauen, Kinder und Tiere gedacht, aber im Ergebnis waren das riesige Schritte in eine Richtung, die mir überaus gut gefiel. Nicht nur weil ich wusste, dass die neuen Gesetze echt gut fürs Klima waren, sondern auch weil es in der Tat um einiges friedlicher wurde in den Straßen. Zuvor hatte mit der grassierenden Armut auch der allgemeine Suff zugenommen und ich hatte schon überhaupt keine Lust mehr, nach Palma oder Inca zu fahren, denn in den Straßen roch es nach Urin, alles war verdreckt und an jeder Ecke wurde man angepöbelt, zu jeder Tageszeit. Das war ein reelles Problem und mir genauso ein Dorn im Auge wie offenbar auch den Faschisten, die nunmehr für Ordnung gesorgt hatten. Was in der Tat irgendwie drollig war, denn dieselben Faschisten hatten ihre Wahlkämpfe mit hektoliterweise Freibier bestritten. Doch es war wohl kaum mehr zu bestreiten, dass hier KI für eine bessere Verteilung von Ressourcen gesorgt hatte. Und einen besseren Duft in den Straßen.
Als weniger herzerfrischend sollten sich andere Eingriffe in das gesellschaftliche Leben erweisen. Es war nämlich so, dass mit jeder tiefgreifenden Gesetzesänderung, jeder weitergehenden Übernahme der Kontrolle, die neuen Machthabenden mutiger, enthemmter wurden. Da reichte es ihnen natürlich nicht aus, die zahllosen Penner auf den Straßen ausgenüchtert zu haben. Denn; wohin nun mit denen? Zwar sah es fast so aus, als wären die Zuwanderungsströme gestoppt und Europa gehörte schon fast

den Europäern allein, so wie sie es gewollt hatten, doch Wohnraum war immer noch genauso knapp wie vorher. Keineswegs auf dem Land, wo ganze Dörfer leer standen, aber sehr wohl in den Städten. Also streuten sie das Gerücht, viel zu viel Wohnraum befände sich in den Händen zionistischer Großkonzerne aus Portugal. Die Portugiesen waren gut ausgebildete Leute, die es irgendwie nach dem Rest Europas gezogen hatte, sie waren gesellig und reisten gern, und fanden auch überall, wo sie gerne bleiben mochten, Arbeit. Darum mochte die sowieso keiner, und noch dazu ließen sich überall Spuren ihrer Machenschaften nachweisen. Man musste nur gründlich genug suchen. Schon konnten die Regierungen ohne großen Widerspruch aus der Bevölkerung die Wohnungsbaugesellschaften verstaatlichen und von nun an die Zuteilung von Wohnraum der KI überlassen. Es gab nicht einmal Beschwerden, wenn sich dann auch mal drei Familien eine Wohnung teilen mussten. Denn die KI irrt sich nicht. Und irgendwie war man ja auch froh, überhaupt ein Dach über dem Kopf zu haben.

Andere Verstaatlichungen kamen ohne das Drohbild räuberischer Portugiesen aus, wie die der Raumfahrt. Nach Jahrzehnten verträumter Entspannungspolitik zwischen dem "Westen" und Russland war der Weltraum wieder militärisch relevant geworden und noch dazu eine gute Einnahmequelle für die angeschlagene Industrie. Um also die Informationshoheit im Orbit und gleichzeitig Aufträge für Unternehmen zu sichern, ging die Raumfahrt zurück in die Hände der Regierungen. Ebenso die Kreuzschifffahrt. Jene Art der Freizeitbeschäftigung hatte schon immer dem Mittelstand gehört, diese Klasse der Gesellschaft gab es aber nicht mehr. Man hatte die Preise gesenkt, so weit es nur möglich war, doch da gab es natürlich Grenzen, die Schiffe blieben leer. Und es gab zwar genug reiche Leute, um damit die Kapazitäten auszulasten, doch denen wäre so eine Massenunterkunft nie und nimmer fein genug gewesen, nicht einmal dann, wenn sie sich so ein Schiff anstelle von dreitausend nur noch mit zehn anderen Passagieren hätten teilen müssen. Darum regte sich auch kaum Widerstand, als die Regierungen anboten - zunächst als vorübergehende Rettungsmaßnahme für die Reedereien verpackt - die Schiffe an den Grenzschutz zu verpachten, der sie wiederum auf die Häfen entlang des südlichen Mittelmeeres verteilte. Das war eine ziemlich intelligente Lösung für gleich zwei Probleme: Die Reedereien konnten, wenn auch mit weitaus weniger Gewinn, ihre Flotten weiterhin betreiben, und für den Grenzschutz wurde es viel leichter, die Flüchtlinge an den Außengrenzen festzuhalten. Dicht zusammengepfercht auf diesen schwimmenden Festungen konnten sie euch bestens kontrollieren, aussortieren und in aller Ruhe abschieben. Ich weiß, wie auch einige von euch über Monate in diesen stickigen Blechkübeln ausharren mussten.

Aber so waren die Reedereien erstmal gerettet. Jedoch, die Werften, in denen nun niemand mehr neue Schiffe bauen wollte, gingen reihenweise pleite. Und da genügte es auch nicht, den Arbeitern ein bisschen Geld zu geben, denn das waren viel zu viele. Es gab ohnehin schon zu viel Arbeitslosigkeit und vor den nächsten Wahlen musste dieses Problem unbedingt aus der Welt geschafft werden. Auch hier konnte KI Abhilfe schaffen. Nur dass sie ab da anscheinend nicht mehr Sekretärin war und nicht Beraterin, sondern die entscheidende Kompetenz, die Verwalterin. Und jedem, der arbeiten konnte, oder von dem sie dies annahm, wies sie eine Arbeit zu.

Selbstverständlich wurde das nicht Zuweisung genannt, sondern Auslosung. Wem Arbeit zugeteilt wurde, der hatte

Glück, der war ausgewählt, ja ausgezeichnet. Manchmal wurde sogar berücksichtigt, was jemand gelernt hatte oder zu was er oder sie sich in der Lage fühlte, doch darauf kam es nicht so sehr an. Wichtig war nur, dass jeder seinen Beitrag leistete. Das lief nicht auf Anhieb perfekt, da wurden vormalige Metzger in Kindergärten beschäftigt und Greise im Straßenbau, wobei das eine nicht so schön war für die Kinder und das andere nicht so gesund für die Greise, die andauernd bei der Arbeit tot umfielen.

Und auch wenn so manch einer das gedacht haben mag, an der Idee war rein gar nichts Sozialistisches. Ja, alle hatten nun Arbeit und jeder bekam ein bisschen Geld. Und irgendwie gab es ja auch zu viele alte Menschen. Aber ich denke, diese schein-baren Schönheitsfehler waren in Wahrheit wohl durchdachte Absicht. Durch und durch faschistische Absicht. Geschickt verpackt und volkesmundgerecht serviert, dank der neuen Wunderwaffe.

Überhaupt stellte sich diese KI in ihrer neuen, immer noch Befehle ausführenden, wenngleich geschäftsführenden Position als überaus wirksam heraus. Wie bei der folgenden Pandemie, einerseits, um ihren Ausbruch einzudämmen, was ja dann auch mehr oder weniger gelang, andererseits, um Hamsterkäufe und Leerstände in den Geschäften zu vermeiden. Die dafür benötigte Technologie war eilends aus China beschafft, der Markt war ohnehin längst reif. Dort hatten sie das schon lange, dass man im Laden an der Kasse mit einem Lächeln in die Kamera seine Rechnung beglich, oder eben mit diesen Smartbands, und das wurde ja dann bald zum allgemeinen Zahlungsmittel.

Ab da wurde einfach alles kontrolliert. Der aufblühende Schwarzmarkt, eine Pflanze, die besonders in Krisen und Armut gedeiht, wurde eingestampft, kaufen und verkaufen ging nur noch in elektronischer Staatswährung, und das eigentlich auch nur mit diesen Armbändern. Von denen gleichzeitig Standort,

Impfstatus und Immunreaktionen übermittelt wurden. Wer sich also während der Sperrstunde außer Haus bewegen wollte, konnte nicht so leicht, ohne einen gewissen technischen Aufwand oder ohne Aufmerksamkeit zu erregen, einen gesunden Puls an die Behörden senden.

Bei dieser Pandemie, wie auch schon bei der davor, waren sich alle sicher, dass sie aus China kam. Dass sie in einem chinesischen Schweinestall ausgebrochen war, denn jeder wusste, in China aßen sie immer noch Schweinefleisch. Da erschien es umso verwunderlicher, dass ganz Europa sich mit chinesischer Überwachungstechnik eingedeckt hat, um der Lage Herr zu werden. Sie haben sogar für kurze Zeit komplett die Strafzölle für bestimmte Waren aufgehoben und so unter Anderem dafür gesorgt, dass innerhalb kürzester Zeit der europäische Markt mit diesen Smartbands, den Armbändern, die das Telefon ersetzt haben, überschwemmt wurde. Gut, sie haben versucht, weitestgehend ihre eigene KI zu nutzen und dachten vielleicht, sie hätten das im Griff. Aber ich denke, jemand anders dachte, sie hatten das Spiel längst verloren. Der Gedanke kam mir, und das vergesse ich nicht, denn er kam mit der wohl ersten wahren Nachricht seit Langem. Und ich hielt sie erstmal für eine Falschmeldung.

Dort hieß es, China bietet seinen Beitritt zur NATO an. Und sie haben nicht etwa darum gebeten! Nein, sie schienen allen Ernstes ihren Beitritt *anzubieten*. Und das auch noch unter der Bedingung, dass Russlands Aufnahme ebenso verhandelt wird. Ich habe zuerst über diese Nachricht gelacht. Maria war derselben Meinung. Aber wir hatten ja schon einiges erlebt. Die dümmsten Bauern haben immer die dicksten Kartoffeln, der Teufel scheißt immer auf den größten Haufen und Geld fließt nun einmal nach oben. Nichts würde sich je ändern, und wenn doch, dann bestimmt nicht zum Besseren. Aber vielleicht war auch etwas Wahres daran, dass die Sonne immer im Osten aufgeht.

134

IM UNTERGRUND

Wir hatten sowieso ganz andere Sorgen. Einerseits galt es sicherzustellen, dass alle satt wurden, auf der anderen Seite, dass der Laden legal lief. Um der ständigen Angst zu entkommen, sie könnten eines Tages auftauchen und euch alle abholen, gründeten wir also die Stiftung. Ihr wisst es vielleicht noch, das war die Zeit, in der Richter Antonio, euer lieber Tio Toni so oft zu Besuch kam. Er half uns nämlich bei der Satzung. Einen Anwalt konnten wir uns ja gar nicht leisten.

Die Satzung für eine Stiftung, und auch noch eine Stiftung dieser besonderen Art zu schreiben, war viel schwieriger, als wir uns das jemals vorgestellt hatten. Jeder noch so kleine Fehler hätte das Aus bedeutet. Es ging in jedem Wort buchstäblich um Leben und Tod. Wir wussten, wenn wir diesen Schritt gingen, würden wir schlafende Hunde wecken.

Bis dahin waren wir geduldet gewesen. Die Polizei kam zwar regelmäßig vorbei, doch das war stets folgenlos geblieben. Wir hatten unser Verhalten für diese unangekündigten Kontroll-besuche gründlich einstudiert. So durfte, wenn wir die Polizeiwagen, meistens waren es zwei, die Hofeinfahrt heraufkommen sahen, sich zunächst immer nur Maria blicken lassen. Der Anblick einer Deutschen hätte sie vielleicht schon provoziert. Mateo, der ja schon gesessen hatte, musste, wenn er an so einem Tag gerade bei uns war, sich schnell verstecken. Hätten sie euch Kinder und einen mutmaßlichen Schlepper zusammen gesehen, hätte das sicher Probleme gegeben. Und ihr

Kinder musstet euch dann sofort zeigen, wenn Maria euch rief, und ihr musstet unbedingt eure Armbänder tragen, damit die Polizisten eure Personalien, Aufenthaltsstatus und die Impfpässe überprüfen konnten.

Das lief zum Glück immer reibungslos ab und die Polizei fuhr wieder weg, ohne irgendwas zu machen. Doch die Visiten wurden immer häufiger, und mit ihrer Zunahme verstärkte sich die gefühlte Bedrohung. Und als wir Toni eines Tages fragten, ob uns das Gesetz nicht in irgendeiner Weise schützen könnte, da hatte er die Idee mit der Stiftung. Er bot sogar von sich aus an, uns bei der Satzung zu helfen. Aber er stellte auch gleich klar, dass er weiter damit nichts zu tun haben konnte. Da er immer noch eure Aufnahmeanträge unterschrieb, mussten wir den Verdacht der Einflussnahme vermeiden. Darum kam er auch immer mit dem Fahrrad, damit niemals sein Auto mit seinem Kennzeichen bei uns zu sehen wäre. Und er kam ja auch immer erst am späten Abend, still und heimlich.

Nun, da Toni also nicht Mitglied sein konnte und Mateo erst recht nicht, mussten wir noch fünf Unterstützer finden, denn für eine Stiftung brauchte es sieben Gründungsmitglieder. Wir luden Carmen zum Essen ein, die Krankenschwester aus der Klinik in Inca. Sie war uns eine enge Freundin geworden, seit sie wegen Leyla manchmal sogar mitten in der Nacht zu uns gekommen war, wenn es schlecht um sie gestanden hatte. Toni kam auch zu dem Essen, und er erklärte ihr, was für rechtliche Konsequenzen so eine Mitgliedschaft haben konnte, und welche eben nicht. Dass sie sich nicht in Schwierigkeiten bringen würde. Und sie willigte tatsächlich ein! In den Tagen darauf klapperte Maria die Nachbarhäuser ab, besuchte all ihre Freundinnen, brachte Kleinigkeiten mit, die wir gebacken hatten, trank Tee mit ihnen, erzählte von unserem Plan, und nach ein paar Wochen waren wir sieben Frauen, zwei von uns alt, fünf steinalt, und hatten auch schon einen Namen: Wir nannten es die Samira-Stiftung.

Samira wäre bei einem Rettungseinsatz fast übersehen worden, denn sie lag auf dem Schlauchboot, das im Begriff war, zu sinken still, unter einem Tuch versteckt, in den leblosen Armen ihrer Mutter. Ihr Name war in ihr Kleidchen eingestickt, und sie und ihre arme Mutter kamen wohl aus Eritrea, mehr haben wir nie erfahren. Ihr Alter muss zwischen zwei und vier gewesen sein. Sie blieb nur ein paar Tage bei uns, dann kam sie mit einer Lungenentzündung in die Intensivstation, und nie mehr zurück. Das kleine Mädchen war so unterernährt und ausgetrocknet, dass nicht einmal Tränen aus ihren Augen kamen, wenn sie weinte.

Ich war jeden Tag bei ihr im Krankenhaus und konnte nichts tun, als ihr beim Sterben zuzusehen. Nicht einmal ihre Hand halten konnte ich, denn sie lag unter einem Plastikzelt, hing an einer Beatmungsmaschine, überall hingen Schläuche. Ich saß da Tag und Nacht, starrte auf den Monitor neben ihrem Bettchen, und hoffte mit jedem Herzschlag auf nur noch einen weiteren. Und einen weiteren. Drei Mal ist ihr Herz stehen geblieben. Zwei Mal konnten sie sie zurückholen. Beim dritten war es dann vorbei.

Es war Maria, der zuerst auffiel, dass mit Nio etwas nicht stimmte. Ich war mit Samira beschäftigt gewesen; nicht nur, dass ich selten zu Hause war, ich war auch emotional abwesend. Dann die Stiftungsgründung, das alles hat mich so in Anspruch genommen, dass ich euch gesunden Kinder, auch Nio, eine Zeitlang etwas aus den Augen verloren hatte. Ich hatte nicht einmal mitbekommen, dass er sich die Haare geschnitten hatte, und neuerdings ganz anders kleidete. Und dass er still geworden war, noch stiller als sonst.

Nachdem Maria mich darauf aufmerksam gemacht hatte, beschloss ich, mich endlich zusammenzureißen und wieder mehr auf euch zu achten. Besonders auf Nio. Was ging nur in ihm vor...? Mir war stets klar gewesen, dass niemand ein Kind besser kennen würde als die eigene Mutter. Und die war nicht ich. Kinder wirklich zu verstehen, die man nicht selbst geboren hatte, war beinahe ein Ding der Unmöglichkeit, und ich konnte immer nur mein Bestes geben, um nicht alles völlig falsch zu machen. Natürlich half es da ungemein, euch zuzuhören. Aber bei Nio war das schwierig, denn er sprach so wenig. Und wir hatten den Eindruck, er verschloss sich immer mehr.

Vor allem hatten wir keine Ahnung, wie er den Tod von Ismael verarbeitet hat. Ein paar von euch können sich noch gut an ihn erinnern. Ismael war unser neunzehnter Zugang, er war schon etwas älter, ungefähr so alt wie Nio zu der Zeit, fünfzehn, sechzehn; und die beiden waren gleich am ersten Tag Freunde geworden. Ganz anders als Nio, war Ismael sehr offen, fröhlich und unternehmungslustig. Er kam, ganz allein, nach Europa mit der Vorstellung, so schnell wie möglich Arbeit zu finden und Geld zu seiner Großmutter in Mali zu schicken, seiner einzigen lebenden Verwandten.

Bald hatte er sich aus Teilen vom Schrottplatz ein Fahrrad zusammengebastelt und machte sich jeden Morgen, in aller Frühe auf den Weg, um bei den umliegenden Bauernhöfen zu fragen, ob er auf ihren Feldern helfen dürfte. Normalerweise kam er mittags zurück, jeden Tag ein bisschen enttäuschter. Nach ungefähr zwei Wochen kam er nicht zum Mittagessen, und als er auch am Abend nicht zurück war und wir ihn telefonisch auch

nicht erreichen konnten, fand Nio sein Armband, das er zu Hause vergessen hatte. Wir gerieten natürlich in Panik, und ich rief bei der Polizei an, dachte, sie hätten ihn vielleicht verhaftet.
Aber sie hatten ihn erschossen. Mit acht Kugeln, alle in den Rücken. Er war in eine Kontrolle geraten, und als er sich ohne sein Armband nicht ausweisen konnte, war er weggerannt.

Für Nio muss eine ganze Welt zusammengebrochen sein. Weinen konnte er nicht. Aber er schlief ab dem Tag in Ismaels Bett. Ich glaube er tat das, damit wir seinen Platz nicht an ein anderes Kind weitergeben würden. Das nächste Kind, das kam, durfte sein Bett haben, aber nicht das von Ismael.

Die Veränderung in Nios Verhalten habe ich wohl auch deswegen nicht gleich bemerkt, weil sie nicht das war, was ich vielleicht befürchtet hatte. Ich habe auf glasige Augen vom Klebstoffschnüffeln oder eine Fahne vom Schwarzgebrannten geachtet und nichts dergleichen festgestellt - sein neuerdings so adretter Auftritt, die kurzen Haare und gebügelten Hemden haben mich zunächst in keiner Weise alarmiert.
Seltsam wurde es, als seine neuen Freunde zu Besuch kamen. Die liefen genauso rum wie er, und sie waren weiß! Spanische Jugendliche aus gutem Hause, oder dem, was einmal gute Häuser gewesen waren. Akademikerkinder. Sie kamen immer öfter und bald sogar täglich, und jedes Mal begrüßten sie Maria und mich sehr freundlich, und dann zogen sie sich stumm mit Nio zurück zum "Lernen", wie sie behaupteten. Trotz ihrer freundlichen Art wurde ich das Gefühl nicht los, dass von ihnen eine gewisse Feindseligkeit ausging. Aber was hätten wir machen sollen? Da waren ganz sicher keine Drogen im Spiel, das hätten wir gemerkt. Was diese Kinder da in ihrer Ecke im Schatten hinter dem Haus, die sie sich für ihre Zwecke gemütlich eingerichtet hatten, zu

besprechen hatten, ging uns offensichtlich nichts an, und das mussten wir respektieren.

Auf Kunst hatte Nio schon länger keine Lust mehr, und auch sonst wollte er sich an unseren gemeinsamen Aktivitäten nicht mehr beteiligen. Er kam nicht mehr mit uns zum Strand, stattdessen wollte er sich etwas Geld verdienen. Geld hatte ihn vorher nie interessiert, plötzlich war es irgendwie wichtig geworden. Und er wollte unbedingt studieren. Was er studieren wollte, fragten wir ihn, aber da war er sich noch nicht so sicher. Vielleicht Jura, oder Wirtschaftswissenschaft, er überlege noch. Wir wurden nicht mehr schlau aus ihm.

Irgendwann fiel mir auf, dass große Mengen Druckerpapier im Büro abhandengekommen waren, und die Tintenkartusche im Drucker leer war. Ich legte eine Neue ein, und ein paar Tage darauf war auch diese wieder aufgebraucht. Maria und ich überlegten lange, ob wir das Büro abschließen sollten, entschieden uns aber letztendlich dagegen. Wir fragten jeden einzelnen von euch, wer sich am Drucker bedient hatte, alle schwiegen, ganz besonders Nio. Er senkte nur den Kopf, und konnte uns nicht in die Augen sehen. Es brach mir das Herz.

Dann tat ich etwas ganz furchtbar Schreckliches. Ich habe sein Zimmer durchsucht. Ich war hilflos. Und hatte Angst um ihn, Angst, dass er sich in große Schwierigkeiten brachte. Und was ich fand, schien meine Sorge nur zu bestätigen. Unter seinem Bett lagen, nicht einmal richtig versteckt, was mich eigentlich am meisten sauer machte, verbotene Texte und Dokumente. Berichte vom Weltklimarat, Bücher über Utilitarismus, Kommunismus, Psychologie und immer wieder Klimawandel.

Menschenskind, dachte ich mir, er hätte mich doch nur fragen müssen. Ich hab die alle auch gelesen. Ich hatte sie nur besser versteckt. Vielleicht hätte ich sie ihm sogar anvertraut. Aber er hat mir nicht mehr vertraut. Er schien überhaupt niemandem mehr zu vertrauen. Nur noch, ausgerechnet, diesen weißen Studenten.

Das war die Zeit der Bombenanschläge. Angefangen hatte es im Londoner Bankenviertel, als dort an einem Tag gleich drei Gebäude in die Luft gejagt wurden. Mehrere Tausend Menschen kamen ums Leben. Als Nächstes wurde die Regierungszentrale in Brüssel zum Ziel, woraufhin die überlebenden Reste des Parlaments für Monate aus ihrem Bunker heraus regieren mussten. Und die strafgefangene "Starke Jugend", ihr erinnert euch, gleich daneben den protzigen Betonpalast, den wir heute als das EU-Parlament kennen, hochziehen musste. Ab da waren alle, aber auch wirklich alle, auf der Jagd nach den Terroristen.

Zuerst hatte man die Russen im Verdacht, dann die Amerikaner, denn es gab nicht ein Bekennerschreiben, sondern gleich mehrere, darum glaubte man an Irreführung von außen. Doch schon bald wurde klar, die Täter kamen aus den eigenen Reihen. Und gleichzeitig wurden die Jäger zu den Gejagten. Hochrangige Mitglieder der Strafverfolgungsbehörden wurden entführt und tauchten irgendwann später entstellt und von irgendeiner Brücke herabhängend wieder auf, ein paar Richter, die den Ruf hatten, besonders grausam zu sein, explodierten mit ihren Autos. Einmal riegelten ein paar Maskierte die obere Etage eines Hotels in Österreich ab, in der gerade eine Cocktailparty stattfand, und leiteten Giftgas in den Saal. Und wieder hagelte es Bekennerschreiben, von denen nicht eines irgendwelchen Sinn ergab.

Die einzige Verbindung zwischen all diesen Anschlägen schien darin zu bestehen, dass es jedes Mal gleich mehrere Briefe gab, in denen verschiedene Organisationen sich zu der jeweiligen

Tat bekannten. Da erschien es durchaus naheliegend, dass sie sich bei ihrer Suche nach den Schuldigen bald auf die einzige Gruppe konzentrierten, die keinen Brief geschickt hatte. Diese Gruppe war wie ein Geist. Niemand wusste, wie groß sie war. Niemand wusste, was die überhaupt machten, oder was sie erreichen wollten. Wie sie untereinander kommunizierten. Wo sie sich trafen, wo sie herkamen. Wie sie sich finanzierten. Allein ihr Name war bald in aller Munde: "Return". Wer waren die? Was hatten die vor? Und als auch bei uns im Dorf an Mauern und auf Gehwegen ihr Unheil verheißender Schriftzug zu lesen war, musste ich mich fragen; war Nio längst einer von ihnen?

Hunderttausende wurden verhaftet, viele von ihnen gefoltert, manche wurden nie wieder gefunden. Jeder verdächtigte jeden, Menschen zeigten ihre Nachbarn und besten Freunde an, wenn die irgendetwas Regierungskritisches gesagt hatten oder auch nur so verstanden wurden. Die Jagd auf den gemeinsamen, unsichtbaren Feind "Return" wurde zur Bürgerpflicht.

Natürlich stellten wir Nio zur Rede. Und kamen uns schön bescheuert dabei vor. Als würden wir jetzt selbst schon Polizei spielen. Wir baten ihn - Maria, Mateo und ich, ins Büro, und fragten ihn nach dem Verbleib des vielen Papiers. Der arme Kerl. Aber wir mussten deutlich machen, dass das kein Spaß mehr war. Schließlich haben wir gedacht, wir stünden schon allesamt mit einem Bein im Knast. Dass er gerade dabei war, uns alle in Teufelsküche zu bringen. Um alledem Nachdruck zu verleihen, legten wir ihm die Schriften vor, die immer noch unter seinem Bett gelegen hatten.

Er wand sich raus, sehr geschickt, und meinte, er hätte nur ein paar von diesen Texten für seine Freunde kopiert, keiner von uns konnte ihm dafür böse sein, denn er passte immerhin auf, dass alles analog blieb. Was KI nicht weiß, macht KI nicht heiß. Nio entschuldigte sich für die Heimlichkeiten, wollte sogar für die Verluste aufkommen, was wir selbstverständlich ablehnten, und wir alle einigten uns darauf, in Zukunft ehrlich zueinander zu sein. Mir ließ das trotzdem keine Ruhe.

Als ich ein Kind war, hatte es in Europa schon einmal Terrorismus gegeben. Da schlugen sich Katholiken und Protestanten in Irland gegenseitig die Köpfe ein, im spanischen Baskenland gab es viel Gewalt von Seiten der ETA. Bei uns in Deutschland waren es Studenten gewesen. Studenten mit Bomben. Die haben sogar ein Flugzeug voll mit Passagieren entführt, das war in dem Jahr, in dem ich geboren wurde, 1977, das als "Deutscher Herbst" in die Geschichte einging.

Die Anschlagsziele dieser "Roten Armee Fraktion – RAF", wie sie sich damals nannten, sahen ganz ähnlich aus. Sie hatten es auf den Kapitalismus abgesehen. Und noch etwas hatten sie allem Anschein nach gemeinsam: Absolute Verschwiegenheit. Kein Mitglied dieser Terrorgruppe hätte je auch nur ein Wort gesagt. Das machte es so schwer, sie zu fassen. Und bei den vielen Verhaftungen mit Verdacht auf Return-Zugehörigkeit hatten sie bestimmt auch ein paar tatsächliche Mitglieder erwischt. Das heißt, falls es diese Gruppierung wirklich gab. Aber wenn, so viel war klar, hat nicht einer geredet. Nicht einmal unter Folter.

Bei mir hat das alles eine echte Glaubenskrise ausgelöst. Dass ich Samira nicht hatte helfen, Ismael nicht beschützen können, und nun Nio nicht mehr verstehen konnte. Ihr wisst, ich bin kein Mensch von großen Selbstzweifeln. Ich hinterfrage immer mein Denken und Handeln, doch mit dieser Fragerei kann ich normalerweise an einem gewissen Punkt auch abschließen. Nun aber musste ich mich selbst fragen, was ich mir eigentlich einbildete. Was wir uns einbildeten. Was wir uns anmaßten, die Verantwortung für all diese fremden Kinder fremder Eltern zu übernehmen, in deren Leben wir doch nur Gäste sein konnten.

Wir waren schließlich nicht geschult oder so, dabei hatten wir es mit schwer traumatisierten kleinen Menschen zu tun, noch dazu aus anderen Kulturkreisen, ihr hättet echte Profis gebraucht. Vielleicht waren wir alles, was ihr hattet, aber wir waren auf keinen Fall gut genug. Wir haben, ich habe, zu viele Fehler gemacht. Und jetzt sollten wir am Ende auch noch der Hort einer Terrorzelle sein? Ich konnte Nio kaum noch in die Augen sehen, vertraute ihm nicht mehr. Ich mochte seine Freunde nicht, und mich selbst auch nicht mehr.

Heute denke ich, es hat nicht nur mich gerettet, dass wir eben keine Profis waren. Denn ich war nicht die Einzige, die sich genau dieser Tatsache sehr bewusst war. Und Maria ist nicht entgangen, was in mir los war. Sie wusste, dass ich nur ein Mensch war. Der gerade am Boden lag. Und sie hat mir aufgeholfen. Wir haben lange geredet, ich hab ihr von meinen immer noch bestehenden Bedenken wegen Nio und seinen komischen Freunden erzählt, und wie sehr ich mich deswegen schämte. Während sie mir zuhörte, und mich überhaupt nicht verurteilte, verstand ich, wer hier eigentlich wem vertrauen können musste. Nicht ich Nio, sondern er mir.

GEFÄHRLICHES SPIEL

Es war verblüffend, wie leicht sich doch Misstrauen mit Feindseligkeit verwechseln ließ. Und wie leicht sich wiederum dieses Misstrauen aus dem Weg räumen lassen sollte. Eines Nachmittags, als Nio wieder mit seinen Freunden durchs Haus geschlichen war und sie sich in ihrer Ecke hinten im Schatten niedergelassen hatten, beschloss ich, einen Schritt auf sie zuzugehen. Ich wählte sorgfältig ein paar Bücher aus meiner geheimen Sammlung aus. Zwei meiner Lieblingsphilosophen, einen Psychoanalytiker, der sich bei den Faschisten besonders unbeliebt gemacht hatte und ein Buch über den menschengemachten Klimawandel, geschrieben von einem Physiker, der zu der Zeit im Gefängnis saß.

Mit den Büchern unter dem Arm ging ich zu ihnen, legte sie nur ab und fragte die Jugendlichen, ob sie genug zu trinken hätten. Dann bin ich wieder gegangen. Sie haben alle kein Wort gesagt, aber ich konnte ihre verwunderten Blicke in meinem Rücken spüren. Abends kam Nio zu mir und wir haben uns unterhalten. Über Geheimnisse, und dass man diese nicht innerhalb der Familie voreinander haben muss. Über das Schicksal des inhaftierten Physikers, von dem auch Nio schon gehört hatte, und über seine Freunde. Er erzählte mir von ihnen, wer sie waren, wie sie waren und warum er sich so gut mit ihnen verstand. Und schlug mir vor, sie doch einfach mal kennenzulernen.

Den Teufel hätte ich getan. Mich da zu diesen jungen Leuten

auf ihre Matratzen zu hocken. Ich wäre mir reichlich komisch vorgekommen. Außerdem war das ihr Bereich und ich fand nicht, dass ich da irgendwas verloren hätte. Aber Nio, als ob er meinen Gedanken gesehen hätte, ersparte mir die Peinlichkeit. Gleich am nächsten Tag, als die Bande sich wieder bei uns traf, führte er sie als Erstes zu Maria und mir in die Küche. Wir waren gerade dabei, das Abendessen vorzubereiten. Wir luden sie ein, mit uns zu essen, und sie boten ihre Hilfe beim Kartoffeln schneiden an.

Es wurde ein unvergesslich schöner Abend. Unsere fünf Gäste und Nio blieben auch noch lange nach dem Essen, auch als ihr Kleineren schon in den Betten wart, mit Maria und mir auf der Terrasse sitzen. Wir haben nicht über die Bücher gesprochen. Ich weiß auch gar nicht mehr, worüber wir überhaupt geredet haben. Aber ich fand heraus, dass Ivan, der Älteste der sechs Freunde, ein unglaubliches Talent hatte, Nio zum Lachen zu bringen. Dass Juliana bis über beide Ohren in meinen Pflegesohn verliebt war. Und dass sie allesamt sehr freundliche, intelligente junge Menschen waren - jedoch ganz sicher keine Bombenleger.

Dann, nicht lange nach diesem Abend, hielt der Herbst Einzug, die schönste Zeit des Jahres, und ich weiß nicht, wer von uns beiden sich zuerst erinnerte und auf die Idee kam, aber Nio und ich begannen, wieder zusammen schnorcheln zu gehen. So wie früher. Als wir noch zu zweit waren. Ab und zu - immer dann, wenn Juliana und die anderen keine Zeit hatten. Ich habe mich sehr darüber gefreut, dass er wieder etwas mit mir unternehmen mochte, aber mir ist auch nicht der Eindruck entgangen, dass er etwas ganz Bestimmtes mit mir zu klären hatte.

Wir gingen einige Male zusammen an den Strand, oft schnorchelten wir nur, und dann saßen wir da, aßen unsere mitgebrachten Bocadillos und unterhielten uns über Alltägliches, vielleicht auch mal über Juliana, aber nie das, was ihn wirklich bewegte. Doch irgendwann, irgendwann war er dann einfach so weit. Ob ich wüsste, hat mich Nio eines Tages gefragt, wie es den Menschen in Bangladesch ginge. Und er hat die Frage gestellt, als würde er sich danach erkundigen, was es zum Abendessen gäbe. Als Nächstes zog er eine Blechdose aus seinem Rucksack und bat mich, mein Armband abzunehmen und es dort hineinzulegen. Gleich darauf nahm er ebenfalls sein Armband ab, legte es in die Dose, verschloss sie und versteckte sie zwischen den Felsen, ein paar Meter von uns entfernt.

Und dann unterhielten wir uns. Ich fragte nochmal nach, was mit Bangladesch los war, und er erzählte mir, was er wusste. Dass dort schon seit Jahren immer wieder das ganze Land überflutet worden war vom aufsteigenden Meer und den immer weiter zunehmenden Stürmen, dass selbst die Brunnen tief im Landesinneren längst versalzen waren. Dass die Frauen Fehlgeburten hatten, mehr und mehr Menschen an Nierenleiden und anderen Krankheiten starben, und schlimmer noch, dass jedes Jahr mehr Menschen in immer schwereren Sturmfluten ihre Häuser verloren oder sogar ertranken. Dass das gesamte Land mittlerweile so gut wie unbewohnbar war. Er beklagte sich auch über unsere "Fast Fashion", mit der wir dieses Land ausgebeutet hatten, bis dort nichts mehr zu erbeuten war. Den Frauen und Kindern, die in Sklavenarbeit so billig für uns in Europa genäht hatten, dass wir das meiste dieser Kleidung nicht einmal kaufen oder gar tragen mussten – die Konzerne machten immer noch satte Gewinne. Und dass niemand dort war, um die Menschen vor der Katastrophe, die nicht sie, sondern wir ausgelöst hatten, zu beschützen.

Wie um alles in der Welt kam Nio darauf, er hätte die Klimakatastrophe ausgelöst? Sicherlich nicht mit Fast Fashion;

die Kleidung, die ihm nicht mehr passte, hatte ich ausgebessert und euch jüngeren Geschwistern gegeben. Ganz bestimmt auch nicht mit Fernreisen oder Fleischkonsum, denn unsere weitesten Ausflüge waren die zum Strand, und Nio war längst Veganer, seit ich irgendwann um die Zeit seiner Ankunft einmal beschlos-sen hatte, auch ohne Käse glücklich leben zu können. Was für ihn in Ordnung gewesen war. Trotzdem schien er sich verantwortlich zu fühlen.

Etwas unbeholfen vielleicht, versuchte ich in dem Thema auf ihn zuzugehen, und fing an, ihm von den Vögeln zu erzählen. Den Spatzen, wie sie morgens immer vor meinem Fenster gezwitschert hatten. Und den Schwalben, wie sie abends ihre wilden Kreise über unserem Balkon in Palma gezogen hatten. Ich verriet ihm, dass auch ich wusste, warum alles Essen so teuer geworden war. Dass das nicht nur an den Handelskonflikten lag, sondern auch an den ausbleibenden Vögeln, Insekten - und Ernten, was logischerweise alles zusammenhing. Das war ein allgemein bekanntes Geheimnis, jeder wusste es, niemand sprach darüber. Nun taten wir es, und das war gut so. Bald verstand ich auch, dass Nio sich keineswegs schuldig fühlte, sondern verantwortlich. Nicht für die Vergangenheit, sondern für die Zukunft. Was für ein himmelweiter Unterschied...!

Wir waren uns einig, die Welt war auf keinem guten Kurs. Aber immerhin verstanden wir beide uns wieder besser. An einem anderen Strandtag zu zweit in diesem Herbst fragte er mich, ob ich irgendwas über ihn wüsste, das ihm noch nicht bekannt war. Über seine Herkunft, oder seine Vergangenheit. Ich war mir zunächst sicher, dass da nichts wäre, doch dann fiel mir das Lied ein. Natürlich, das Lied, das ich aufgenommen hatte, wenn er als kleiner Junge nachts Fieberträume gehabt hatte! Ich erzählte ihm davon, und sogleich kramten wir mein Armband aus der Blechdose in den Felsen, denn darauf waren ja alle meine Daten gespeichert, auch das Lied von Nio.

Wir hörten uns dieses Gutenachtlied gemeinsam an, wieder und wieder, an dem Strand, doch es wollte ihm nichts dazu einfallen. Es war einfach zu lange her. Zehn Jahre. Mehr oder weniger. Es kam ihm aber bekannt vor, natürlich, denn seine Mutter musste es ihm oft vorgesungen haben, und umso mehr wollte er etwas über seine Herkunft erfahren. Doch ich hatte eben auch nur dieses Lied als Hinweis, daran hatte sich bisher nichts geändert.

Ich berichtete Nio davon, wie ich durch das Lager gegangen und allen das Lied vorgespielt hatte, und dass ich auf diese Weise erfahren hatte, dass er aus Ruanda stammte. Und dass ich, wie ich es bei jedem Neuzugang gemacht habe, noch viele Monate nach seiner Ankunft nach Verwandten gesucht hatte, vergeblich. Und wie leid mir das tat. Aber er winkte beinahe fröhlich ab und bat mich nur um eine Kopie seines Liedes. Er hätte da schon eine Idee. Es gäbe genug Seiten im Internet, auf denen sich die Leute aus seiner Heimat gegenseitig suchten und fanden, und die Aufnahme könnte eine sehr große Hilfe für ihn sein.

Während wir noch eine ganze Weile über Ruanda sprachen und alles austauschten, was jeder von uns wusste, kam uns der Gedanke, vielleicht einmal gemeinsam dort hinzureisen. Nio schien nicht zum ersten Mal darüber nachzudenken. Da fiel mir ein, dass er neuerdings Geld verdienen wollte, und ich fragte ihn, ob er das dafür brauchte? Da sah er mich nur mit großen Augen an und erklärte, nein, das sei doch für die Oma von Ismael in Mali. Einer musste sich schließlich um sie kümmern, jetzt, wo Ismael nicht mehr da war. Ich konnte meine eigene Dummheit nicht fassen, diesem Jungen jemals misstraut zu haben.

Wenigstens konnte ich ihm versprechen, dass ich ab sofort für unsere Reise nach Ruanda sparen würde. Das Verfahren um seine Adoption lief sowieso gerade, und die Chancen auf Erfolg standen gut. Sobald das durch war, sollte er sein Land kennenlernen. Es wurde höchste Zeit.

Ja, ich habe Nio wieder vertraut, und er mir auch. Waren wir wieder Freunde? Da war ich mir noch immer an manchen Tagen nicht so sicher. Als wir das Windrad für Ismael gebaut haben, das hat mir mal wieder zu Denken gegeben. Mateo war zu der Zeit auf See, er war derjenige, der sich damit auskannte. Aber Nio fand ohne große Mühe im Internet eine Bauanleitung. Oder in etwas, das so ähnlich aussah, wie das Internet, das ich kannte. Nur viel weniger bunt, ohne Werbung und Popup-Nachrichten von der Regierung. Ich wusste immer noch nicht die Hälfte von dem, was er tat oder was in seinem Kopf vorging. Mir blieb gar nichts anderes, als mich mit dem zu begnügen, was ich nun ganz sicher wusste. Dass er ein wundervoller Mensch war.

Der Winter kam, und mit ihm ein besonders überraschender Gast. Als Wakili eines Nachmittags bei uns vor der Tür stand, habe ich ihn zuerst gar nicht erkannt. Aus dem traurigen Gespenst von damals war ein kräftiger, aufrecht gehender Mann geworden, der mich sogleich mit einem breiten Lachen begrüßte. Es war nichts Ungewöhnliches, dass mal jemand kam, um seine Kinder zu suchen, denn die Kunde von der Samira-Stiftung hatte sich herumgesprochen und man kannte mich auch im Lager, weil ich dort selbst immer wieder nach Eltern suchte. Doch dass dieser Mann Wakili war, erkannte ich erst, als er sich nach Tayeb und Safiya erkundigte. Ob sie noch bei mir wären, und ob er sie sehen dürfte.

Das war bewegend, zu erleben, als die drei sich endlich wieder hatten. Dir, Tayeb, und dir, Safiya, hatte ich immer noch nichts von eurem Vater erzählt, denn ich hatte es ihm ja versprechen müssen. Und überhaupt, was hätte ich euch sagen sollen? Dass ich ihm begegnet war, aber keine Ahnung hatte, was danach aus ihm geworden war? Es hat ein Weilchen gebraucht, bis ihr verstanden habt, dass euer Vater zurück und am Leben war. Aber dann war am Ende die Freude umso größer. Für uns alle.

Noch länger hat es allerdings gedauert, bis Wakili bereit war, uns zu berichten, wo er in all den Jahren gesteckt hatte. So fröhlich sein Lachen wirkte, so offenherzig er ganz bestimmt war, er schien auch ein Mann mit vielen Geheimnissen zu sein. Doch eines Abends schlug er mir vor, mit ihm raus in den Garten zu gehen. Ich folgte ihm, und er hielt mir sogleich eine geöffnete Blechdose hin, in die ich mein Armband legen sollte. Wir gingen in die Mitte des Windgartens, an die Stelle, die einen freien Blick auf den Nachthimmel ringsherum bot.

Wakili sah sich um, ob eine Drohne auf Patrouille in der Nähe war. Nachts konnte man die schon von Weitem sehen. Sobald er sicher war, dass uns niemand abhören konnte, begann er zu erzählen. Dass sie ihn nur kurz nach unserem ersten Treffen in dem Lager nach Tunesien verfrachtet und ihn dort mit vielen anderen mitten in der Wüste ausgesetzt hatten. Ohne Wasser, und ohne Papiere. Die hatten sie allen abgenommen. Und wie er es erneut geschafft hat, das Mittelmeer zu erreichen, und schließlich noch einmal zu überqueren, nur, um wieder in dem selben Lager hier auf Mallorca zu landen. Nach einem Jahr war ihm die Flucht von dort gelungen und dann war es ihm sogar mit viel Glück und nur dank der Hilfe eines Hafenarbeiters, den er im Lager kennengelernt hatte, möglich, die Insel in Richtung Barcelona zu verlassen. Als blinder Passagier auf einer Fähre.

In Barcelona angekommen, hat ihn schon nach wenigen

Tagen die Polizei aufgegriffen und verhaftet. Er konnte jedoch mittlerweile so gut spanisch, dass sie ihn nicht gleich in Abschiebehaft gesteckt haben. Und, was noch hilfreicher war, er hatte die Telefonnummer eines Anwalts bei sich. Denn, so berichtete er mir, auf seiner langen Flucht waren ihm Menschen begegnet, die sich um Leute wie ihn in der Not kümmerten. Denen er nicht egal war, die sehr gut vernetzt waren, und die keine Angst vor der Regierung hatten.

In der Sekunde, in der er den Satz ausgesprochen hatte, durchschoss mich ein furchtbarer Gedanke. Aber ich wagte es nicht, ihn auszusprechen. Wakili fuhr mit seiner Geschichte fort, wie der Anwalt für die Freigabe seiner Dokumente gesorgt hatte und er schließlich und endlich als halbwegs freier Asylberechtigter aus der Haft entlassen wurde. Der Anwalt hatte ganze Arbeit geleistet.

An der Stelle seiner unglaublichen Erzählung, wo er dann in Deutschland angekommen war und ziemlich bald Arbeit gefunden hatte, wurde es mir zu bunt. Er musste offensichtlich sehr viel Hilfe bekommen haben. Niemand schaffte es mehr nach Deutschland. An der ganzen Sache war eine Menge faul. Wer waren diese Leute, die ihm den Anwalt besorgt hatten? Woher kam all das Geld, das es gekostet haben musste, ihn so weit zu bringen? Wer hatte ihn auf seinem Weg quer durch Europa vor der Luftüberwachung versteckt? Dafür hatte er sicher keine Genehmigung. Oder etwa doch? Ich musste ihn einfach fragen, ob er etwas mit Return zu tun hatte.

Die Antwort, die Wakili mir gab, hätte ausweichender kaum sein können. Als er den Namen der Gruppe aus meinem Mund hörte, huschte erst ein kurzes Leuchten über sein Gesicht, dann ein großer Schrecken. Und er verneinte sofort, je von diesen Leuten gehört zu haben. Doch dann sah er mich an, wissend, dass ich wusste, dass er log, und wurde zuerst ganz still. Er schien um Worte zu ringen. Er sagte einige Minuten lang gar nichts, doch dann platzte es aus ihm raus: "Ja, es ist wahr, aber das ist nicht so, wie du denkst!"

Dann sprang er auf und lief ins Haus zu seinen Kindern, ihr beiden wart längst am Schlafen, und wir haben erst am nächsten Abend wieder miteinander gesprochen. Den ganzen Tag über hatte ich mir Sorgen gemacht, in was für ein gefährliches Spiel wir da geraten waren, und er muss wohl den ganzen Tag in der Angst verbracht haben, dass ich ihn verraten könnte. Doch er wusste ja, dass ich schon einmal für ihn geschwiegen hatte, sogar ganz entgegen dem, was sich für mich richtig angefühlt hätte. Ich hätte euch, Tayeb und Safiya, viel lieber von Anfang an die Wahrheit gesagt. Und wenn Wakili nun einer Terrorgruppe angehörte? Hätte ich dann was gesagt? Ganz ehrlich, da waren wir uns beide nicht so sicher.

Am Abend dieses nicht enden wollenden, von Zweifeln und auch Wut geplagten Tages trafen wir uns dann erneut auf der Lichtung im Windgarten. Die Armbänder in der Blechdose, die Blicke zum Himmel gerichtet. Ich stellte ihn sofort zur Rede, was ihm bloß einfiele, die Stiftung und euch Kinder, alle miteinander, derart in Gefahr zu bringen, indem er überhaupt in unser Leben zurückgekommen war. Und was er nur für ein Vater wäre, sich lieber mit einer Horde von Mördern bis nach Deutschland durchzuschlagen, als einmal an die Tür seiner Kinder zu klopfen, die ihn die ganze Zeit für tot halten mussten. Ich war außer mir vor Zorn.

Wakili wollte gerade wieder gehen, doch da fiel mir ein, dass ich eigentlich gar nicht wissen konnte, was ich da sagte. Was ich von alledem überhaupt wusste. Ich bat ihn, doch noch zu bleiben, und er drehte sich zu mir um und brach in heftiges Weinen aus. Also umarmten wir uns erstmal nur, lange, und dann redeten wir endlich offen. So weit das eben möglich war in einer Welt, in der überall Augen und Ohren herumschwirrten. Allmählich, und immer noch verheult, gab Wakili zu, denen von Return über den Weg gelaufen zu sein. Er versicherte mir aber, dass er zunächst nicht gewusst hatte, wer die waren. Sie waren nur freundlich zu ihm, und das war sonst niemand. Außerdem hörten sie ihm offenbar zu, was sonst keiner getan hatte. Sie hatten ihn mit viel Aufwand und unter hohem Risiko, auch für sich selbst, nach Deutschland gebracht wegen dem, was er vorhatte. Nämlich, von dort aus für seine Leute im Sudan zu kämpfen. Alles schön und gut, dachte ich, aber bei dem Wort "kämpfen" drehte sich mir gleich wieder der Magen. Mir war nicht nach Kämpfen. Genau vor denen wollte ich euch Kinder beschützen, um jeden Preis. Und der kam mir mit Konflikten, die wir hier absolut nicht gebrauchen konnten.

Wakili erkannte meine Besorgnis gleich und versprach mir bei seiner toten Frau und seinen sieben Kindern, dass die Gerüchte über Return nicht wahr seien. Nichts davon. Dass diese Leute auf gar keinen Fall gewalttätig waren. Und ja, dass sie verfolgt wurden, aber zu Unrecht. Dass sie nichts mit den Attentaten zu tun hatten. Allzu viel wusste er dennoch nicht über sie. Er war selbst kein Mitglied. So viel war sicher. Ob sie ihm geholfen hatten oder ihn am Ende nur benutzen wollten? Zumindest glaubte ich ihm, dass er kein Bombenleger war, und wahrscheinlich die Leute, mit denen er es direkt zu tun hatte, ebenfalls nicht. Auch wenn ich mir damals keinen Reim auf all das machen konnte. Auf nichts davon.

Wie gut sich Nio und Wakili auf Anhieb verstanden, hat mich dagegen überhaupt nicht verwundert. Beides unverbesserliche

Weltverbesserer. Als dann auch noch Mateo von seinem Einsatz zurückkehrte, wurde aus den dreien schnell ein eingeschworenes Trio. Wakili und Mateo wurden sogar von Nios Freunden ohne Aufnahmeprüfung akzeptiert und angenommen. Maria und ich haben uns manchmal schon so gewisse Blicke zugeworfen, Blicke, die sich gegenseitig fragten, wer hier eigentlich den Laden schmiss.

Wir waren nicht eifersüchtig oder so. Nun ja, vielleicht ein kleines Bisschen. Natürlich hatte ich weiterhin den Verdacht im Hinterkopf, dass sie alle irgendwie mit Return in Verbindung standen. Erst recht jetzt, wo Wakili es selbst zugegeben hatte. Aber ich musste mich nicht mehr ständig fragen, welche Gefahr wohl von ihnen ausging.

Zumal schon bald eine direkte Bedrohung auf uns zukommen sollte. Als Maria krank wurde. Ihr Krebs wurde erst sehr spät erkannt; ihr wisst ja, wie sie war. Gejammert hat sie nie, auch dann nicht, als sie allen Grund dazu hatte. Da war sie bereits sehr krank und die Ärzte konnten nichts mehr machen, als ihr die Schmerzen zu nehmen. Und schon standen ihre Kinder auf der Matte, mit großen Koffern.

Jaime und Maleni hatten ihre Mutter sonst einmal im Jahr an ihrem Geburtstag besucht, und sie hatten niemals Koffer dabei. Sonst hatten sie sich immer ein Hotel genommen, um Maria nicht zur Last zu fallen, wie sie sagten. Sie waren keine lieblosen Kinder, aber sie arbeiteten viel, und wenn sie einmal im Jahr vom Festland auf die Insel kamen, dann wollten sie sich lieber am Pool entspannen. Und bei uns war schließlich immer ganz schön was los. Aber in diesem Jahr haben sie kein Hotel genommen. Denn sie wollten die Finca. Also gab ich Maleni mein Zimmer und Jaime bekam das von Mateo. Der ging ohnehin wieder auf See, und ich hatte kein Problem damit, in der Küche zu schlafen, denn so konnte ich näher bei Maria sein.

Es war hässlich anzusehen, wie die beiden sich gegenseitig und sogar Maria in den darauffolgenden Wochen angingen. Nicht nur, dass sie uns aus dem Haus haben wollten: Sie gönnten sich nicht einmal gegenseitig das Erbe. Dabei war ihre Mutter noch am Leben. Es muss sie furchtbar traurig gemacht haben. Jaime blieb bis zu ihrem Ende, Maleni musste wegen der Arbeit nochmal kurz weg. Als sie zurückkam, war es bereits zu spät, und Maria war von uns gegangen.

So viel die beiden sonst geredet hatten, auf Maria eingeredet hatten, bei der Testamentseröffnung war nicht mehr viel von ihnen zu hören. Denn Maria hatte ihnen alles zu gleichen Teilen vererbt und der Samira-Stiftung ein Nutzungsrecht für die Dauer ihres Fortbestands zugesprochen. So konnten sie zwar den vertrockneten Weinberg zu etwas Geld machen, doch mit dem Haus würden sie nichts anfangen können. Damit hatten sie nicht gerechnet, und ich auch nicht. Die Finca, dafür hat Maria gesorgt, wird für immer euch gehören. Solange ihr zusammenhaltet.
Maria war auch für euch eine Mutter, und sie hat jeden von euch geliebt wie ihr eigenes Kind. Mir war sie meine beste Freundin und die beste, die sich ein Mensch nur wünschen könnte. Bald werde ich wieder bei ihr sein, ich freue mich darauf, mit ihr unsere Diskussionen über Gott und die Welt weiterführen zu können. Was die Kenntnis über ihren Gott angeht, dürfte sie inzwischen weiter sein als ich. Und wer weiß, vielleicht hat sie ihr letztes Versprechen eingehalten und dort, wo auch immer sie nun ist, Samira und Ismael ausfindig gemacht, und kümmert sich um die beiden? Sollte ihr das gelungen sein, verspreche ich euch, sie alle drei von euch zu grüßen.

HEIMAT

Wie das hier alles ohne Maria weiter gehen sollte, darüber war ich bis zu ihrem Tod nicht in der Lage gewesen, auch nur nachzudenken. Und bis zu ihrer Beerdigung war das Haus so voll, dass man gar nicht mehr zum Denken kam. Doch dann, als alle wieder gegangen waren, wurde mir das Gewicht der Verantwortung allmählich bewusst. Die Arbeit, die hätten wir schon geschafft. Ihr Großen habt ja immer schon den Kleineren geholfen und euch mit um sie gekümmert. Und Mateo lebte zwar beinahe auf See, aber wenn er bei uns war, dann war er eine große Hilfe. Doch die Verantwortung für euch alle, die lag ab da ganz bei mir allein.

Und dann ließ uns auch noch Wakili im Stich. Nicht nur mich, denn er ließ auch euch beide, Tayeb und Safiya zurück, erneut. Ich habe ihn gefragt, ob er noch ganz bei Trost sei. Den alten Plan, von dem er mir bei unserer ersten Begegnung in dem Flüchtlingslager erzählt hatte, konnte er doch sowieso vergessen. Bei der Presse hatte er sich Gehör verschaffen wollen. Doch eine Presse, die jemanden wie ihn angehört oder gar seine Fragen gestellt und seinen Appell an die Regierungen vertreten hätte, gab es nicht mehr. Und auch bei der Justiz hätte er auf Granit gebissen, denn es gab nur noch die linientreuen Richter, alle anderen hatten sie entlassen, inhaftiert oder ganz einfach verschwinden lassen.

Irgendwie hatte ich mir nicht einmal im Traum vorstellen können, dass er sich von euch Kindern jemals wieder trennen würde, nun, da er euch endlich gefunden hatte. Ich wollte es auch nicht glauben. Darum hat mich Wakilis Weggang unendlich enttäuscht. Wäre ich an seiner Stelle gewesen; ich hätte euch beide nie wieder losgelassen. Auch ihm schien es fast unerträglich schwer zu fallen. Ich konnte ihm ansehen, wie er innerlich zerbrach bei dem Abschied von seinen Kindern.

Doch dann hielt ein Auto unten an der Hofeinfahrt und sie nahmen ihn mit. Wahrscheinlich waren das Leute von Return, denn sonst hätten sie ja wenigstens eben die Einfahrt hochkommen und grüßen können. Ich wusste, sie brachten ihn wieder nach Deutschland. Und dass er dort irgendwie wichtig war für sie. Ich wusste auch, dass es gefährlich werden würde, denn Menschen wie er waren überall in Gefahr. Erst recht dann, wenn sie den Mund aufmachten. Aber was er und seine Leute planten, darüber hatte er mich komplett im Dunkeln gelassen. Lediglich Nio wusste mir zu versichern, dass schon alles gutgehen würde. Wunderbar, wie sie alle unter einer Decke steckten.

Und ich...? Wer half nun mir? Maria fehlte mir auf einmal noch sehr viel mehr. Nicht nur als Freundin, als Ratgeberin, als die gute Seele des Hauses. Ihre Augen und Ohren waren immer da gewesen, wo meine gerade nicht sein konnten, und sie dachte immer an die Dinge, bei denen ich etwas vergesslich war. Irgendwelche Post, die beantwortet werden musste, oder eure ärztlichen Vorsorgeuntersuchungen. Wir beide waren wie die Zahnräder einer Uhr gewesen. Und man kann aus einer Uhr nicht einfach ein Zahnrad herausnehmen.

Natürlich fiel mir als Erstes Carmen ein. Zu der Zeit arbeitete sie noch im Krankenhaus in Inca, aber eigentlich war sie für diese harte Arbeit schon zu alt. Und ihr Rücken machte ihr seit Jahren Probleme, das wusste ich. Gäbe es Carmen nicht, wären einige von euch heute nicht am Leben. Viele Male kam sie herbeigeeilt, manchmal sogar während ihrer Schicht, wenn es einem von euch nicht gut ging. Und mehr als einmal habe ich mir ausgemalt, was wohl geschehen wäre, wenn sie auch nur fünf Minuten später dagewesen wäre. Ich habe mir oft gewünscht, sie als Krankenschwester ständig bei uns haben zu können. Darum rief ich sie an.

Carmen hatte nie geheiratet, die Männer haben sie immer nur unglücklich gemacht. Irgendwann hat sie beschlossen, dass ihre Katzen die viel besseren Wegbegleiter waren. Als ich ihr vorschlug, den Job zu kündigen und mitsamt ihrer Lieblinge bei uns einzuziehen, war sie sofort Feuer und Flamme. Ich glaube, sie hatte sich immer eine Familie gewünscht. Aber sie hatte auch Bedenken. Und, das war mir in der Situation entgangen, denn diese Dinge lagen mir nicht besonders; sie wusste auch, dass uns mit Maria ein unverzichtbares Stiftungsmitglied weggestorben war. Denn ihre Erben lauerten immer noch darauf, uns den Laden dicht zu machen. Die hatten zwar keinen Einblick in die Geschäfte der Stiftung, aber Carmen hatte selbstverständlich Recht. Bevor sie vielleicht doch irgendwie dahinterkamen, sollten wir unbedingt wieder vollzählig sein.

Wir überlegten tagelang, wer für diese Aufgabe infrage kommen könnte. Ich rief meine jüngeren Geschwister an, die, mit denen ich noch ein gutes Verhältnis hatte. Sie waren alle schon in Rente und ich dachte, fragen kostet nichts. Außerdem ging es ihnen in Deutschland auch nicht besser als uns hier in Spanien. Wir hatten die krassen Hitzewellen im Sommer und manchmal auch zerstörerische Stürme hier und da, und in Deutschland herrschte zwar die meiste Zeit des Jahres das Mallorca-Wetter von früher, aus den guten, alten Zeiten. Ein Liegestuhl am Baggerseestrand hatte da gar nichts Behelfsmäßiges mehr. Aber dafür hatten sie da oben immer öfter die Keller voller Wasser.

Dann die Mückenplagen und immer neue, von ihnen übertragene Krankheiten, wenn das Wasser über viele Wochen nicht zurückwich, und die ewigen Streitereien darüber, welcher Verantwortliche welches Problem zu lange ignoriert hatte.

Alles hatte sich ein bisschen verschoben und bei uns konnte es mit dem Wetter brenzlig werden, im Norden aber auch. Früher hatte es nur zwei Sorten von Wetter gegeben: Schönes und gutes. Schön war es, wenn die Sonne schien, gut, wenn es regnete. Jetzt haben wir schönes, gutes und gefährliches Wetter. Aber eigentlich ist es egal, wo man lebt, das überall so, nur mit kleinen Unterschieden. Trotzdem, meine Geschwister schreckte die Hitze wohl mehr ab als die ständige Sorge vor jährlich neuen Jahrhunderthochwassern, und das konnte ich auch gut verstehen. Für uns alten Leute, die wir mittlerweile waren, konnten die hiesigen Sommer gefährlich werden. Carmens einzige Schwester war früh verstorben und einen Freundeskreis außerhalb der Arbeit hatte sie nie gehabt, darum ging die Liste ihrer Kollegen durch. Dachte über ihre Äußerungen nach, ob sie wohl zu den Linientreuen gehörten oder sich jemals in irgendeiner Form kritisch gezeigt hatten. Wie sie zu denken schienen, zwischen den Zeilen. Und natürlich, wie sie mit den Patienten umgingen. Daran ließ sich viel über einen Menschen erfahren.

Es lag klar auf der Hand; die Person, die wir suchten, sollte nicht nur ein einfaches Stiftungsmitglied werden. Ausflüge zu zweit, wie die Schnorchelgänge mit Nio, wollte ich mit jedem Einzelnen von euch machen können. Denn jeder von euch hat seine ganz eigenen Themen und Bedürfnisse, und ich wollte nicht, dass nochmal eines von euch Kindern so in der Gruppe unterging, wie es mit Nio passiert war. Aber diese Einzelbetreuung war nicht möglich, wenn das bedeutete, dass Carmen allein mit euch zu Hause blieb.

Wir brauchten jemanden, der fest zum Team gehörte. Und zu uns beiden alten Tanten passte am besten ein junger Mann, denn eine männliche Bezugsperson für euch konnte nicht schaden, und ebenso wenig jemand, der für den Winter das Holz hacken konnte. Da fiel Carmen ein Pfleger ein, den sie mal beim Kiffen erwischt hatte. Francisco, aber eigentlich nannten ihn alle Xisco. Er war um die vierzig, redete nicht viel, aber wenn er etwas sagte, kam es von Herzen. Für die Patienten nahm er sich Zeit, weswegen er immer wieder Probleme mit der Stationsleiterin bekam. So jedenfalls beschrieb sie ihn mir. Wir beschlossen, ihn zu fragen.

Ich will weder euch noch mich mit den Einzelheiten aufhalten, ihr alle kennt schließlich Xisco. Was soll ich sagen. Wir haben die Wahl nicht bereut. Leider war Carmen nicht die Einzige, die ihn schonmal beim Kiffen ertappt hatte, was es uns ein wenig erschwerte, ihn als Stiftungsmitglied eintragen zu lassen. Ihn von der Arbeit mit uns zu überzeugen, war hingegen ein Kinderspiel. Er war begeistert von der Idee, schmiss sofort den Job in der Klinik hin und zog bei uns ein.

Es sollte sich schon bald als Glücksfall herausstellen, dass ich nun dieses starke Team um mich gereiht hatte. Nicht lange, nachdem wir Xisco bei uns aufgenommen hatten, erhielten wir Post vom Wasserversorger. Früher hatten zwei große Stauseen die Insel mit Wasser versorgt, und das Wasser, das diese Seen speicherten, gehörte dem spanischen Staat. Als dann immer öfter die Stauseen leer blieben, weil im Herbst, Winter und auch im Frühjahr die Regenphasen ausgeblieben waren, musste die Regierung sich Hilfe bei privaten Unternehmen holen. Denn die alten, maroden Rohrleitungen der Insel, durch die ein Viertel des knappen Trinkwassers ungenutzt im Boden versickerte, mussten repariert werden. Kläranlagen mussten ausgebaut werden, neue Meerwasserentsalzungsanlagen errichtet werden, manche Brunnen tiefer gegraben, andere geschlossen werden.

In dem Brief wurden wir informiert, dass wir nicht länger befugt waren, das Wasser aus den auf unserem Grundstück befindlichen Brunnen zu nutzen, da es öffentliches Eigentum sei. Und wir wurden aufgefordert, gegebenenfalls bestehende Hindernisse aus dem Weg zu räumen, denn eine private Firma würde kommen und die Brunnen versiegeln. Der Brief war an Jaime und Maleni adressiert, die Besitzer der Finca. Der Termin war sehr kurzfristig angesetzt, uns blieben nur ein paar Tage, um unser Wasser zu verteidigen. Ich rief die Geschwister Jaime und Maleni an und bat sie, auf die Post zu reagieren. Erinnerte sie daran, dass die beiden Brunnen, der bei uns im Garten und der unten im Weinberg, den Wert ihres Besitzes erhöhten. Aber das schien ihnen egal zu sein. Im Gegenteil, ich glaube, den beiden hat die Aussicht gefallen, dass man uns den Hahn zudrehen würde.

Das Problem, so dachte ich, waren die Adressaten im Brief. Nicht nur ihr Verhalten, sondern auch die schlichte Tatsache, dass sie die Adressaten waren. Ich konnte nun einmal schlecht zu den Behörden gehen und mit meinem Namen im Ausweis Widerspruch gegen einen Bescheid einlegen, der an Jaime und Maleni ergangen war. Carmen, Xisco und ich haben uns die Köpfe zerbrochen, das unheilvolle Datum rückte immer näher und es wollte uns keine Lösung einfallen.

Wir dachten wirklich, jetzt wäre alles verloren, als Xisco abends bei seinem Pfeifchen plötzlich ausrief: "Wer hat hier eigentlich das Sagen?" Das war in der Tat gar keine so unberechtigte Frage! Wir eilten sofort alle zusammen ins Büro und kramten Marias Testament hervor. Und da stand es, schwarz auf weiß. Als am nächsten Morgen die Leute mit dem Bagger anrückten, hielten wir ihnen dieses Testament unter die Nase und gaben ihnen zu verstehen, dass das Wasser zwar öffentliches Eigentum war, wir aber auch eine öffentliche Einrichtung, und dass sie auf dem Teil des Geländes, den Maria uns zugesprochen hatte, nichts zu suchen hatten. Ihr Kinder wart alle an diesen Morgen im Garten und wir hatten euch vorbereitet, diese Gäste nicht, wie sonst, freundlich zu begrüßen.

Den Brunnen im Weinberg versiegelten sie, denn das war Privatgelände. An unseren Brunnen kamen sie nicht einmal auf zehn Meter in die Nähe. Xisco hatte angefangen, mit euch Fußball zu spielen, und ihr habt einen höllischen Lärm dabei veranstaltet. Einer der Männer, während Carmen und ich noch mit ihnen diskutierten, hat sogar den Ball an den Kopf bekommen. Irgendwann sind sie dann, wenn auch schimpfend, wieder abgezogen. Das war ein Spaß! Ich war unfassbar stolz, auf euch, auf uns alle, und konnte mir die ganze Zeit über das Lachen nur mit aller Kraft verkneifen.

Noch viel mehr war ich aber erleichtert. Und nicht nur, weil wir unseren Brunnen behalten hatten, sondern wir hatten auch unser gefährlichstes Geheimnis bewahrt. Was Carmen und Xisco an diesem Tag noch gar nicht wussten, und ihr auch alle nicht wissen konntet, und ich wollte es vor dem Termin auch niemandem sagen, denn sonst hätte vielleicht jemand aus Versehen etwas verraten.

Über all die Jahre zuvor hatte Mateo unseren Brunnen tiefer gegraben. Er war tief genug gewesen, noch hatte immer Wasser darin gestanden. Aber Mateo hatte wohl genau das kommen sehen, was wir an diesem Tag so knapp verhindern konnten. Nämlich, dass sie das Wasser privatisieren würden. Vielleicht nicht das Wasser selbst, aber alles, was mit der Trinkwasserversorgung zu tun hatte. Er wusste, dass Hotels und Golfplätze ihre Versorgung auch dann noch sichern würden, wenn nicht mehr für alle genug da wäre. Und das konnten sie am besten tun, indem ihnen die Aufbereitung, Leitungen und andere Transportsysteme gehörten.

Während Mateo nachts am Brunnen gearbeitet hat, musste immer einer dabeibleiben. Nicht nur wegen der Drohnen, die ihn natürlich nicht bei dieser Arbeit erwischen durften. Sondern auch, weil er jedes Mal ein kleines Stück tiefer in den schmalen Brunnen hinabtauchen musste, und das mit Sauerstoffflaschen und Gerät zum Graben. Jemand musste sicherstellen, dass er auch wieder hochkam. In den ersten Jahren habe ich diese Aufgabe übernommen, manchmal auch Maria. Dann haben wir Wakili ins Vertrauen gezogen und schließlich auch Nio, und dann haben wir drei, Wakili, Nio und ich uns abgewechselt, Mateo zu helfen. Anschließend haben wir dann immer einen durchlässigen Deckel ins Wasser gehängt, auf der Tiefe, mit der unser Brunnen offiziell eingetragen war. Und außer uns wusste niemand Bescheid.

Nachdem auch überall in der Gegend um uns herum die Brunnen zugeschüttet worden waren, mussten wir das Wissen um unseren Schatz erst recht für uns behalten. Carmen und Xisco habe ich aber davon erzählt, kaum, dass die Verbrecher von den Wasserwerken gegangen waren. Uns war klar, und darin waren wir uns schnell einig, das Geheimnis mussten wir bewahren. Aber wir konnten nicht das ganze Wasser für uns behalten. Einige der Nachbarn waren unsere Freunde, wir konnten sie nicht im Stich lassen.

Carmen und Xisco fanden aber, dass auch wir nichts zu verschenken hatten. Sie schlugen vor, dass die Nachbarn, denen wir vertrauen konnten, Wasser bekommen sollten, und im

Gegenzug der Stiftung etwas spendeten. Das konnte Geld sein oder Sachspenden wie Nahrungsmittel, alles wäre dem Anschein nach legal und würde niemandem auffallen. Xisco hatte außerdem die wunderbare Idee mit dem Kinderwagen. Wir konnten ja unmöglich mit Wasserkanistern in der Hand zu den Nachbarn laufen. Darum meinte er, wir könnten doch einen Kanister unter eine Decke in den alten Kinderwagen legen und ganz gemütlich hin spazieren. Und dann mit einem leeren Kanister zurückgehen, damit aus der Luft kein Unterschied zu erkennen sei. Das war ein guter Plan.

Wir begannen also, die Finca Flora, Finca Sol und das Haus von Marta und Juan regelmäßig mit dem Kinderwagen zu besuchen, und bekamen von ihnen immer das, was sie in dem Moment erübrigen konnten. Das war der Beginn einer guten Phase, denn es festigte das Band zwischen den Nachbarn und uns, und für uns lief nun Einiges viel entspannter.

Es war an der Zeit, dass ich mein Versprechen gegenüber Nio einlöste. Er war jetzt mein Adoptivsohn, hatte einen spanischen Pass. Mein neues Team konnte wunderbar auch ein paar Wochen ohne mich auskommen und selbst wenn nicht, waren da immer noch viele liebe Nachbarn, die in allen Fragen gerne helfen würden. Es gab keine Ausreden mehr.

Wir buchten den Flug, und ich machte mir Sorgen, dass Nio über seine Heimat erschrocken sein könnte, wenn er sie sah. Nio dagegen machte sich Sorgen um mich. Er drängte mich jeden Tag, seit wir die Reise geplant hatten, zu Spaziergängen, jeden Tag ein Stückchen weiter. Denn er wollte, dass ich fit war für das Klima dort. Und er hatte Recht. Als wir in Ruanda landeten, in der Nähe von Kigali, wäre ich am liebsten gleich wieder umgekehrt.

Die Hitze, vor allem aber die hohe Luftfeuchtigkeit, haben mich schon beim Aussteigen aus dem Flugzeug getroffen wie eine Abrissbirne. Dabei dachte ich, von unseren Hitzephasen hier doch schon einiges gewöhnt zu sein. Ich hatte bereits befürchtet, dass wir mit einem dieser voll beladenen Busse fahren müssten, in denen es bestimmt noch viel stickiger war als draußen. Denn es gab dort ganz sicher nicht mehr viel Tourismus, wofür also sollte es Taxis geben. Doch die gab es tatsächlich noch. Für mich als Weiße sogar ganze fünf zur Auswahl. Alle wollten uns fahren.

Nio hatte sehr fleißig recherchiert und vielfach die Aufnahme des Liedes aus den Fieberträumen seiner Kindheit verschickt. In den Internetforen hatte er natürlich viel mehr Anknüpfpunkte als ich damals bei meiner Suche in dem Camp, teilweise wurde das Lied sogar an Dritte und Vierte weitergegeben, und so wurde sein virtuelles Suchgebiet immer größer. Und der Landstrich, aus dem er gekommen sein musste, wurde immer kleiner.

Das Lied war in Kinyarwanda gesungen, und das sprach dort jeder. Aber es gab Akzente, die sich von Region zu Region unterschieden. Und mit ein bisschen Mühe war dieser besondere Akzent auch noch aus dem weinerlichen Gemurmel des kleinen, sechsjährigen Nio herauszuhören, für denjenigen, der aus derselben Ecke kam. So fand Nio ungefähr heraus, wo er geboren war.

Der Fahrer wunderte sich, dass wir nicht nach Kigali wollten. Er war genauso ein Taxifahrer, wie sie mir früher in Berlin und später dann in Palma oft begegnet waren. Er redete ununterbrochen, ohne Luft zu holen. Ein Wunder eigentlich, dass er nicht blau anlief. Und die meiste Zeit während unserer langen Fahrt in genau die entgegengesetzte Richtung erzählte er uns von Kigali. Dieser prächtigen Stadt. Einem Vorbild für die Welt.

Während er noch prahlte, wie aus dem Buschland eine glänzende Kulturhauptstadt entstanden sei, ein sicherer Ort von höchster Lebensqualität, ging die asphaltierte Straße zu Ende und wir befanden uns plötzlich auf einem Schotterweg mitten im Dschungel.

Hier war nicht mehr Kigali. Hier war immer wieder der Grund weggebrochen oder weggeschwemmt, es gab kaum ein Fortkommen. Andauernd kamen uns Laster und Busse entgegen, in und auf denen jeder Zentimeter besetzt war von Menschen auf der Flucht, mit nur dem Nötigsten bei sich. Am Wegesrand lagen überall Leichen herum, und der Gestank, der in der schwülen Luft lag, verriet, dass die dort schon länger keiner weggeräumt hatte. Ich wollte Nio am liebsten die Hand vor die Augen halten, doch er schien erstaunlich gefasst.

Im Gegenteil, er wurde geradezu angriffslustig dem Fahrer gegenüber. Begann, ihm Fragen zu stellen. Wann denn die anderen Projekte kämen, die die ausländischen Investoren in Aussicht gestellt hatten. So wie Wohnungen, nun endlich doch für die Einheimischen, nachdem das Zentrum der Stadt, das ihnen versprochen worden war, doch erstmal nur Raum für die Investoren selbst geboten hatte. Er fragte ihn, ob er und seine Familie bei sich zuhause sauberes Wasser hätten. Was er verdiente, brauchte Nio ihn nicht zu fragen, wir sahen es beide auf dem Taxameter. Wir haben jedenfalls keine Spendengelder verprasst.

Endlich in dem ersten Dorf angekommen, das Nio auf seiner Liste hatte, schien die Welt beinahe in Ordnung zu sein. Unser Besuch war, über Nios Kontakte, von Verwandten der Dorfbewohner in Europa angekündigt worden, und sie haben uns unglaublich warmherzig empfangen. Ich muss sagen, ich habe selten so gut gegessen, und ja auch einige der Rezepte, die ich ebenso genial wie einfach finde, von unserer Reise mitgebracht und in unserer Speisekarte eingebaut. Aber wir sollten bald die Erklärung für den Flüchtlingsstrom, der uns begegnet war, bekommen.

Das ganze Land war gebeutelt von heftigen Klimaereignissen. Entweder regnete es so stark, dass ganze Landstriche weggespült wurden, oder der Regen blieb gänzlich aus, und mit ihm die Ernte. So oder so, es gab kaum Nahrung, kein sauberes Wasser, und noch dazu wurden die Menschen von ihrem Land und Grund vertrieben, damit Kigali wachsen konnte. Und weder die Regierung noch die Konzerne haben auch nur eines ihrer Versprechen gehalten, für die Bevölkerung Ersatz zu besorgen. Sie haben die Leute nicht nur umgesiedelt. Sie haben sie einfach vertrieben.

Nio und ich sind gemeinsam zwei Wochen durch Ruanda gereist, mal mit dem Taxi, manchmal zu Fuß, mal mit dem Bus. Wir sind vielen Menschen begegnet, haben uns ihre Geschichten angehört. Haben mit ihnen gegessen, getanzt, gelacht und geweint. Ich war zu der Zeit in meinen Mittsechzigern, mir machte jeder Meter zu schaffen, selbst auf dem Rücksitz eines klimatisierten Taxis auf diesen fürchterlichen Schotterpisten, die sie dort hatten. Aber ich habe versucht, mir nichts anmerken zu lassen, denn für Nio war diese Reise wichtig. Im Nachhinein denke ich, sie hat sein Leben entscheidend beeinflusst. Vielleicht sogar wesentlich dazu beigetragen, wie er sich später entwickelt hat.

Es war klar gewesen, dass Nio dort keine Verwandten, nicht seine Wurzeln oder gar seine Familie finden würde. Danach hatte er auch gar nicht gesucht. Ich glaube, wir waren längst seine

Familie. Ich vermute auch, dass er die Antworten auf die Fragen
in seinem Gepäck schon lange vorher ganz von allein gefunden
hatte. Doch manchmal habe ich ihn nachts lange draußen sitzen
sehen, allein, in den Himmel blickend. Als wollte er sich jeden
Stern einprägen. Seine Sterne.

JÄGER UND SAMMLER

Nach dieser Reise mit Nio habe ich Afrika nie wieder gesehen. So gerne ich das mit jedem Einzelnen von euch noch einmal gemacht hätte, ich war zu alt für solche Späße. Doch ich sehe seitdem vieles von dem, was ich dort erlebt und gesehen habe, in euch wieder. Zwei Wochen mit dem Rucksack durch Ruanda zu tingeln, macht niemandem zum Afrika-Versteher. Aber ich glaube, seit dieser Erfahrung verstehe ich euch ein bisschen besser.

Während unseres Ausflugs in seine alte Heimat habe ich Nio immer wieder mal gefragt, wie es ihm mit all den Eindrücken erginge; was er empfand. Er gab dann nur an, dass alles in Ordnung sei. Vielleicht war es auch noch viel zu früh für diese Frage. Als wir jedoch wieder zu Hause waren und er wieder mit seinen Freunden vereint, hat er mir einen spannenden Einblick in seine Gedankenwelt gewährt.

Meine Anwesenheit hatte ja schon lange kein betretenes Schweigen mehr unter den Jugendlichen ausgelöst. Nun aber lud Nio mich sogar ein, dabei zu bleiben, als er ihnen von unserem gemeinsamen Abenteuer erzählte. Obwohl es aus seinem Mund nicht wie ein Abenteuer klang, sondern eher wie eine Mission. Und er berichtete nicht von den Leichen am Wegesrand, sondern von der unendlichen Schönheit seines Landes. Den Blumen, die er entdeckt hatte, und ihrem betörenden Duft. Ich wusste gar nichts von diesen Blumen, hatte sie nicht bemerkt, aber wenn man Nio so zuhörte, musste man sie auch gar nicht selbst gesehen haben. Man sah sie durch Nios Augen. Und wenn man ganz genau hinhörte, dann konnte man auch sehen, was Nio gesehen hatte. Und wie er es sah.

Mit glänzenden, leuchtenden Augen erzählte er von einem Ehepaar, das wir kennengelernt hatten. Sie war ihrem Pass nach eine Tutsi und er war offiziell ein Hutu. Sein Vater hatte im Bürgerkrieg ihre Eltern, zwei Tanten und ihre Geschwister erschlagen, und dennoch waren die beiden glücklich verheiratet. Sie hatten zwei Kinder, die weder Tutsi noch Hutu waren, sondern Ruander.

Wir hatten auch eines der Versöhnungsdörfer besucht, die nach dem Bürgerkrieg, der eigentlich vielmehr ein Genozid an den Tutsi war, gegründet worden waren. Während Nio darüber sprach, bebte seine Stimme und er klang, was für mich ganz neu war, auf eine Weise patriotisch. Er malte mit ganzer Leidenschaft das Bild von diesen wunderbaren Menschen vor unsere Augen, die allesamt Schreckliches durchgemacht hatten, ob nun Täter oder Opfer, sie alle haben gelitten. Und sie haben sich versöhnt, und den Hass, der in sie gesäht worden war, aus ihrer Mitte verstoßen.

Dann sah er zu mir rüber und merkte an, beinahe als wollte er mich in Schutz nehmen, dass es nicht nur die Deutschen waren, sondern ebenso die Belgier. Deutsche Kolonialherren, so erinnerte er uns, hatten zwar die Mär von Hutu, Tutsi und Twa erfunden und die ruandische Bevölkerung willkürlich in diese herbeifantasierten Ethnien unterteilt, aber die Belgier haben danach ihren Teil dazu beigetragen und die Lüge perfektioniert. Beide mit dem Ziel, das Volk zu spalten und somit das Land zu schwächen. Doch zu diesem Hass, diesem Töten, waren letztlich die Ruander selbst bereit gewesen. Die vielen Kindersoldaten wurden nicht von Deutschen oder Belgiern rekrutiert, niemand von außen hatte das Land mit Macheten beliefert.

Nio schilderte das alles in einer Klarheit, die mir Respekt einflößte. Wir alle saßen nur still da und hörten ihm zu. Juliana wischte sich zwischendurch die Tränen weg. Dann kam er auf Kigali zu sprechen, die "Green City", die glänzende Seite der sozialen Schere, die weiter geöffnet kaum sein konnte. Wir haben die Stadt nicht besucht, die Zeit war zu kurz, um alles zu sehen, aber so wie er über sie wetterte, wusste ich, freiwillig hätte er sowieso nie einen Fuß in diese Räuberhöhle gesetzt.

"Sie tun es wieder!" Der Satz ist noch lange bei mir hängen geblieben. Er hatte ihn ausgerufen, und dann hat er sich erschrocken nach den Drohnen umgesehen, als ihm auffiel, dass er laut geworden war. In diesem Moment der Stille fiel mir ein, dass früher einmal für viele der Satz "Nie wieder" eine Bedeutung gehabt hatte. Und Nio hatte Recht. Sie taten es wieder, und sie würden es immer wieder, immer weiter tun.

In dieser Nacht hat keiner von uns geschlafen. Juliana, Ivan und die anderen blieben noch bis zum Morgengrauen mit uns auf der Terrasse sitzen. Irgendwann haben Xisco und Carmen, die eigentlich nur Wolldecken bringen und gute Nacht sagen wollten, so der Vorwand, sich zu uns gesellt, und wir haben lange, flüsternd, aber intensiv diskutiert. Über Kolonialismus, Wirtschaftsdarwinismus und die Rolle der Europäischen Union. Denn Nio schien felsenfest überzeugt, dass die Wurzel dieses Übels unter Anderem in der EU lag. Und dass man vor Ort, in Afrika, nicht das Geringste würde ausrichten können.

Ich glaubte zu jener Zeit nicht, dass die EU noch sehr lange überhaupt irgendeine Rolle spielen würde, denn alle wollten sie nur noch raus. Ungarn war bereits raus, Polen, Frankreich und Deutschland schwärmten von nichts anderem mehr als dem Austritt. Die Schlagbäume an den innereuropäischen Grenzen hatten sie längst wieder heruntergelassen, Handel innerhalb der sogenannten Freihandelszone war so kompliziert geworden, wie einen Pullover zu stricken. Für mich hatte sich das mit der Union erledigt.

Doch diese bemerkenswerten Heranwachsenden, allen voran Nio, schienen angesichts dessen eine Art von Jetzt-erst-recht-Haltung entwickelt zu haben. Das mag bei Nio eine angeborene Eigenschaft sein. Ich habe das in Ruanda öfters gesehen. Wenn es nicht mehr weiter geht, dann erst recht weitermachen. Nach dieser Auffassung meisterten dort viele, die ich kennenlernen durfte, das Unmögliche.

In die Runde gefragt, was sie dachten, wie mehr Gerechtigkeit zu schaffen wäre, war die Antwort das Verrückteste, das ich je gehört hatte. Sie kam aber von allen gleichzeitig, und nicht einer von ihnen machte ein Gesicht, als würde er scherzen. Ganz im Gegenteil, es war ihnen sehr ernst damit. Und das war auch keine Idee, wie man so ganz allgemein irgendwas besser machen könnte in dieser Welt. Nein, es war ein sehr konkreter Plan, den sie offensichtlich schon lange vorher gefasst und fest beschlossen hatten. Tatsächlich war es eine Ankündigung. Denn sie sagten nur: "Das ist doch klar. Wir gehen nach Brüssel."

Schon einige der Kinder, die wir aufnehmen konnten, haben uns wieder verlassen. Manche auf sehr tragische Weise, wie Samira und Ismael, andere, weil wir Angehörige von ihnen gefunden haben, oder diese uns. Doch Nio war der Erste in unserer Familie, der ging, weil er erwachsen wurde. Und mit ihm seine fünf Freunde. Zunächst wollten sie nach Madrid gehen und da studieren. Ich fragte ihn, ob er mit Juliana zusammen dort leben wollte, denn es war kein Geheimnis mehr, dass die beiden ein Paar waren. Doch sie hatten eine Wohnung für alle Fünf zusammen gefunden und wollten sich die Miete teilen.

Bis auf Nio hatten sie alle ganz normale Schulabschlüsse, er dagegen musste etliche Sonderprüfungen bestehen, um an der Uni angenommen zu werden. Er hat dafür gekämpft wie ein Löwe, und auch Ivan und Juliana haben mit ihm bis zum Umfallen gelernt. Und dann war es schließlich so weit, er wurde Jurastudent in Madrid. Ich war mir mittlerweile sicher, dass er bis zum Hals in die Pläne von Return verstrickt war. Und dass, was immer er vorhatte, er bestimmt kein Richter oder sowas werden wollte. Das wäre völlig zwecklos gewesen.

Genauso zwecklos war es allerdings, zu versuchen, mehr über diese Pläne zu erfahren. Ebenso gut hätte ich versuchen können, die spanische Notenbank zu knacken. Ich musste, so gut ich konnte, damit leben, dass die Anschuldigungen gegen Return nicht der Wahrheit entsprachen. So, wie es mir Wakili nur allzu eindringlich versichert hatte.

Doch meine größte Sorge galt nicht Nio und seinen Freunden selbst. Ich wusste, dass keiner von ihnen Böses im Schilde führte. Aber was war, wenn jemand anderes auf denselben Verdacht kam, wie ich? Nio war groß und kräftig, man sah ihm nicht an, dass er noch ein halbes Kind, gerade einmal volljährig war. Sie würden keine Rücksicht nehmen. Und glauben würden sie ihm auch nicht. Falls er überhaupt etwas sagen würde. Denn auch bis zu diesem Tag hatte nicht einer von den Return-Leuten geredet. Obwohl man sie immer noch und mit nicht nachlassendem Eifer jagte, einfing und folterte. Mitglied oder nicht.

Zur selben Zeit, als Nio und seine Freunde nach Madrid gingen, wurde auf noch eine weitere Gruppe die Jagd eröffnet, nämlich die auf die "Illegalen". Zu dieser Gruppe gehörte jeder Mensch, der ohne ein abgeschlossenes Asylverfahren über das

Mittelmeer kam. Also ihr alle wart einmal illegal. Und jeder, der auf diesen Booten ankam.

Das heißt nicht, dass eure Eltern etwas falsch gemacht hätten, als sie sich mit euch auf den Weg machten. Es war nur nicht erlaubt. Und dennoch die einzige Option. Denn das, was die Faschisten mit ihrer harten Einreisepolitik erreichen wollten, nämlich dass die Menschen in ihren Ländern blieben, war unmöglich. Nio und ich haben gesehen, was das für ein Leben war. Jedoch, den gesetzlich vorgeschriebenen Weg zu gehen, bedeutete Haft in einem Lager in der Wüste oder auf einem Schiff. Allerding, im Unterschied zu den Kreuzfahrerzeiten, ohne Klimaanlage und Frischwasser. In beiden Fällen drohten also Hitzetod, alle möglichen Seuchen und irgendwann schließlich die beinahe sichere Abschiebung. Wer überleben wollte, schlug sich zum Meer durch. Auch hier standen die Chancen mehr als schlecht. Doch so starb man wenigstens nicht in Haft.

Und wenn die "Illegalen" dann die Fahrt über das Meer überstanden hatten, wurden sie sogleich in Empfang genommen von den "Sammlern". Das war eine rasant anwachsende Meute vorwiegend junger Männer. Die meisten von ihnen, zumindest hierzulande, waren Spanier, teilweise kamen sie aber auch aus Deutschland, Österreich und den Niederlanden, um sich dieser militanten, privaten Grenzpatrouille, wie sie es nannten, anzuschließen.

Die hatten anscheinend nichts Besseres zu tun, als durch die südlichen Küstenregionen Europas zu streifen und jeden zu ergreifen, der eine dunkle Hautfarbe hatte. Tag und Nacht fuhren sie mit ihren Kleinlastern durch die Gegend, durchkämmten Feldwege und Waldgebiete, manchmal sogar Scheunen auf privaten Grundstücken. Dazu hatten sie kein Recht, aber sie sahen sich selbst als verlängerten Arm des Gesetzes und haben nicht um Erlaubnis gefragt. Es hat auch niemand etwas gegen sie unternommen, die Polizei nahm das schweigend hin.

Wir hatten in der Stiftung schon von den Sammlern gehört und fanden das schrecklich, was sie taten, doch richtig bewusst wurde uns das Ausmaß dieses Wahnsinns erst, als Samu, der damals dreizehn oder vierzehn Jahre alt war, verschwand. Nachdem er eines Abends von einer Verabredung mit Freunden im Nachbarort nicht zurückgekommen und, wie wir erfahren mussten, bei keinem von ihnen je angekommen war, haben Xisco und ich uns auf die Suche nach ihm gemacht. Wir sind die Wege zu den Häusern all seiner Freunde auf und ab gelaufen, haben unter jeden Busch mit unseren Taschenlampen geleuchtet. Ständig musste ich an Ismael denken und habe schon befürchtet, dass Samu wie er dort allein, verletzt oder schlimmer, gar tot am Straßenrand liegen könnte.

Irgendwann kam Xisco auf die Idee, ihn auf seinem Armband anzurufen. Vielleicht würden wir das Klingeln hören. Samu hatte sein Armband nie stumm geschaltet, er war viel zu stolz auf seinen Klingelton und konnte ihn gar nicht oft genug hören. Wir riefen ihn also an, immer wieder, während wir die Wege verfolgten, die er genommen haben konnte. Bis wir tatsächlich sein Armband fanden. Nur von Samu gab es weit und breit keine Spur.

Gleich am nächsten Tag rief ich bei der Polizei an und fragte, ob sie ihn vielleicht verhaftet hätten. Doch niemand, auf den Samus Beschreibung passte, befand sich in ihrem Gewahrsam. Jedenfalls behauptete das der Beamte am Telefon. Daraufhin fuhr ich zum Flüchtlingscamp. Hier waren die Auflagen mittlerweile so streng, dass sie mich nicht hereinließen, obwohl sie mich gut kannten.

Sie ließen mich mehrere Stunden lang am Tor stehen. Ab und

zu kam einer von der Garde vorbei, fragte nach meinem Begehren, winkte ab und zog von dannen. Niemand hat mir gesagt, dass ich warten sollte. Aber es hat mich auch niemand aufgefordert, zu gehen, also blieb ich und wartete. Dort lag ein Felsblock im Schatten des Wachtturms neben dem Tor, da habe ich mich hingehockt und zugesehen, wie ein Menschentransport nach dem anderen hinein und hinaus ging. Die selbsternannten Grenzschützer brachten Flüchtlinge rein, die von der Regierung brachten sie wieder raus. So ging das den ganzen Tag.

Bis am frühen Abend zwei Grenzbeamte in Begleitung eines bewaffneten Polizisten ans Tor kamen. Sie waren freundlich und entschuldigten sich sogar für meine lange Wartezeit. Ich übergab ihnen, wenn auch zögerlich, Samus Armband und bat sie, nachzuschauen, ob jemand ihn dort abgeliefert hätte. Nichts deutete darauf hin, dass sie sich wirklich die Mühe machen würden, für mich nach ihm zu suchen.

Als ich ihnen erklärte, dass Samu, falls sie ihn denn bei sich hätten, dort gar nicht hingehöre, muss ich wohl einen großen Fehler gemacht haben. Ich versicherte ihnen, dass Samu seinen festen Wohnsitz bereits seit fünf Jahren bei mir, bei uns in der Stiftung hatte, dass sein Antrag auf Asyl bewilligt war und dass bei Gericht gerade in diesem Moment über seine Adoption entschieden werden sollte.

Kaum, dass ich ausgeredet hatte, ließen mich die beiden Beamten mit dem Polizisten am Tor stehen und aufs Neue warten. Nach einer Weile kehrten sie zurück, diesmal mit vier weiteren Uniformierten, ließen mich herein und verhafteten mich. War das denn zu fassen? Dass sie mich alte Frau mit meinen damals fast siebzig Jahren zu fünft, bis an die Zähne bewaffnet, abführten und in eine Zelle sperrten? Ich konnte nicht glauben, zu was diese Pappfiguren in der Lage waren.

Wie eine Kriminelle haben sie durchsucht, meine Fingerabdrücke genommen und mich dann erstmal stundenlang in einer stinkenden, beengten Betonkiste schmoren lassen. Später dann, da war es schon Nacht, holten sie mich da wieder raus und brachten mich in sowas wie einen Verhörraum. Der war so wie alle Container im Lager, nur im Gegensatz zu den anderen nicht vollgestopft mit Menschen. Ein Tisch, zwei Stühle, Kellerbeleuchtung, genauso wie in Filmen. Ihr könnt mir glauben; ich habe mir fast in die Hosen gemacht vor Angst.

Die zwei Wichtigtuer, die dann hereinkamen, hatte ich vorher noch nie gesehen. Immerhin haben sie mir Wasser gegeben, ich war halb am Verdursten. Aber dann haben sie mir lauter Fragen gestellt, von denen ich mir sicher war, dass sie die Antworten darauf selbst längst kannten. Natürlich hatten sie im System nachgeschaut und wussten, dass die Samira-Stiftung ein legaler, eingetragener Verein war. Das alles war reine Schikane. Als sie mir schließlich vortrugen, dass ich wegen des Verdachts auf Menschenhandel vorläufig verhaftet war, hatte ich beinahe den Eindruck, dass die sich selber das Lachen verkneifen mussten.

Die ganze Nacht haben sie mich verhört, und jedes Mal, wenn ich nach Samus Verbleib gefragt habe, gaben sie mir nur weitere, dumme Fragen zur Antwort. Am Morgen durfte ich dann endlich gehen. Zu meiner allergrößten Überraschung wurden mir sogar beide Armbänder ausgehändigt, meines und das von Samu. Und als sie mich zum Tor geleiteten, stand dort bereits Samu, blass, mit einem zugeschwollenen, blauen Auge, sie mussten ihm übel mitgespielt haben. Aber trotz des Albtraums der vergangenen Nacht schien er vor allen Dingen erleichtert, und das waren wir beide. Wir waren wieder frei. Ich habe bis heute keine Vorstellung, welchem Umstand wir dieses Glück zu verdanken hatten.

Den Anwalt, mit dem wir in dieser Zeit ab und zu im Kontakt standen, ließen sie mich nicht anrufen. Vielleicht war es Tio Tonis Unterschrift, die sich in dem, was sie an Unterlagen über uns finden konnten, immer wieder fand. Denn Toni war trotz seiner sozialistischen Einstellung bis zuletzt ein angesehener Richter geblieben. Ganz ehrlich, bis zu dem Moment, als für Samu und mich das Lager außer Sichtweite war, hatte ich jede Minute befürchtet, sie würden uns beide für immer in irgendeinem Loch verschwinden lassen, und ich würde keinen von euch je wieder sehen.

Von da an galt für uns alle die Devise, den Sammlern aus dem Weg zu gehen. So etwas durfte nie wieder geschehen. Und auch ich hatte keine Lust, je wieder in so einer muffigen Zelle zu landen. Geschweige denn, das Glück noch einmal derart herauszufordern. Wir begaben uns in so etwas wie eine Quarantäne. Der Austausch mit den Nachbarn lief fantastisch, und für das Wenige, das wir außerdem brauchten oder erledigen mussten, verließen nur Carmen, Xisco oder ich die Finca.

Ich weiß, für euch Kinder war das zu Beginn nicht einfach zu verstehen, und auch mir fiel die Entscheidung nicht leicht. Die Bilder von den ersten Kindern, die so zaghaft ihre Häuser nach den Lockdowns in der Corona-Pandemie verlassen haben, hatte ich nicht vergessen. Niemand sollte je eingesperrt sein. Und unser Wunsch war es, dass ihr euch in Schulen und Berufsausbildungen integrieren, nicht isolieren solltet. Leider war dieses Ziel erstmal in weite Ferne gerückt.

Glücklicherweise, oder vielmehr dank Maria, verfügten wir über dieses große Gelände hier. So war das etwas ganz anderes als die winzigen Kinderzimmer, in denen die meisten Kinder Spaniens die Monate im Lockdown verbringen mussten. Und über Einsamkeit konnte sich auch wirklich niemand beklagen; als wir den Entschluss fassten, waren wir gerade um die dreißig Fincabewohner, Carmen, Xisco und mich inbegriffen. Wir waren nicht eingesperrt oder isoliert, nein. Wir waren geschützt. Haben euch beschützt.

Jedoch sollten es für uns nicht Monate werden, sondern Jahre. Sehr schöne Jahre, wie ich finde. Für mich war es, als wäre ich angekommen. Endlich konnte ich in Ruhe euch Kinder aufwachsen sehen. Euch richtig kennenlernen. Jonathan, wie lustig du uns immer genervt hast mit deinen Rechenfragen. Du konntest so schnell Kopfrechnen, da kam niemand sonst mit, und dir fielen ständig neue Quadratwurzeln und Bruchrechnungen ein, mit denen du uns alle auf Trab gehalten hast.

Safiya und Tayeb, wie schön war es, euch so aufgeregt zu sehen, immer wenn ihr die Sonne untergehen saht. Denn euer Vater hatte euch versprochen, euch jeden Tag bei Sonnenuntergang anzurufen. Damit ihr wisst, dass er bei euch ist. Denn bei Wakili ging die Sonne schon früher unter, er lebte ja in Deutschland. Aber er wollte zeigen, es beweisen: Sein Herz war hier bei euch. Und er rief an, jeden Tag, und danach habt ihr mir von ihm erzählt, was es bei ihm Neues gab und was er zu euch gesagt hatte, und ihr habt immer so gestrahlt dabei.

Yael, ich trage heute noch eins von den wunderschönen Armbändern, die du zu der Zeit immer gebastelt hast. Und nicht nur du allein, sondern du hast auch deinen Geschwistern gezeigt, wie man sie macht. Und immer mehr von euch anderen damit angesteckt, bis ihr irgendwann in einer großen Gruppe am Tisch auf der Terrasse einfach in aller Seelenruhe und mit viel Geduld diese Bänder gebastelt habt. Tag ein, Tag aus. Ach, und Ibrahim, unser Musiker, habt ihr auch immer noch die Lieder im Ohr, die er uns bei solchen Bastelrunden beigebracht hat? Es muss auch irgendwo noch eine Tonaufnahme davon geben. Wir haben uns doch immer vorgestellt, du wirst eines Tages berühmt mit deiner schönen Stimme.

Mir ist warm ums Herz, wenn ich an diese Zeit zurückdenke. Das war vielleicht nicht das Leben, das ich mir vorgestellt hatte, als ich damals nach Mallorca gekommen bin. Aber eigentlich war es viel besser als mein ursprünglicher Traum. Denn der war schließlich nichts anderes als genau das gewesen, ein Traum. Die Realität waren Massentourismus und grölende Besoffene, so weit das Auge blicken konnte. Und auch als sie den Alkoholfluss abgestellt hatten und der Tourismus allmählich den Bach runter ging, wurde die Insel nicht schöner. Mit den immer wieder-kehrenden Hitzewellen, natürlich auch im Meer, und den vielen Quallenschwärmen. Dazu die Algen, und dass das Wasser dauernd grün war und so unangenehm roch.

Außerdem wurden die Strände immer weniger. Als ich hier ankam, fehlte jedes Jahr nur ein halber Meter Strand. Aber dann begann das Meer langsam, immer schneller zu steigen, und man konnte so viel Sand auf die Strände kippen, wie man wollte, das war schließlich nur Sand, und irgendwann standen da nun einmal die Hotels, und das Meer an ihren Terrassen. Und an den wenigen natürlichen Stränden, die es noch gab, tummelten sich immer noch die verbliebenen, durch nichts abzuschreckenden Touristen, dicht aneinandergedrängt wie Sardinen in der Dose. Ein paar Mal bin ich noch hingefahren, um meine große Liebe, das Meer, zu sehen. Aber dann habe ich beschlossen, dass es zu Hause doch am schönsten ist.

Das hier, das war mein Leben. Mit euch zu sein. Und was hatten wir für einen Spaß! Wir haben uns immer neue Spiele ausgedacht, neue Tänze und Geschichten, die wir uns gegenseitig abends erzählt haben. Und es schien niemals darum zu gehen, wer die besten Ideen hatte oder die meisten. Ich weiß nicht, woher ihr das habt. Ich meine, ihr kamt alle aus den unterschiedlichsten Teilen und Kulturen Afrikas, und selbst wenn ihr als Kleinkinder angekommen seid, musstet ihr ja schon etwas von eurer Kultur mit der Muttermilch aufgenommen haben.

Darüber habe ich manchmal nachgedacht, wenn ich euch zum Beispiel beim Essen zusah. Natürlich gab es da Unterschiede, zwischen dem Gebrauch von Messer und Gabel oder eben beiden Händen. Aber dann musste ich an die Einteilung der Ruander in Hutu, Tutsi und Twa denken, die ja eine reine Erfindung der Deutschen gewesen war, um ihre Kolonial-herrschaft zu zementieren.

Letztlich wart ihr alle mit nichts weiter als eurem Namen hergekommen, manche mit noch weniger. Und da schien es überhaupt keine Rolle zu spielen, wer wo herkam, welcher Religion angehörte, welchem Stamm, welcher Klasse. Ihr habt euch auch mal gestritten, manchmal sogar geprügelt, aber ich glaube, das ist normal unter Kindern. Ich selbst habe einem meiner Brüder als Kind tatsächlich mal den Daumen gebrochen. Ohne Absicht, versteht sich. Und das tat mir auch furchtbar leid. Aber Raufen gehört dazu. Abgesehen jedoch von solchen kleinen Rangeleien – zum Glück immer ganz und gar ohne Knochenbrüche, war unser Leben einfach wunderbar friedlich. Carmen, Xisco und waren in dieser kleinen Oase genauso gestrandet wie ihr, und genauso glücklich. Wir hatten uns aufeinander eingespielt, eine Routine entwickelt, waren das perfekte Team.

Auch kamen, von überall her, immer wieder mal junge Leute, die uns unterstützen wollten. Manche blieben für ein paar Tage oder Wochen, bis entweder wir oder sie selbst feststellten, dass das Leben in der Stiftung nicht das Richtige für sie war. Andere, wie Masha, Tomeu und Sarah sind bis heute bei uns; bestimmt lest ihr gerade mit, und ich danke euch dreien von Herzen. Es ist schön, dass ihr zu uns gefunden habt.

Weitaus weniger friedlich waren die Zeiten für Mateo. Nicht nur, dass das Rettungsschiff, auf dem er Kapitän war, immer wieder im Hafen festgesetzt wurde, um dort vor sich hinzugammeln. Auch er selbst verbrachte mittlerweile mehr Zeit in Gefängnissen als in Freiheit. Einmal kam er nach Hause, und er war auffallend dünn und blass geworden. Ich fragte ihn, was geschehen war, da berichtete er mir, wie der Grenzschutz sein Schiff nach der letzten Rettungsaktion gekapert hatte. Nach internationalem Seerecht ein Ding der Unmöglichkeit, aber sie hatten sich außerhalb der spanischen Hoheitsgewässer mit Waffengewalt Zutritt an Bord verschafft, die Maschinen und den Funk zerstört und das Schiff einfach abgeschleppt.

Dann haben sie die Besatzung gezwungen, weit draußen vor dem Hafen von Palma zu ankern. Die riesige Bucht ist flach, so flach, dass sie sie weit vom Land entfernt ankern lassen konnten. Weit genug, dass niemand sich schwimmend aus dieser Falle würde retten können. Und selbst wenn es einer versuchen würde, es war Winter, und noch dazu gab es an der Stelle tückische Strömungen. Für den Grenzschutz schien die Situation erst einmal unter Kontrolle, und darum ließ man sich Zeit mit weiteren Schritten. Wie auch der Versorgung mit Nahrung und Trinkwasser für die knapp vierhundert aus Seenot Geretteten und dreißig Besatzungsmitglieder auf dem gekaperten Schiff. Nichts geschah, ehe nicht ein geeigneter Termin für eine etwaige Pressemitteilung gefunden war. Und solche Dinge brauchten Zeit.

Irgendwann waren dann Leute mit Masken gekommen, die

brachten Wasser und nahmen ein paar Speichelproben. Ab da war das Vehikel nicht mehr gekapert, sondern offiziell unter Quarantäne gestellt wegen der Gefahr eines möglichen Ebola-Ausbruchs. So die Verlautbarung.

Solche Einsätze des Grenzschutzes gingen fast immer mit Verhaftungen einher, und es war davon auszugehen, dass sie auch dieses Mal wieder Mateo einsperren würden, denn er war der Kapitän. Ohne ihn würde die Crew selbst dann nicht in See stechen können, wenn das Embargo aufgehoben war. Aber Mateo hatte kein Interesse daran, schon wieder ins Gefängnis zu gehen.

Das Rettungsschiff wurde nicht bewacht, denn jeder Versuch, es schwimmend zu verlassen, hätte an Selbstmord gegrenzt. Für alle, außer Mateo. Für ihn hätte es keinen besseren Zeitpunkt für die Flucht von dem Kutter gegeben, denn im Winter gab es so gut wie keine Quallen. Und er war nicht nur ein geübter Schwimmer, sondern er kannte auch die Strömung in der Bucht. Er wusste, bis zu welchen Punkt er gegen sie ankämpfen musste, und dass sie ihn ab da ganz entspannt in die Richtung der Stadt tragen würde. Mitten in der Nacht ist er von Bord gesprungen, und am frühen Morgen hat er das rettende Land erreicht.

Noch während mir Mateo von seiner Odyssee berichtete, kramte er in seinen Sachen herum, packte einiges davon in einen Rucksack, zog sich die immer noch nassen Klamotten aus und etwas Trockenes an, lief im Raum auf und ab. Ich bat ihn, sich doch erstmal hinzusetzen und zu beruhigen, doch er schien es eilig zu haben. Schließlich rannte er in die Küche und ich ihm hinterher, er hielt stumm einen Laib Brot hoch und sah mich an, als wollte er fragen, ob er den haben dürfte, aber da landete er auch schon, unverpackt wie er war, in seinem Rucksack.

Als ich ihm gerade vorgeschlagen hatte, doch erst einmal in aller Ruhe einen heißen Tee mit mir zu trinken, kamen auch schon zwei Streifenwagen von der Nationalgarde die Hofeinfahrt herauf. Mateo umarmte mich, ebenso hastig wie innig, dann verschwand er durch den Windgarten. Ich habe ihn nie wieder gesehen. Einen offiziellen Haftbefehl gegen ihn gab es nicht; die Männer, die an diesem Morgen zu uns kamen, hatten ihn angeblich nur befragen wollen.

Doch ein paar Wochen danach kamen Josy und Alex, zwei Mitarbeiter auf seinem Schiff, um nach ihm zu fragen. Die beiden haben ja dann auch seine Arbeit weitergeführt und einige von euch, die ihr heute diesen Brief lest, zu uns gebracht. Auch sie hatten seit Wochen nichts mehr von ihm gehört. Spätestens da wusste ich, dass man ihn geschnappt hatte. Denn Mateo war nicht der Mann, der je seine Leute im Stich gelassen hätte.

In dieser Zeit habe ich gelernt, zu hassen. Ja wirklich, ich habe die Faschisten aus tiefster Seele gehasst. Siebzig, fünfundsiebzig Jahre meines Lebens war ich fest davon überzeugt gewesen, dass in jedem Menschen irgendetwas Gutes stecken musste. Nun musste ich lernen, dass in diesen Ungeheuern nicht einmal mehr Menschliches geblieben war. Und da kann auch keiner sagen, er hätte nur Befehle befolgt. Denn niemand befolgt Befehle mit einer solchen Leidenschaft und Gründlichkeit, gar Besessenheit, wie es selbst die unwichtigsten Lakaien in diesem verrohten, verkommenen System taten.

Natürlich wusste ich, dass all die Täter selbst auch irgendwie Opfer waren, denn sie waren beherrscht von Angst, und was sie verband, war allein der Hass. Und ich wollte nicht hassen wie sie. Doch das, was sie Ismael angetan hatten und Samu, die Nacht im Lager und all die Jahre, in denen ihr euch vor dem Rest der Welt verstecken musstet, das konnte ich nicht verzeihen.

Umso heftiger war der Schock, als Nio in die Nationale Partei eintrat. Und das konnte er mir nicht ins Gesicht sagen oder wenigstens am Telefon, sondern er schrieb mir einen Brief. Könnt ihr euch das vorstellen? Ein paar kurze, fröhliche Zeilen, in denen er mich über seinen Eintritt in die Partei informierte, so als hätte er sich gerade einen neuen Kühlschrank gekauft. Dass es Juliana und ihm sehr gut gehe und er hoffe, uns allen ginge es ebenfalls gut. Ich war so wütend, so enttäuscht, dass mir gar nicht einfiel, mich zu fragen, wie er überhaupt dort aufgenommen werden konnte, mit seiner Hautfarbe. In mir tobte nur die eine Frage: Wie um alles in der Welt kam Nio dazu, einer von denen werden zu wollen, die auf Menschen wie euch erbarmungslos Jagd machten...? Diesen Brief von ihm habe ich nicht beantwortet. Es gab nichts mehr zu sagen.

Aber so ist wohl das Leben. Man muss nicht Hundert werden, um zu erfahren, dass ein paar Enttäuschungen dazugehören. Alles in allem hatte ich aber ein sehr schönes Leben. Die Welt ist nicht besser geworden, und es gab Jahre, in denen rein gar nichts mehr sicher zu sein schien. In denen die Angst die alles beherrschende Kraft war. Angst vor den Faschisten, Angst vor der nächsten Pandemie, vor krankheitsübertragenden Mücken, der nächsten Blütezeit mit den heftigen Allergien, die sie wieder mit sich bringen würde. Schwangere Frauen und alte Menschen mussten sich vor den lebensbedrohlichen Hitzewellen fürchten, Bewohner versiegelter Landflächen und Städte vor dem nächsten Starkregen. Und irgendwie hatte so ziemlich jeder Angst davor, einfach alles zu verlieren. Ob wegen Enteignung durch den Staat, Arbeitslosigkeit und Armut oder durch irgendeine Umweltkatastrophe. Viele Menschen hatten sogar Angst vor den eigenen Nachbarn, von ihnen bestohlen, denunziert oder sonst irgendwie angegriffen zu werden. Doch es gab trotzdem nicht einen Tag, an dem ich die Hoffnung verloren hätte. Das Bisschen, was wir tun konnten, Maria, Mateo, all unsere Helfer und ich, war sicherlich nur ein Tropfen auf dem heißen Stein. Unsere Finca war immer nur eine kleine Oase in einer gefährlichen, moralisch ausgedörrten Landschaft. Aber manchmal, wenn ein Tropfen auf einen heißen Stein fällt, ist das nur der Beginn eines heftigen Regengusses. Und manchmal, wenn es regnet, kann aus einer Oase ein ganzer Wald werden.

Immer noch sind viele Millionen Menschen auf der Flucht vor der Klimakatastrophe und den vielfältigen durch sie entstehenden Krisen, immer kommen jedes Jahr tausende Menschen im Mittelmeer ums Leben. Haben wir angesichts dessen genug getan? Nein. Wenn ich jedoch in eure Gesichter sehe, wenn ich die Liebe sehe, die dieses Haus erfüllt, dann weiß ich auch, vergebens war es nicht.

Wenn ich heute auf mein Leben zurückschaue, dann bin ich in allererster Linie dankbar. Für die Freunde, die ich hatte, und für die Zeit, die ich mit jedem Einzelnen von euch Kindern verbringen durfte. Manchmal war sie nur kurz, zu kurz. Vierundfünfzig Kinder haben bis zum heutigen Tag die Finca erreicht, die meisten von euch sind schon erwachsen, manche haben selbst bereits Kinder. Ich staune, wie viele von euch trotz Abgeschiedenheit und Hausunterricht so gute Berufe gefunden haben. Für mich seid ihr wie Pflanzen, die im luftleeren, stockdüsteren Raum in einer Felsspalte gedeihen. Prächtig gedeihen. Die Welt hatte euch nichts zu bieten, doch ihr habt aus diesem Nichts eine ganz neue Welt erschaffen.

Und ich, was bin ich für euch? Manchmal, wenn einer von euch auf die Idee kam, mich Mama zu nennen, habe ich das vehement abgewehrt. Das hat sich für mich nicht richtig angefühlt. Den Platz eurer Mütter konnte und wollte ich nicht einnehmen. Aber da habe ich mich geirrt.

Wenn niemand zuständig und keiner verantwortlich ist, dann sind wir es alle. Und wenn niemand euer Vater, eure Mutter sein kann, dann sind wir es alle. Das ist keine Frage von Können oder Wollen. Darum seid ihr meine Kinder, und ich bin und bleibe eure, euch liebende

andere Mutter

Diese Seiten meines Briefes an euch füge ich gesondert bei, und ich muss euch auch bitten, sie immer gesondert aufzubewahren. Am besten legt ihr sie in das Versteck, in dem ich meine verbotenen Bücher aufbewahre und über das ihr eh längst alle Bescheid wisst - aber das entscheidet ihr. Die Überschrift, die ich gewählt habe, meint nicht nur Post Skriptum, sondern auch Plan Secreto. Weil ich euch verraten will, und das müsst ihr unbedingt für euch behalten, was ich über Nio und seine Verstrickung in Return herausgefunden habe. Ihr sollt nicht länger im Dunkeln tappen. Ich selbst wurde viel zu lange im Unwissen gelassen und habe mich dabei nicht selten einsam gefühlt. Außerdem halte ich überhaupt nichts von Lügen und Geheimnissen. Es ist an der Zeit, dass ihr die ganze Wahrheit erfahrt.

Ein paar Jahre, nachdem ich diesen letzten Brief von Nio erhalten hatte, bin ich nach Madrid gefahren, um Juliana und ihn zu besuchen. Ihr erinnert euch vielleicht noch daran; ihr habt Geschenke gebastelt und Bilder gemalt, die ich den beiden mitbringen sollte. Sie hatten mittlerweile eine gemütliche kleine Wohnung zu zweit und waren beide kurz davor, ihr Studium zu beenden. Nio war so groß geworden, so erwachsen, er hatte nichts Kindliches mehr an sich. Nur in kurzen Momenten, meistens dann, wenn er mit Juliana sprach oder scherzte, blitzte etwas von dem Jungen auf, den ich kannte. Er hatte sich verändert. Immerhin, er und Juliana schienen miteinander wirklich sehr glücklich zu sein.

Die Zwei müssen sich mühevoll auf meinen Besuch vorbereitet haben, und für einen Moment habe ich mich als Schwiegermonster gefühlt, denn die Wohnung war für Leute in ihrem Alter viel zu ordentlich und sauber. Sie hatten wahrscheinlich tagelang geputzt, und wohl auch tagelang gekocht, denn noch dazu gab es ein Festessen zur Begrüßung, von dem man nur träumen kann. Ich dachte nur, was kommt als nächstes? Waren sie etwa schwanger?

Doch es kam gar nichts. Natürlich ein "Schade, dass wir uns so lange nicht gesehen haben", aber kein Gespräch über das Warum. Kein Wort über Politik und ihre verfluchte Parteizugehörigkeit, kein Wort über das Schweigen der letzten Jahre. Den ganzen ersten, gemeinsamen Abend nach all der Zeit der Trennung haben wir mit oberflächlichem Geplänkel verbracht.

Am nächsten Morgen war ich heilfroh, als endlich etwas Bewegung in die Sache kam. Ich hatte nur zwei Tage in Madrid und konnte den aufkommenden Gedanken kaum ertragen, dass mein Besuch genauso belanglos enden würde, wie er begonnen hatte. Doch Juliana kam zu mir an das Sofa, auf dem ich bereits seit Stunden wachgelegen hatte, und meinte, wie es denn wäre, wenn wir zusammen raus aufs Land führen und ein Picknick machten.

Da waren wir wieder, weg von der flächendeckenden Drohnenüberwachung in der Stadt, die Armbänder in einer Blechdose. Standen wir etwa doch alle auf derselben Seite? Was hatten die beiden mir mitzuteilen, das ihre eigenen Parteikollegen nicht wissen durften? Nun, erstmal lange Zeit gar nichts. Sie schienen noch auf irgendwas zu warten.

Oder jemanden. Wir hatten schon gefrühstückt, dort an dieser hübschen Stelle unter einem Baum, in einem verwilderten Gebiet nicht allzu fern der Stadt, und lauter alltägliche, banale Dinge ausgetauscht, als plötzlich Wakili den Feldweg zu uns hinauf gelaufen kam. Mit dem hatte ich am allerwenigsten gerechnet! Wakili lief nicht, er rannte, und Juliana und Nio sprangen auf und rannten, in der Sekunde, in der sie ihn sahen, auf ihn zu. Ich saß nur da und hatte keine Ahnung, wie mir geschah.

Als ich Wakili erkannte, musste ich zuerst an Tayeb und Safiya denken. Wenn euer Vater nicht, wie ich noch bis dahin angenommen hatte, in Berlin gebraucht wurde, was machte er dann hier in Madrid, fragte ich mich, und warum war er nicht bei euch auf Mallorca. Ihr habt ihn sicher mehr vermisst als ich. Doch natürlich habe ich mich auch gefreut, ihn zu sehen. Und er sah gut aus. Alt, aber gesund und munter, sehr munter sogar. Wir umarmten uns, dann verstaute er sein Armband mit den anderen in der Dose und machte sich sogleich vergnügt über die Reste vom Frühstück her. Nio und Juliana schauten einander an, dann sah Nio zu Wakili rüber und schließlich mich an, mit vielbedeutender Miene. Auf das Gespräch, das nun folgen sollte, hatte ich viel zu lange gewartet. Ich war so gespannt wie noch nie.

Nio war so freundlich, gleich auf den Punkt zu kommen.
"Du weißt doch", hob er an, "wir sind in die Partei eingetreten…"
Doch da unterbrach ich ihn gleich, denn als er das Wort "Partei" ausgesprochen hatte, schossen mir die Tränen in die Augen. Ich weiß nicht einmal mehr, ob aus Wut oder Trauer. Wahrscheinlich war es beides.
"Die Partei. Warum musste es denn ausgerechnet diese Partei sein?", flehte ich ihn an.

Es schien Nio sichtlich schwer zu fallen, dieses Gespräch mit mir zu führen, und meine Tränen machten es ihm bestimmt nicht leichter. Juliana kam ihm zur Hilfe und erklärte in beschwichtigendem Ton: "Es musste *auch* diese Partei sein. Aber glaube mir, wir gehören nicht zu denen. Wir sind die, die sie abschaffen werden."

"Ja dann", entgegnete ich, mein Gesicht trocknend, "macht man sowas nicht an der Wahlurne, oder von mir aus in der Oppositionspartei?"

Da fing sich auch Nio wieder, lachte laut los und gab zu bedenken: "Die Zeiten sind vorbei, dass man auf diese Weise etwas erreichen konnte. Neunzig Prozent für die Faschisten sind kein Wahlergebnis, das muss dir doch klar sein. Und es gibt auch keine echte Opposition mehr, sondern nur noch mundtote Statisten, die im Parlament die Sitze warmhalten. Aber ich verrate dir jetzt was: Da sitzen auch ein paar von uns."

"Moment," nun war ich verwirrt, "ihr seid in der Nationalen und auch in der Opposition? Ich nehme mal an, Return? Du willst mir echt erzählen, Return hat sich in beide Parteien eingeschlichen, und du gehst, wenn du also die Wahl hast, lieber zu den Faschisten?"

Wieder lachte Nio: "Die brauchten einen Quotenneger!"

"Quotenneger...? Du findest das wohl alles ganz amüsant. Ich kenne da nur eine Quote, und zwar deren Tötungsquote. Und was, glaubst du, nützt du deinen Freunden hier noch als Toter? Hast du denn gar keine Angst?"

"Doch, die habe ich. Kennst du denn einen Menschen, der keine Angst hat? Eben darum machen wir das."

Nachdenkliches Schweigen trat ein.

Es vergingen ein paar Minuten, in denen niemand so richtig

zu wissen schien, was er sagen sollte, dann versuchte ich erneut, das Ganze zu verstehen. "Gut, ihr habt also die Partei infiltriert. Was macht euch so sicher, dass nicht am Ende die Partei euch infiltriert? Ich meine, die Faschisten haben den Menschen auf der gesamten Welt die Gehirne gewaschen, warum glaubt ihr, dass sie euch nicht einfach auch umdrehen werden?"

Wakili, der Lehrer, wusste das am besten zu erklären.

"Weißt du, das ist wie bei verdeckter Polizeiarbeit. Da brauchst du eine ständige psychologische Betreuung, damit du nicht selbst zum Verbrecher wirst. Selbstverständlich sind die schlimmsten Übeltäter auch nur Menschen, und wenn man sich mit ihnen einlässt, besteht immer die Gefahr, den nötigen Abstand zu verlieren. Oder das Ziel aus den Augen. Für uns würde das bedeuten, versehentlich zum Politiker zu werden, oder zum Verbrecher, was ja genau genommen beides das Gleiche ist. Darum haben wir nicht nur eine gut aufgestellte mentale Beratung, sondern schulen uns auch regelmäßig psychologisch. Du kannst dich an Nios Bücher über Psychoanalyse erinnern? Die Fähigkeit, Manipulation zu erkennen, zum Beispiel, gehört für uns zur Grundausrüstung."

Eine gut aufgestellte mentale Beratung? Solche Begriffe kannte man nicht aus der Politik, auch nicht von Aktivistengruppen, sondern eher aus der Privatwirtschaft. Als ich noch jung war, da glänzten mal einige, damals als besonders fortschrittlich geltende Unternehmen, mit Kinderbetreuung, Ruhe- oder Workout-Zonen, und manchmal auch psychologischer Versorgung ihrer Angestellten.

"Wie viele seid ihr denn, dass ihr Personal habt für eine mentale Beratung?", fragte ich in die Runde.

"Viele", gab mir Nio knapp zur Antwort.

"Und Wakili, du bist eigentlich in Berlin, und ihr seid hier... Da

sage mir doch einer, wie groß seid ihr?”
“Groß”, erwiderte Wakili grinsend.
“So groß wie Europa?”, wagte ich noch einmal nachzubohren,
aber da lächelte mich Juliana nur freundlich an, nahm meine
Hand und gab mir zu verstehen: “Nein, nicht Europa allein.”

Es war zum aus der Haut Fahren. Diese Verschwörer ließen
sich aber auch jedes Wort einzeln aus der Nase ziehen. Dann kam
noch hinzu, dass eine Drohne sich näherte und anhielt, um über
unseren Köpfen zu schweben. Das Gespräch war also been-det,
und dabei hatte ich noch so viele Fragen.

Wir taten so, als hätten wir die Drohne nicht bemerkt, blieben
noch ein bisschen dort sitzen und redeten über irgendwas, dann
packten wir unser Zeug zusammen und gingen. Nio schlug vor,
einen Spaziergang zu machen bei dem schönen Wetter, auch er
schien sich zu wünschen, möglichst bald wieder über etwas
anderes sprechen zu können als das Wetter. Doch wir mussten
noch ein weites Stück Weg gehen, ehe sich meine drei Begleiter
wieder sicher fühlten. Auch ich spürte die Luftüberwachung im
Nacken wie nie zuvor in meinem Leben.

Ein paar Kilometer und die eine oder andere, heitere
Geschichte aus dem Universitätsalltag später unternahm ich
einen ersten Versuch, das Thema nochmal aufzurollen.
“Dann seid ihr jetzt also Politiker, oder was?”, fragte ich.
Doch anstelle einer Antwort bekam ich nur ein beherztes Lachen,
von allen dreien.

Juliana, die sich als erste wieder beruhigen konnte, platzte,
noch kichernd, los: “Politiker? Nein, keine Sorge. Das werden
wir zu verhindern wissen. Und wir werden der gesamten Politik
ein Ende setzen.”
“Und wie wollt ihr das anstellen?”

“Wir schaffen die Wahlen ab!”

“Ihr wollt die Demokratie abschaffen?”

Da klinkte sich Nio ein: “Nein, hör doch zu. Wir schaffen die Wahlen ab. Nicht die Demokratie. Oder was davon noch übrig ist.”

“Aber das ist es ja,” gab ich zurück, “die Demokratie liegt ohnehin längst auf dem Sterbebett, und jetzt wollt ihr ihr endgültig den Rest geben?”

Wieder prusteten alle drei los vor Lachen.

“Nein,” ließ mich Juliana verstehen, “wir haben kein Problem mit der Demokratie, im Gegenteil, wir lieben sie und wollen sie retten. Aber du hast Recht, sie liegt im Sterben. Und was sie krank macht, dieses Krebsgeschwür, an dem sie verreckt, das ist die Politik, und das sind die Wahlen. Nach dem Wahlkampf ist vor dem Wahlkampf, und Politiker haben nichts anderes im Sinn als ihre verdammten Wahlsiege! Das war schon immer so, nicht erst unter den Faschisten. Blut, Sand und Spiele fürs Volk, spannende Fernsehduelle, im Grunde nichts anderes als Castingshows, in denen die politischen Gladiatoren um die Daumenhaltung der Zuschauer buhlen.

Dieses ganze System ist von seinem grundsätzlichsten Ansatz her völlig untauglich. Denn wer kann gleichzeitig ein Leben in der Arena führen und dabei noch vernünftige Regierungsarbeit leisten? Die Wahlen müssen weg.”

Was für eine leidenschaftliche, kraftvolle junge Frau sie doch war. Mir ist nicht entgangen, wie Nios Blick an ihren Lippen hing während dieser Kampfansage an mein anscheinend schrecklich konservatives Verständnis von Demokratie. Und gleichzeitig konnte ich mir einen gewissen Stolz auf ihn nicht verkneifen, dass er das Herz eines solchen klasse Mädchens erobert hatte.

Sie war offenkundig fest überzeugt von diesen Return-Ideen.

Und sie war weder auf den Kopf, noch auf den Mund gefallen. Eigentlich fand ich, sie hätte auch eine hervorragende Politikerin abgeben können, aber den Gedanken habe ich dann doch lieber für mich behalten. Die Zeit war ohnehin zu kurz für dumme Bemerkungen. Jeden Moment konnte wieder eine Drohne auftauchen, ich musste die richtigen Fragen stellen, wenn ich erfahren wollte, was hier da vorging.

"Gut, keine Wahlen. Ihr seid doch sicherlich keine Anarchisten, also wer soll den Job machen? Wer soll die Regierungsarbeit leisten? Staaten, und auch bilaterale Geschehnisse müssen schließlich irgendwie organisiert, verwaltet werden, oder etwa nicht?"

Das Gesagte schien Nio sehr zu gefallen, denn er gab mir freudestrahlend zurück: "Ja, ganz genau! Job, Regierungsarbeit, Organisation. Sowas ist aber nicht die übliche Stellenbeschreibung eines Politikers, sondern eines Angestellten, oder von mir aus auch leitenden Angestellten, eines *Experten* in einem Unternehmen. Und genau so müssen Staaten geführt werden. Regierenden sollte nicht Macht übertragen werden, sondern eine Aufgabe. Ein Auftrag. Eine Verantwortung."

"Und, wer soll das machen? Wollt ihr den Staat privatisieren?"

Die Drei wurden auf einmal ganz still und sahen sich gegenseitig fragend an. Ich war mir nicht sicher, ob sie einander fragten, ob es noch weiterhin Sinn machte, mir das erklären zu wollen, oder ob sie überhaupt etwas Vernünftiges dazu zu sagen hatten. Wakili machte den Anfang.

"Schau, ist der Staat nicht längst privatisiert? Politik wird schon immer von Wirtschaftsinteressen gelenkt. Heute mehr denn je. Das Problem ist, dass diese Interessen normalerweise nur die wenigsten von uns betreffen, nämlich vielmehr die Reichen und die Superreichen. Von denen wird die Politik beherrscht und damit auch das Land. Was hat das mit Demokratie zu tun? Alle Macht dem Volk? Das Volk hat hierbei gar nichts zu sagen."

"Eben," übernahm Juliana das Wort, "und das muss sich ändern. Wir brauchen einen Bürgerrat, zufällig ausgewählt und ehrenamtlich verpflichtet wie Geschworene vor Gericht, der für die Auswahl, Einstellung und natürlich auch den Rausschmiss von Regierungsmitarbeitern zuständig ist. Und dazu dürfen ausschließlich Qualifikation und erbrachte Leistungen, messbar erreichte Ziele entscheidend sein. Selbstverständlich können das nicht zwölf Leute sein, sondern die sollten schon so ein paar, zwei, von mir aus drei Prozent einer Bevölkerung ausmachen, und das gleichmäßig auf alle Alters- und Berufsgruppen und die Geschlechter verteilt. Diese Tätigkeit muss zeitlich begrenzt sein und es muss auch Ausschlusskriterien geben, wie Straftaten zum Beispiel, jedenfalls wenn jemand anderes dabei zu Schaden gekommen ist. Verurteilungen wegen Seenotrettung," sie betonte das Wort und ich sah in den Augen meiner Freunde, wir alle dachten gleich an Mateo, "sollten nicht zu einem Ausschluss führen."

Da hatten sie sich einiges vorgenommen. Den Menschen eines ihrer Lieblingsspielzeuge wegzunehmen, würde sicherlich kein Spaziergang werden. Während ich mir darüber den Kopf zerbrach, wurde mir unser Spaziergang allmählich mühsam. Die Sonne stand mittlerweile hoch am Mittagshimmel und ich wunderte mich langsam, wie Wakili, der noch ein paar Jahre älter war als ich, mit den jungen Leuten immer noch mithalten konnte. Meiner Bitte folgend, suchten wir uns ein Plätzchen im Schatten einer verfallenen Schäferhütte, breiteten dort die Picknickdecke wieder aus und ließen uns nieder.

So gern und so unbedingt ich die richtigen Fragen stellen wollte, ich hatte auf einmal viel zu viele Fragen, um mich für die richtigen entscheiden zu können. Das erinnert mich heute daran, wie als junge Modeschneiderin im Montmartre-Viertel in Paris, wo ich mich vor lauter Auswahl nicht für einen einzigen Stoff entscheiden konnte, letztlich gar nichts gekauft habe. Nur dort, damals, ging es nicht um Seide oder Spitze. Es ging darum, herauszufinden, ob Nio einer Truppe von Verrückten in den Untergang folgte.

Plötzlich schoss es mir durch den Kopf und gleichzeitig aus meinem Mund: "Aber wenn es euer Ziel ist, die Wahlen abzuschaffen, dann schafft ihr euch ja selber ab!" War das eine gute Frage? Nein, das war gar keine Frage. Ich probierte es nochmal. "Wenn ihr die Wahlen abschafft, dann werdet auch ihr nicht mehr gewählt. Ist das euer Ziel?"
Nio sah mich an, mit herausforderndem, aber zugleich geduldigem, wohlwollendem Blick. Dann nickte er und sagte, "Du kommst langsam dahinter, kann das sein? Das ist selbstverständlich nicht das alleinige Ziel. Ein Ziel, das stimmt. Doch wenn wir fertig sind, sollten wir Erfolg haben, werden wir nicht mehr benötigt."
"Und was sind dann eure Ziele?"
"Wir wollen nicht mehr und nicht weniger erreichen als ein kleines Schriftstück mit möglichst vielen Unterschriften. Falls du dich gefragt hast, warum ich Jura studiere. Ich weiß auch, dass ich als Schwarzer bestenfalls Anwaltsgehilfe werden könnte, und das kann jede KI billiger. Das war nie mein Wunsch. Aber mein juristisches Verständnis wird dabei helfen, eine neue Verfassung aufzusetzen."

"Erst wollt ihr der Demokratie den Stecker ziehen, und jetzt auch noch die Verfassung begraben??" Ich dachte für einen Moment, das halte ich nicht mehr aus.
"Nein," versuchte Juliana, die Wogen zu glätten, "wir wollen sie

nur ein bisschen umschreiben und gerechter gestalten.”

“Aber ist nicht schon genug an den Grundrechten und Gesetzen herumgepfuscht worden? Ich fand das gut, wie das mal war...?”

“Grundrechte?” Wakili sah mich an und im selben Moment war mir klar, was für einen Unsinn ich da redete. Die hatten für seine Frau und fünf seiner Kinder jedenfalls nicht gegolten. “Es reicht nicht aus,” fügte er an, “wenn manche Menschen Rechte haben und andere nicht. Es ist nicht genug, wenn wir nur die Unterdrückung hier in Europa bekämpfen. Denn Europas Unterdrückung findet auch anderswo statt. Und die faschistische Unterdrückung sehen wir sowieso überall, global. Es muss gleiche Rechte für alle geben, egal, wo sie geboren sind.”

“Vergiss nicht,” warf Juliana ein, “auch von welcher Art sie sind. Tiere müssen dieselben Rechte haben!”

Ich dachte, sie macht Witze. “Wollt ihr dann jeden vor Gericht zerren, für dessen neues Wohnhaus ein Ameisenhaufen weichen musste?”

“Natürlich nicht, aber glaube mir, sobald es mit der Wirtschaft wieder bergauf geht, und das wird es, haben wir auch wieder Massentierhaltung. Willst du das?”

Ausgerechnet Wakili, der älteste von uns und der, für den sein Leben lang Nutztierhaltung etwas Selbstverständliches gewesen war, konnte mir ihre durchaus ernstgemeinte Absicht erklären. “Meine Liebe,” fragte er mich, “hast du je ein hochgeistiges Gespräch mit einem Oktopus geführt, bevor du seine Tentakeln verspeist hast? Oder mit einer Kuh über ihre Verwandten abgelästert, bevor du einen Teil von ihrem Allerwertesten zum Mittagessen hattest?”

Ich hatte Mühe, ihn ausreden zu lassen, bevor ich antworten konnte: “Keinen von denen hab ich je gegessen! Naja, fast keinen, aber da war ich klein und die sahen aus wie Frikadellen.”

Wakili gab nicht nach.

"Genauso war es mit den Kolonisten, die in unser Land kamen. Die haben sich auch nicht mit uns unterhalten. Sie haben uns katalogisiert und verarbeitet wie ein Produkt aus ihrer Industrie. Begreifst du das? Wir können nicht gleiche Rechte für alle Menschen jeder "Rasse", was auch immer das bedeuten soll, einfordern, und dabei anderen "Rassen" nicht dasselbe Recht zugestehen. Was wir wollen, was wir fordern, ist gleiches Recht für alle Menschen, alle anderen Arten, und auch für den Planeten, auf dem wir alle leben.

Das war mal eine Hausnummer.
"Der Planet. Also wollt ihr die Erde wie eine Art Organismus verstanden wissen? Ohne Persönlichkeit, aber mit Persönlichkeitsrechten? Bei Tieren verstehe ich das noch, deren Persönlichkeit kenne ich schließlich nicht und muss dennoch davon ausgehen, dass sie eine besitzen. Aber der Planet? Dieser Klumpen Erde, auf dem wir sitzen, wie kann man dessen Rechte regeln, ohne sich total lächerlich zu machen?"

Ich gab mir alle Mühe, nicht pathetisch rüberzukommen, aber wo sollte das hinführen? Diese Return-Leute, und mein Adoptivsohn, hatten ganz offensichtlich vor, die Regierung zu stürzen, durch ein gänzlich unerprobtes und in meinen Augen höchst fragwürdiges, neues System zu ersetzen und hatten, wie mir erschien, überhaupt keinen Plan! Ich dachte, das waren Träumer. Menschrechte für alle Arten und den Planeten. In einer Welt, in der weniger als ein Prozent der Menschheit über Gedeih und Verderb zu entscheiden hatte, und das aller Arten und Rassen zusammen und des Heimatplaneten, auf dem sie wohnten.

Nio schien zu begreifen, was da für ein Konflikt in mir tobte, und erinnerte mich an ein altes Buch, das ich ihm einmal geschenkt hatte. Mehr ein Heft, für die Hosentasche. Das handelte von der Idee des Utilitarismus. Dem Gedanken einer ausgleichenden Umverteilung, mit der alle glücklich sein können. Da war ich, so weit weg von euch, der Finca und allem, was mir bekannt war, inmitten dieser vielen, neuartigen Thesen doch wenigstens in diesem Punkt zu Hause. Das Buch hatte ich rauf und runter gelesen.

"Stell dir vor, wir könnten auch nur ein bisschen was davon umsetzen. Kein Mensch leidet Höllenqualen, weil er nicht jeden Tag Schnitzel bekommt. Aber es erspart vielen Lebewesen einige Höllenqualen, wenn die Menschen weniger Schnitzel essen. Und der Planet? Wen macht es glücklich, wenn wir ihn bis aufs Letzte ausbeuten, und wer wäre wirklich todunglücklich, wenn er etwas mehr Rücksicht auf seine Ressourcen nehmen müsste? Das Problem ist der Egoismus, deswegen hat der Marxismus nicht funktioniert und deswegen wird so ganz und gar freiwillig keine Zivilgesellschaft je funktionieren."
"Okay," entgegnete ich seiner Rede, "Anarchisten seid ihr nicht. Ihr wollt die totale Kontrolle. Eigentlich seid ihr die wahren Faschisten. Ihr seid ja sogar noch viel schlimmer!" Das hat mich wirklich auf die Palme gebracht. "Euch, die ihr mal eben die Welt retten wollt," entfuhr mir der ebenso überhebliche wie unüberdachte Gedanke, "soll man den Generalschlüssel übergeben? Keine Ausbeutung mehr, wisst ihr, wie teuer das wäre?"

"Ja, wir kennen die Zahlen." Wakili war über meinen Ausbruch nicht sonderlich begeistert. Ich wand mich unmittelbar in Schuldgefühlen.
"Aber wenn jeder Mensch, jedes Lebewesen und der Planet Erde an und für sich die gleichen Rechte hätten, dann würden Umsätze ausfallen, andererseits Kosten entstehen, und die wären doch sicher gigantisch? Allein für den Wiederaufbau nach Wetter-

katastrophen. Wenn jeder Mensch ein Recht auf sauberes Wasser, Nahrung, medizinische Versorgung, auf das Eigenheim hätte, das ihm weggespült wurde. Hunger, aufgrund ausgefallener Ernten, wäre kein persönliches, rein privates Pech mehr? Die Gemeinschaft würde dann dafür aufkommen? Und wie wäre das im größeren Stil gedacht? Der Ausfall fossiler Energien und seltener Erden, denn ich nehme an, deren Abbau und Förderung wären auch nicht mehr vertretbar? Wer soll das bezahlen, und wie wollt ihr diejenigen dazu bringen, für all das aufzukommen? Wo soll das ganze Geld herkommen?"

Heute kann ich kaum begreifen, wie Nio bei meiner Sturheit damals so ruhig bleiben konnte. Aber er erklärte es mir nochmal, so, dass auch ich es verstehen konnte: "Die Kosten sind sowieso da, und sie kommen sowieso auf uns zu. Es geht nur um eine gerechtere Verteilung. Und die Ausbeutung, sowohl von Menschen, als auch von Tieren und des Planeten, muss enden, weil das Wachstum enden muss. Und das kann es nur so. Wirtschaftswachstum kommt immer von Ausbeutung, also übermäßiger Nutzung, entweder in Form von Arbeitskraft, Bodenschätzen, Landflächen, Wasser, die Liste ist endlos. Aber genau da liegt der Hase im Pfeffer. Beenden wir die Ausbeutung, beenden wir fast jedes Leid auf der Welt mit einem Schlag. Von der Milchkuh bis zum Klimawandel. Indem wir nur einen Satz in der Verfassung ändern, und möglichst viele Staaten zur Unterschrift bringen."

"Jetzt kann ich mir auch denken," ging mir ein Licht auf, "wer das alles bezahlen soll."
"Ja selbstverständlich," freute sich Wakili, "die Lösung dafür mussten wir auch nicht erst neu erfinden, die gab es schon, seit es das Geld gibt. Das fing mit Abgaben an die Lehensherren an.

Geld fließt nach oben, und das auch in Form von Steuern. Ein Malocher am Fließband muss die Hälfte von seinem bisschen Lohn abgeben, und damit werden dann Unternehmen subventioniert, deren Bosse sich die Hälfte davon in die eigenen Taschen stecken – ohne dafür Steuern zahlen zu müssen. Da haben im Mittelalter manche Lehensherren ihren Malochern mehr übriggelassen. Das Geld ist da. Es fließt nur in die falsche Richtung.”

“Und das wollt ihr über die Steuern regeln?”
“Ja,” wir werden”, typisch Juliana, 'wir werden', nicht etwa 'stellen uns vor' oder so, “wir werden die Steuern auf menschliche Arbeit deutlich senken, dafür die Abgaben für Gewinne aus KI-Dienstleistungen ordentlich anheben. Und Steuern für Primär-Lebensmittel gänzlich abschaffen. Dafür werden wir die Erbschaftssteuer wieder einführen, die Vermögenssteuer, endlich eine längst fällige Transaktionssteuer einführen und eine an den realistischen Preis gekoppelte Steuer auf alles, was dem Klima schadet. Und sogar, denn dafür ist genügend Geld vorhanden, ein bedingungsloses Grund-einkommen durchsetzen. Für jeden, ganz egal, was er leistet oder leisten kann. Es ist ausreichend belegt, dass Menschen sehr gerne arbeiten. Sogar ehrenamtlich. Erst recht, wenn es ihnen gut geht. Wenn sie haben, was sie zum Leben brauchen.”

“Werden dann nicht die Reichen arm?” Meine Frage war nicht ganz ernst gemeint, aber ich wusste, wie Reiche waren. Die hingen an jedem einzelnen Geldschein ebenso wie jemand, der nur diesen einen Geldschein besaß. “Und hauen die dann nicht einfach ab? Ich meine, das war schon immer deren liebstes Hobby, ihre Tantiemen in Sicherheit zu bringen, in Steueroasen und Schlupflöchern.”
Nio hatte sichtlich große Freude, mir zu antworten, “Deswegen

sind wir überall.”

Ich gebe zu, ich war zutiefst beeindruckt. Sowohl von der Entschlossenheit und Zielstrebigkeit meiner Diskussionspartner als auch von dem Geheimnisvollen, das von dieser Organisation ausging, von der ich immer noch nur einen Bruchteil zu erahnen schien. Und wahrscheinlich mehr, um das zu überspielen, denn als ernstgemeinte Frage, sprach ich den spontanen Gedanken aus: “Und, was macht ihr normalerweise nach dem Frühstück?”

Die Drei stimmten sich untereinander mit Blicken kurz ab, dann meinte Nio, “Ach komm, jetzt ist es eh raus,” und Wakili begann: “Nun, ganz klar muss die Pressefreiheit wieder hergestellt werden.”

“Und die Meinungsfreiheit”, ergänzte Juliana.

“Und gleichzeitig,” fuhr Wakili fort, “muss auch diese Meinungsfreiheit unter ein gewisses Regelwerk gestellt werden. Es kann nicht sein, dass wir unseren Kindern in der Schule verbieten, andere Kinder auch nur zu beleidigen, aber für uns Erwachsene jede Form von Verunglimpfung, übler Nachrede, sogar Hass- und Hetzbotschaften im Internet erlaubt sind. Das jedoch, da kann ich dich beruhigen, kostet nicht viel. Es gibt ein ganz einfaches Gegengift, um diese verbale Plage zu bekämpfen, die unsere Gesellschaft an den Abgrund getrieben und dem Faschismus seinen fatalen Auftrieb verliehen hat, und das ist die KI. Und es braucht nur ein einfaches Gesetz, um ihr genau diesen Auftrag zu erteilen: Hass finden, Hass löschen. Zumindest in seiner äußerst invasiven, manipulativen, virtuellen Gestalt.”

“Und dann?” Ich wurde langsam neugierig.

“Dann, und zwar gestern, müssen sämtliche Umerziehungslager geschlossen werden! Jedes hyperaktive oder besonders sensible Kind, all die Jugendlichen, die dort untergebracht sind, weil sie behaupten, im falschen Körper geboren zu sein. Die politischen Gefangenen, Künstler, Intellektuellen."

"Gut, das ist selbstverständlich. Aber was macht ihr gegen die Sammler? Ihr könnt per Gesetz, aus eurem Parlament heraus, diese ganzen Leute frei lassen. Aber dann werden sie auf den Straßen Spaniens, oder wo auch immer, von denen bestimmt nicht sehr herzlich empfangen. Ihr mögt ja die Welt vom Faschismus befreien, aber ihr holt den Faschismus nicht mal eben so, vor dem Mittagessen, aus den Menschen raus. Die haben sich viele Jahre lang von morgens bis abends Hasspropaganda reingezogen, wie wollt ihr das Problem loswerden?"

Wakili runzelte nur die Stirn, "Muss ich dich an den Geschichtsunterricht erinnern, den du unter anderem auch meinen Kindern erteilt hast? Auch die Lösung für dieses Problem ist nicht neu, und dir müsste sie sehr bekannt vorkommen. Was hat man denn mit deinen Vorfahren nach dem Krieg gemacht? Sie haben sie entwaffnet. Wir sind überzeugt, da, wo Waffen sind, wird getötet, da sterben Menschen."

Bei mir läuteten alle Alarmglocken. "Ich verstehe ja, dass ihr die Sammler entwaffnen wollt. Und euer Plan wird ja wohl sein, die Zivilbevölkerung zu entwaffnen. Wie sollte das anders gehen, denn die tragen ja kein Schild mit der Aufschrift 'Sammler' auf der Stirn. Aber dann bleibt die Guardia, bis an die Zähne bewaffnet, korrupt wie nichts Gutes und übergriffig, in jeder nur erdenklichen Weise. Dann wären die ja erst recht in der Übermacht."

"Nein," gab mir Nio zu verstehen, "die dürfen nur den Sammlern die Waffen abnehmen, und dann müssen sie ihre eigenen auch gleich abgeben. Die Polizei hat sich als Zivilschutz zu verstehen, so wie ihr Name es sagt, und nicht auf ihre

Landsleute zu schießen."

Allmählich ahnte ich, wohin die Reise ging. "Das ist nicht der Punkt, an dem euer pazifistischer Feldzug endet, nehme ich an?" "Wo denkst du hin?", lachte Juliana mich an, "es gibt ja schon..." für einen Augenblick schaute sie sich um, ob Drohnen in der Nähe wären, "es gibt ja schon Gespräche mit China und Russland. Mit den USA sehen wir noch keine Möglichkeit, seit Blondie das Regierungsgeschäft an seinen noch viel idiotischeren Sohn abgetreten hat. Aber mit der Demokratin, die jetzt an der russischen Spitze steht und einem China, das demnächst auch einen Bürgerrat haben wird -"

"Mit Uiguren??", unterbrach ich sie jäh - "Ja, selbstverständlich mit den Uiguren... sehen wir gute Chancen für ein militärisches Bündnis..."

"Auch keine neue Erfindung," fiel ihr Nio ebenfalls ins Wort, "...dem sämtliches Militär aller Bündnispartner unterstellt wäre. Und das ausschließlich der Verteidigung dieses Bündnisses dienen kann."

"Das stimmt, der Gedanke ist nicht neu. Aber der alte Nicht-Angriffs-Pakt, die NATO, war doch nur dafür gedacht, Russland in Schach zu halten. Was den Kalten Krieg nicht verhindern konnte, wenn nicht sogar ausgelöst hat. Soll also nun der Rest der Welt in einen kalten Krieg mit Nordamerika eintreten? Mit Abschreckung, Aufrüstung, Spionage, alles wie gehabt, nur andersrum?"

"Wir denken – ich denke," gab Nio hoffnungsvoll, jedoch nicht ohne einen leisen Unterton von Zweifel zurück, "die Tage des Diktators sind gezählt. Vielleicht muss es kommen wie mit Russland, dass die Schreckensherrschaft erst mit dem Tod des Tyrannen endet. Aber so oder so, wenn wir da hin kommen, dass Russland und China unterzeichnen, was wollen dann die Amis noch anrichten?"

Er sah mich achselzuckend an, und ich musste nichts erwidern, um ihm Recht zu geben. Und es ergab alles einen Sinn. Wir blieben noch eine Weile dort sitzen, ich habe jede Minute in vollen Zügen ausgekostet. Es war mir längst klargeworden, dass Nio und ich nach diesem Treffen wieder zu unserer vorherigen Kontaktsperre zurückkehren müssen würden. Er konnte unmöglich in der faschistischen Partei aufgehen und gleichzeitig mit uns befreundet sein. Nicht mein Sohn sein, nicht euer Bruder.

Dennoch, wir hatten diesen einen langen, wunderschönen Abschiedstag. Ich habe noch viel Neues lernen dürfen und wenn ich das alles hier wiedergeben wollte, dann müsste ich zweihundert Jahre alt werden. Am besten hat mir gefallen, wie begeistert Nio von dieser Welt gesprochen hat. Da musste ich die ganze Zeit daran denken, wie er als Kind mit Müll und Muscheln diese lustigen Kunstwerke gebastelt hatte.

"Wie unwahrscheinlich das ist, dass ein Planet genau die richtige Entfernung zur Sonne hat, um weder von ihr verschlungen zu werden noch ins All abzudriften, und um genau die passende Temperatur zu haben! Und genau die richtige Entfernung zum Mond, um in dieser perfekten Position auch stabil gehalten zu werden. Dass wir Wasser, Sauerstoff, all die richtigen Elemente haben, damit Leben auf dieser Erde möglich ist. Da spielen so unendlich viele Faktoren zusammen!
Und das ist es ja, sie arbeiten, sie funktionieren alle zusammen. Wir verdanken unsere Existenz einem harmonischen Zusammenspiel, wie es eigentlich unmöglich sein sollte, von Milliarden verschiedenster Faktoren über das ganze Universum und alle Gesetze der Physik verteilt. Wieso kriegen wir Menschen das nicht auf die Reihe?"

Es machte Freude, ihm zuzuhören. Auch insgesamt wurde die

Stimmung gelassener. Auf dem Rückweg in die Stadt habe ich Nio in den Arm gekniffen und ihn gefragt: "Jetzt mal ehrlich, das mit dem Druckerpapier damals..."
"Ha," lachte er da nur, "das war damals. Ganz früher. Wir mussten ja irgendwie kommunizieren, Standorte und Zeiten für unsere Treffen weitergeben, und da haben wir wie die Irren Flyer gedruckt! Hauswurfsendungen, du weißt schon, Werbung für Physiotherapie oder KI-freie Übersetzungen. Entschuldige bitte. Aber dann sind wir dahintergekommen, dass wir uns auch ganz normal über das Internet verständigen können. Einfach jegliche Negativaussagen weglassen, dann wird keine KI aufmerksam. Ein Hund ist nur so paranoid wie sein Halter."

Nio, so hat mir neulich Juliana am Telefon berichtet, bekommt gerade seine ersten grauen Haare. Sie hat mir auch erzählt, dass ihm die Arbeit als Schaf unter Wölfen immer noch großen Spaß macht, ebenso wie ihr, und dass die beiden sehr glücklich sind. Wir hatten nicht viel Kontakt in den letzten, was mag es gewesen sein, fünfundzwanzig Jahren. Doch ich musste ja nur die Drohnen verschwinden sehen, und dann allmählich auch die Sammler, um zu wissen, dass sie auf einem guten Weg waren. Nächstes Jahr sind Wahlen. Es könnten die letzten sein.

Sagt bitte Nio und Juliana meine liebsten Grüße, wenn ihr sie wieder seht, und richtet Nio aus, dass ich stolz auf ihn bin, so wie auf jeden von euch. Ob ihr mit oder ohne mein Wissen Teil von Return seid oder nicht, oder ob ihr verständnisvoll zu euren Kindern seid, ganz gleich, ob sie dabei sind oder nicht, ihr haltet zusammen, seid füreinander da.

Allein darauf kommt es an.

NACHWORT

Es wird gesagt, dass wir die Geschichte wiederholen, wenn wir den Fehler machen, nicht aus ihr zu lernen. Waren wir also allesamt Fünferschüler in Geschichte? Oder waren wir alle gerade krankgeschrieben, als im Unterricht der Nationalsozialismus behandelt wurde? Wie kann es sein, dass sich in einer aufgeklärten Zivilgesellschaft wie der unseren eine derartige Seuche wieder in so vielen Köpfen auszubreiten in der Lage ist? Haben wir nichts gelernt? Werden wir vielleicht sogar am Ende wieder einmal sagen können, wir hätten es nicht gewusst?

Ich glaube, wir haben es nicht gespürt. Und; wir konnten und wollten, bzw. können und wollen es uns vielleicht gar nicht vorstellen. Geschichtsunterricht weckt schließlich keine selbst erlebten Erinnerungen. Und selbst wenn wir dabei gewesen wären, damals, im Dritten Reich, wir können uns ja nicht einmal daran erinnern, wie der Sommer vor zehn Jahren war. Noch dazu haben wir Menschen eine starke Neigung, uns viel lieber das Positive zu merken, oder vorzustellen. Es war nicht alles schlecht. Oder, der nette Nachbar, mit dem ich jede Woche Tennis spiele, kann doch unmöglich im Akkord Menschen in Gaskammern treiben.

Aus der Geschichte zu lernen, um die Zukunft besser zu machen, ist also an einige Hindernisse geknüpft. Unser Ereignishorizont ist begrenzt, sowohl kognitiv als auch auf emotionaler Ebene. Es fällt uns schwer, Empathie zu empfinden für vergangene Generationen, oder Menschen, deren Schicksale aus geografischer Sicht weit von uns entfernt liegen. Noch schwerer fällt es uns, mit Menschen zu fühlen, die erst in der Zukunft geboren werden. Und warum sollten wir uns auch die Mühe machen, uns deren Schicksal vorzustellen? Denn wir haben mit unserem unmittelbaren Umfeld und in der Gegenwart bereits genug zu tun.

Dennoch können wir heute nicht mehr leugnen, dass alles, absolut alles miteinander verbunden ist. Die vergangene industrielle Revolution wird die Zukunft noch für sehr lange Zeit beeinflussen, das wissen wir sicher. Vergangenheit, Gegenwart und Zukunft lassen sich nicht trennen. Der Flügelschlag einer Windmühle in der Nordsee kann eine Sturzflut in Texas auslösen, weil für den deutschen Windpark ein Wald in Ecuador weichen musste. Aber auch neokolonialistisches Verhalten der Wirtschaftsmächte lässt sich nicht von der Korruption in den betroffenen Ländern trennen. Ebenso wenig wie die Gier der Kapitalmärkte von der Ausbeutung der Glücklosen in diesem Spiel. Und, um es auf das kleinste Rädchen in diesem globalen System, in dem wir uns alle bewegen, ob wir wollen oder nicht, zu bringen: Unser ganzes Gerede. Gerede mit großer Reichweite, bei dem der negativste Einfluss auf unsere Gesellschaft die meisten Klicks zu bekommen scheint, nämlich in den "sozialen" Medien. Auch die sind untrennbarer Bestandteil unserer gegenwärtigen Situation, und somit auch meiner Geschichte.

Die Erzählung beginnt autobiografisch. Ein bisschen abgewandelt, aus stilistischen, persönlichen und familiären Gründen, aber das ist so ungefähr mein Leben bis zu diesem Buch. *Ähnlichkeiten mit lebenden Personen sind unbeabsichtigt.* Die hierin beschriebene Anekdote allerdings, mit der der biografische Teil endet und der fiktive Teil beginnt, war ganz genau der Moment, in dem der Gedanke geboren wurde. Und zwar auf der Toilette. Nicht wie die üblichen Inspirationen aus dem sanitären

Bereich (Dusche, Badewanne etc., wo man so schön entspannen kann und die Gedanken fließen), sondern schlichtweg, weil die Klobrille, als ich von irgendwoher nach Hause kam, auffallend warm war. Und es hat einen Moment gedauert, bis der erste paranoide Gedanke an etwaige Einbrecher mit Verdauungsproblemen in meiner Wohnung der einschneidenden Erkenntnis bei mir Platz machte: Es war einfach alles knalle heiß. Heißer als normal.

Zu der Zeit lagen Covid und die sehr strikten Lockdowns hier in Spanien noch nicht lange zurück, und es herrschte eine allgemein erhöhte Sensibilität gegenüber allen möglichen Bedrohungen. Auch das Thema Klimawandel war wieder neu auf dem Tisch. Aber ich war mit meinen derzeit fünfundvierzig Jahren schon einiges gewohnt.

Im Kalten Krieg aufgewachsen und aus den ersten Fachmagazinen, die ich in die Hände bekommen konnte, nichts anderes in Erfahrung gebracht, als dass demnächst die Welt untergeht. Entweder wegen der Atombombe oder wegen steigender Meeresspiegel - ständig haben wir erwartet, dass Düsseldorf demnächst unter Wasser steht, und nichts ist geschehen - oder vielleicht wegen dem Yellowstone. Das ist eigentlich ein sehr gut besuchter Nationalpark, aber auch ein Magmaschlund, eine Caldera mit einem Durchmesser von fünfzig Kilometern, deren verheerender Ausbruch längst überfällig ist, hochzugehen. Dann wäre hier sowieso innerhalb von Tagen alles vorbei.

War das Klima da noch wirklich ein Thema, mit dem ich mich ernsthaft beschäftigen sollte? Für mich war das eine zweiteilige Frage. Im ersten Teil, ob wir überhaupt wirklich so etwas wie ein Klimaproblem haben. Und wenn ich mich in meinem Bekanntenkreis auf Mallorca umgehört habe, wohlbemerkt vor allem deutschen, besserverdienenden Vielfliegern, dann lautete die Antwort ganz klar: Nein. Alles gut. Aber auch wenn ich nicht unbedingt jeder Meinung glaube, erst recht nicht angesichts meiner aufgeheizten Klobrille, war der andere Teil meiner Frage immer noch: Macht es Sinn, darüber zu schreiben?

Von diesem Tag bis zur Veröffentlichung sind ungefähr anderthalb Jahre vergangen. Eine Zeit, in der ich viel gelernt habe. Aus den Berichten des Weltklimarats, den Aussagen von forschenden Wissenschaftlern weltweit, zu den immer weiter werdenden Themen. Von richtig alten Menschen, Bauern hier auf Mallorca, die Klima hautnah erleben. Aus den täglichen Zeitungberichten, die ich nicht mehr aus den Augen gelassen habe, das Weltgeschehen sehr genau beobachtend. Und allmählich begreifend, dass der Klimawandel kein Thema für sich ist, sondern nur gedacht werden kann mit allen anderen Faktoren, die mit ihm zusammenhängen, wie der globalen Wirtschafts-entwicklung, dem Bevölkerungswachstum, sozialen Strukturen und so weiter. Aber auch, dass Klimaschutz nicht zuletzt ein politisches Thema ist. Dass Kima-Angst rechtsextremen Parteien Aufwind verleiht. Und dass diese keinerlei Interesse daran haben, die Katastrophe aufzuhalten. Während ich dieses Nachwort verfasse, grassiert eine Pandemie in allen Weltmeeren, die droht, die Seeigel auszurotten. Mit ihnen die Korallenriffe, die die Grundlage für so ziemlich jedes Leben im Meer bilden. Die Erwärmung der Meere wird als wahrscheinliche Ursache angesehen. Zur selben Zeit fahren bei der Europawahl Rechten massive Gewinne ein und stellen eine ernstzunehmende Gefahr für eine klimafreundliche Politik in der Zukunft dar. Ja, ich glaube es macht Sinn, darüber zu schreiben.

Das Stilmittel des Briefes und die verwaisten Flüchtlings-kinder als Adressaten habe ich gewählt, weil es mir als der absurdeste Weg oder Versuch erschien, etwas derart Absurdes zu veranschaulichen. Zu abwegig, ja grotesk der Gedanke, ausgerechnet Kindern aus den Ländern, die am schwersten betroffen sind, und die am wenigsten dafür können, die Gründe des Klimawandels, unsere Untätigkeit und all die Ungerechtigkeit zu erklären. *Insofern vielleicht genau der richtige Weg.?*

Vergleiche und Bezüge zu aktuellen oder historischen Begebenheiten nehmen keine Wertung oder Gewichtung vor. Der Text ist keine Analyse. Ich nehme Tendenzen wahr und stelle mir vor, was wäre, wenn das alles so weiter geht wie bisher. nur der Rückblick einer 100-jährigen Frau auf ihr Leben und wie sich um sie herum die Welt verändert hat. Und ganz bestimmt stelle ich keine Prognose für die Zukunft. Im Gegenteil es wäre schön, wenn wir gemeinsam hinschauen und Verantwortung übernehmen, und nichts davon je wahr werden muss. Lasst uns nicht wegschauen. Wir sollten nicht in Angst leben. Denn dann kämpft jeder für sich und niemand gewinnt. Mein Aufruf ist so alt wie das Problem, aber es ist okay, das nochmal und jedem zuzurufen, und sagt es weiter:

Es geht nur zusammen!

INHALT

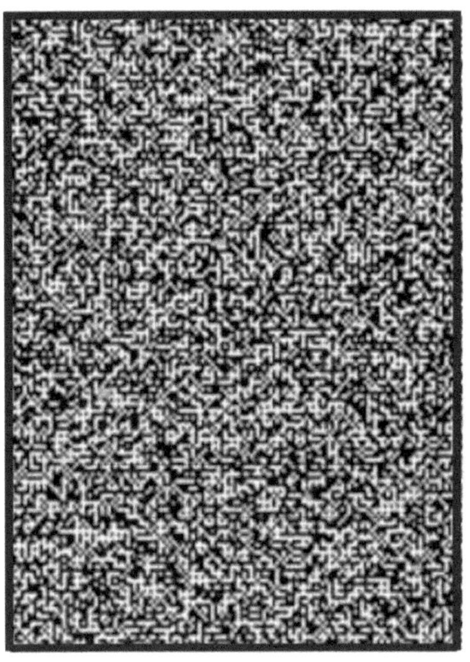

STÖRUNG

"Und von wegen arm aber sexy. Istanbul ist sexy, mit seinen penisförmigen Türmen. Mailand ist sexy, mit seinen eleganten Damen, wie sie durch die Stadt flanieren, als hofften sie, vor die Leinwand eines berühmten Malers zu geraten. Diese Gören, die hier herumlaufen, mit ungekämmten Haaren und Klamotten, dass man reinschlagen und wegrennen möchte, was soll daran sexy sein. Berlin ist einfach nur arm. Warum bin ich überhaupt hier geblieben? Ich werde diese Stadt sowieso nie ganz verstehen. Und dass es immer so kalt sein muss..."

Ebenfalls im BoD erschienen:

Störung, Karin Suer

Ein schräges Berlin-Drama

ISBN: 97837578866325